GOLDMANN

Buch

Merry Old England in der zweiten Hälfte des 16. Jahrhunderts: die Zeit Elisabeths und Mary Stuarts, William Shakespeares und Sir Francis Drakes, der die spanische Armada besiegte. Dies ist der äußere Rahmen einer neuen aufregenden Serie von Kriminalromanen, die Nicholas Bracewell zum Helden haben. Bracewell ist Souffleur und heimlicher Kopf der Theatertruppe Lord Westfield's Men. Als bei einer Kneipenschlägerei einer seiner Schauspieler brutal ermordet wird, hat Bracewell zwei Probleme: schnellen Ersatz zu finden und sein Versprechen einzulösen, nämlich den Mörder ausfindig zu machen. Doch schon bald wird Bracewell klar, daß die Ermordung Teil einer großangelegten Verschwörung ist, da sich die Unfälle, Diebstähle und Schicksalsschläge innerhalb der Schauspieltruppe häufen. Der Erfolg auf der Bühne aber bleibt davon unberührt. Und als der Truppe die höchstmögliche Auszeichnung zuteil wird, am Hofe Königin Elisabeths zu spielen, verdichten sich Bracewells Ahnungen zu einem furchtbaren Verdacht…

Autor

Edward Marston ist Autor einer Vielzahl historischer Romane, Theaterstücke und Biographien. Mit der Serie Lord Westfield's Men gelang ihm ein aufsehenerregendes Debüt im Bereich des historischen Krimis und der Beginn einer Serie, die bei Goldmann fortgesetzt wird.

EDWARD MARSTON

DAS HAUPT DER KÖNIGIN

Ein Krimi aus dem alten England

Aus dem Englischen von
Benno F. Schnitzler

GOLDMANN VERLAG

Deutsche Erstausgabe

Die Originalausgabe erschien unter dem Titel
»The Queen's Head« bei Corgi Books, London

Umwelthinweis:
Alle bedruckten Materialien dieses Taschenbuches
sind chlorfrei und umweltfreundlich.
Das Papier enthält bereits Recycling-Anteile.

Der Goldmann Verlag
ist ein Unternehmen der Verlagsgruppe Bertelsmann

Made in Germany · 1. Auflage · 11/92

Umschlaggestaltung: Design Team München
Umschlagmotiv: Archiv für Kunst und Geschichte, Berlin
Satz: IBV Satz- und Datentechnik GmbH, Berlin
Druck: Elsnerdruck, Berlin
Verlagsnummer: 41291
Lektorat: Ulrich Genzler
Redaktion: Tina Schreck
Herstellung: Stefan Hansen
ISBN 3-442-41291-9

Dem wirklichen Urheber der folgenden Chroniken,
Mr. C. M., gewidmet.
Alles Glück wünscht der
wohlwollende Abenteurer beim Aufbruch.

»Man hätte ihr schon vor Jahren
den Kopf abschlagen sollen.«

Königin Elisabeth I.

Prolog

Fotheringhay Castle
Februar 1587

Der Tod blieb ihr während der ganzen Zeit ihrer Gefängnishaft geduldig auf den Fersen. Kaum ein Tag verging, ohne daß sie seinen verstohlenen Schritt hinter sich hörte oder zu hören glaubte, doch er wartete fast zwanzig Jahre. Als er endlich zuschlug, tat er es mit ungebührlicher Hast.

»Morgen früh um acht Uhr.«

Der Earl of Shrewsbury nannte Tag und Stunde ihrer Hinrichtung mit ersterbender Stimme. Er war Mitglied der Delegation, die sie nach dem Abendessen in ihren schäbigen Räumen auf der grimmigen Festung aufsuchte. Mary mußte wieder aus dem Bett, sich anziehen und die Männer in ihrem Schlafzimmer empfangen. Sie war die Königinwitwe von Frankreich, die verbannte Königin von Schottland und Erbin des englischen Thrones, doch jetzt mußte sie sich diese Demütigungen gefallen lassen.

Shrewsbury verkündete das Urteil, dann las Beale, Sekretär des Rates, mit lauter Stimme den Vollzugsbefehl vor, von dem das gelbe wächserne Band des Großen Siegels von England hypnotisch herabhing. Alles erfolgte strikt nach den Regeln des Act of Association.

Der Tod bediente sich der Hilfe eines legalen Prozesses.

Ihre Kerkermeister gewährten ihr in den letzten Stunden nicht die geringste Erleichterung. Als sie um den Besuch ihres Priesters bat, damit sie sich auf den Tod vorbereiten könne, wurde dies kurzerhand abgeschlagen. Auch ihr Wunsch nach ihren persönlichen Papieren und Unterlagen wurde nicht erfüllt. Die Delegation lehnte jede einzelne ihrer Bitten ab.

Die Macht ihrer Häscher reichte über das Grab hinaus. Es war Marys Wunsch, in Frankreich beerdigt zu werden, entweder in St. Denis oder in Reims, doch auch dies wurde verweigert. Königin Elisabeth hatte es ausdrücklich verboten. Tot oder lebendig, die Gefangene sollte sich nicht nach eigenem Wunsch bewegen dürfen.

Alle weiteren Bitten wurden rundherum abgelehnt. Der Besuch war zu Ende, die Delegation zog sich zurück, und Mary mußte die verzweifelte Dienerschaft trösten und mit ihrem eigenen Entsetzen fertig werden.

Morgen früh um acht Uhr!

In einer unmöglich kurzen Zeit mußte sie die Angelegenheiten eines Lebens ordnen, das nun vierundvierzig Jahre gedauert hatte und in dem es Augenblicke höchster Leidenschaft und tiefster Abstürze gegeben hatte. Zwölf Tage hätten ihr nicht gereicht, um sich vorzubereiten, und sie bekam weniger als zwölf Stunden. Es war ein Abschied von grausamer Plötzlichkeit.

Rasch wurde das Abendessen aufgetragen, so daß Mary noch Zeit blieb, ihre wichtigsten Angelegenheiten zu ordnen. Sie überprüfte einzeln alle Teile ihrer Garderobe und teilte sie zwischen Freunden, Verwandten und den Mitgliedern ihres kleinen Haushaltes auf. Nachdem sie ein ausführliches Testament aufgesetzt hatte, bat sie darum, daß man in Frankreich Requiems für sie lese, und legte großzügige finanzielle Regelungen zugunsten ihrer Dienerschaft fest. Trotz ihrer erheblichen Belastung nahm sie sich die Zeit, die Kinder und Klosterbrüder von Reims mit mildtätigen Zuwendungen zu bedenken.

Nun widmete sie sich ihrem seelischen Wohlbefinden. Sie schrieb einen Abschiedsbrief an den Kaplan de Préau und bat ihn, die Nacht im Gebet für sie zu verbringen. Der Glaube, der sie so lange gestärkt hatte, wurde jetzt dem endgültigen Test unterzogen.

Es war zwei Uhr morgens, bevor ihre Arbeit getan war. Ihr letztes Sendschreiben an ihren Schwager, König Henry von Frankreich, trug deshalb das Datum vom Mittwoch, 8. Februar 1587, dem Tag ihrer Hinrichtung.

Mary lag voll bekleidet auf dem Bett, während ihre Kammerzofen, die bereits schwarze Trauerkleidung angelegt hatten, sich in gedrückter Stimmung bei ihr versammelten. Eine von ihnen las aus einer katholischen Bibel vor. Die Königin lauschte der Geschichte von dem guten Dieb bis zu dem Höhepunkt am Kreuz, dann machte sie eine bittere Bemerkung.

»Er war wirklich ein großer Sünder«, sagte sie, »aber nicht so groß, wie ich es war.«

Sie schloß die Augen ohne Hoffnung auf Schlaf. Soldaten marschierten vor ihren Gemächern mit schweren Schritten auf und ab, um sie wissen zu lassen, daß sie mit größter Aufmerksamkeit bewacht wurde. Aus der Halle drang das Hämmern geschäftiger Zimmerleute, die das Schafott errichteten. Die Zeit verstrich langsam, um die Spannung zu erhöhen und ihr Martyrium zu verlängern.

Um sechs Uhr, lange vor der Dämmerung, erhob sie sich und ging in den winzigen Raum, in dem sie allein betete. Eine Ewigkeit schien sie vor dem Kruzifix zu knien, um ihre Seele auf das vorzubereiten, was vor ihr lag, während sie die scharfen Schmerzen in Knien und Gelenken ignorierte. Der Sheriff von Northampton ließ sie schließlich abholen, die Agonie des Wartens war vorüber. Der längsten Nacht ihres Lebens würde jetzt der kürzeste Tag folgen.

Sechs ihrer Diener durften sie begleiten. Sie hatten den Befehl der Königin, sich tapfer zu verhalten, noch im Ohr und schöpften Kraft aus ihrer gefaßten Haltung und Stärke. Welche Fehler sie in ihrem Leben auch gemacht haben mochte, sie war entschlossen, es mit Würde zu beenden.

Fast dreihundert Zuschauer hatten sich in der Halle versammelt und wollten einen ersten Blick auf sie werfen, Blicke, die eine Mischung aus Feindschaft und Ehrfurcht waren. Sie wußten, daß sie sich in der Gegenwart einer Legende befanden – Mary, Königin der Schotten, eine unberechenbare, gebieterische und impulsive Frau, die zwei Kronen und drei Gatten verloren hatte, die die katholische Erbin eines protestantischen Landes war und durch ihre schiere Anwesenheit eine Rebellion entfachen konnte, obwohl sie hinter Schloß und Riegel war.

Mochte ihr jugendlicher Charme auch verschwunden sein, mochten ihre Schönheit verblichen, Gesicht und Körper fleischig geworden sein, ihre Schultern hängen und ihr Rheuma sie zwingen, den Arm eines Offiziers zu halten, während sie vorwärts schritt, so war sie immer noch eine großgewachsene, eindrucksvolle Gestalt mit der unverwechselbaren Aura einer Majestät, die das Publikum stark beeindruckte.

Sie trug ein Kleid aus schwarzem Satin mit schwarzer Samtstickerei und Verzierungen aus glänzend schwarzen Eichelknöpfen, die mit Perlen besetzt waren. Durch die geschlitzten Ärmel ihres Kleides konnte man das purpurrote Futter sehen, und obwohl sie schwarze Schuhe trug, waren ihre Strümpfe bestickt und silbern gesäumt. Ihr weißer, gestärkter Kopfputz war mit Spitzen bedeckt, ein langer weißer Schleier fiel ihr mit bräutlicher Extravaganz über Schultern und Rücken.

Mary hielt Kranz und Gebetbuch in der Hand, zwei Rosenkränze hingen von ihrem Gürtel. Um den Hals trug sie ein Band mit Ambrakugeln und ein Agnus Dei. Ihre Haltung war ruhig und gesammelt, ihr Gesicht zeigte den Ausdruck ernster Resignation.

Mitten in der Halle stand das Schafott, das während der Nacht errichtet worden war. Es war etwa zwölf Fuß im Quadrat und zirka zwei Fuß hoch; es war schwarz verhängt. Als Mary drei Stufen hinaufgeführt wurde, fiel ihr Blick auf den Strohhaufen, der das Werkzeug des Henkers verbarg. Ihre Stellung berechtigte sie zur barmherzigen, schnellen Hinrichtung durch ein scharfes Schwert, doch sie sah nur die Axt des gemeinen Henkers. Das war ein schwerer Schlag für ihren Stolz.

Mit einstudierter Ruhe lauschte sie, als ein nervöser Beale die Hinrichtungsvollmacht verlas. Mary war nicht zu erschüttern. Erst als der Dean von Peterborough vortrat und gemäß den Regeln der protestantischen Religion eine bombastische Rede hielt, zeigte sie ein erstes Zeichen innerer Bewegung.

»Mr. Dean«, sagte sie mit fester Stimme, »ich stehe fest auf der alten römisch-katholischen Religion und bin bereit, mein Blut zu ihrer Verteidigung zu vergießen.«

Sie widerstand allen Aufforderungen, ihren Glauben zu widerrufen und trotzte ihren Richtern, indem sie ihr Kruzifix hochhielt und mit lauter Stimme erst auf latein und dann auf englisch betete. Nachdem sie ihr Festhalten an der katholischen Religion bewiesen hatte, war sie bereit, sich ihrem Schicksal zu beugen.

Die Henker und zwei Kammerzofen halfen ihr, sich zu entkleiden. Über einem roten Petticoat trug sie ein Mieder aus rotem Satin mit Spitzenstickerei. Am Nacken war es passenderweise tief ausgeschnitten. Als sie ein Paar rote Ärmel anlegte, war sie vollständig in blutrote Farbe gekleidet.

Ihre Augen wurden mit einem weißen, goldbestickten Tuch verbunden. Wie ein Turban wurde es über den Kopf gezogen und verhüllte ihr Haar. Nur ihr Nacken blieb frei. Sie sprach einen lateinischen Psalm, tastete nach dem Richtblock und legte den Kopf vorsichtig darauf nieder. Der Gehilfe des Scharfrichters legte die Hand auf ihren Körper, um ihn für den Hieb stillzuhalten.

Das Stroh raschelte, als das Beil hervorgezogen wurde, dann fuhr es in einem mörderischen Bogen durch die Luft. Es verfehlte den Nacken, fuhr tief in ihren Kopf und bespritzte das weiße Tuch. Das Publikum, das mit teuflischer Faszination zuschaute, stöhnte unfreiwillig auf. Wieder hob sich die Axt zu einem blitzenden Schlag und traf den Nacken, schaffte es jedoch nicht, den Kopf vom Körper zu trennen. Mit brutaler Sorgfalt hackte der Scharfrichter die letzten königlichen Sehnen durch.

Doch die Zeremonie war noch nicht vollständig. Die maskierte Gestalt des Scharfrichters beugte sich nieder, packte die Trophäe, richtete sich auf und rief mit lauter Stimme: »Lang lebe die Königin!« Entsetztes Keuchen und Schreie der Überraschung waren zu hören. Der Mann hielt nur eine kastanienbraune Perücke in der Hand.

Der Kopf, getrennt von seiner kunstvollen Bedeckung, fiel auf die Plattform und rollte auf den Rand zu. Unter den roten Röcken schoß ein verängstigter Schoßhund hervor und sprang in dem Blut herum, das seine Herrin umgab. Sein erbärmliches Winseln war jetzt das einzige Geräusch in der großen Halle.

Alle waren starr vor Entsetzen. Während sie noch den kleinen, hellen Kopf mit dem kurzgeschorenen grauen Haar anstarrten, sahen sie etwas, was sie erschauern ließ. Die Lippen bewegten sich noch.

1. Kapitel

Der Kopf der Königin schwang in der leichten Brise sanft hin und her. Es war ein interessanter Anblick. Sie trug eine Krone und Perlen in ihrem roten Haar, eine einzige Masse dichter Locken, hatte ein blasses, distinguiertes Gesicht mit einer hohen Stirn, eine fein gemeißelte Nase und volle Lippen. Ihre königliche Schönheit war von einer alterslosen Klasse, die von bemerkenswerten Augen noch verstärkt wurde. Dunkel, klug und aufmerksam kombinierten sie Autorität und Weiblichkeit und – wenn die Sonne sie in einem bestimmten Winkel traf – eine Andeutung von Schalkhaftigkeit. Niemand, der ihren herrschaftlichen Blick bemerkte, konnte umhin, sie als Elizabeth Tudor, Königin von England, zu erkennen.

Helle Farben waren auf dem Wirtshausschild benutzt worden. Nacken und Schultern ließen erkennen, daß sie nach spanischer Mode gekleidet war mit einem runden, gestärkten Spitzenkragen über einem dunklen Mieder, an dem mit Bändern, Perlen und Gemmen reich verzierte Ärmel saßen. Ein beachtlicher Wasserfall aus Perlen strömte von ihrem Nacken und drohte, über das Holz zu laufen, auf das er gemalt war. Der gleiche Überfluß war auf der Rückseite des Schildes zu sehen. Das Königtum glänzte in höchster Pracht.

London war die größte, geschäftigste und lauteste Stadt Europas, ein aufstrebendes Gemeinwesen, das an den schlangengleichen Windungen der Themse wucherte und sich bereits jenseits der Grenzwälle ausdehnte. Armut und Reichtum, Gestank und Wohlgeruch, Anarchie und Ordnung, Armseligkeit und Glanz waren die Elemente des täglichen Lebens dieser Stadt. Von seinem hohen Platz in der Gracechurch Street sah und hörte der Kopf der Königin alles, was in ihrer geliebten Stadt vorging.

»Ned, das Gewand braucht noch ein paar Nadelstiche.«

»Ja, Master.«

»Du kannst jetzt die Bühne kehren, Thomas.«

»Der Besen wartet bereits in meiner Hand, Master Bracewell.«

»George, hol die Binsen.«

»Wo sind sie?«

»Da, wo du sie finden wirst, Junge. Los, mach schon.«

»Ja, Master.«

»Peter!«

»Es war nicht unser Fehler, Nicholas.«

»Wir müssen über diesen Trauermarsch reden.«

»Unser Stichwort kam zu früh.«

»Das war nicht so schlimm. Es war die falsche Musik.«

Nicholas Bracewell stand im Innenhof des *Queen's Head* und kümmerte sich um alles. Gegen Mittag war die morgendliche Probe zu Ende gegangen. Jetzt stand die Nachmittagsaufführung bevor und versetzte das gesamte Ensemble in die übliche Panik. Während sich alle stritten und beklagten, schlecht gelernte Textpassagen repetierten, in letzter Minute Reparaturen vornahmen oder einfach sinnlos herumrannten, konzentrierte sich Nicholas auf die mannigfaltigen Aufgaben, die erledigt sein mußten, bevor das Theaterstück dem Publikum vorgeführt werden konnte. Er war eine Insel der Ruhe in einem Ozean der Hysterie.

»Ich muß auf das entschiedenste protestieren!«

»Es war nur eine Probe, Master Bartholomew.«

»Aber, Nicholas, mein Stück ist verhunzt worden!«

»Ich bin ganz sicher, daß es bei der Aufführung viel besser sein wird.«

»Sie haben meine Poesie ruiniert und mir die schönste Szene gestrichen.«

»Das stimmt nicht ganz, Master Bartholomew.«

»Es ist ungeheuerlich!«

Jeder Impresario war ein bedeutendes Mitglied einer Theatertruppe, aber im Falle von Lord Westfield's Men war er absolut unersetzlich geworden. Nicholas Bracewell war in seinem Job so brillant und erfindungsreich, daß ihm immer neue, zusätzliche Verantwortungsbereiche zugeschoben wurden. Nicht nur soufflierte er und leitete jede Aufführung anhand des einzigen Exemplars des Manuskripts, er überwachte auch die Proben, kümmerte sich um die Ausbildung der Schauspielschüler, um die Musiker, scherzte mit den Bühnenarbeitern, gab Hinweise zur Herstellung der Kostüme und Kulissen und verhandelte mit dem »Kulturamt« wegen der Aufführungslizenz.

Seine diplomatischen Fähigkeiten und seine Freundlichkeit hatten ihm noch eine weitere Aufgabe verschafft: erzürnte Autoren zu besänftigen. Niemand von ihnen wurde so wütend wie Master Roger Bartholomew.

»Habt Ihr mich gehört, Nicholas?«

»Ja, das habe ich.«

»Eine Ungeheuerlichkeit!«

»Ihr habt Euer Stück an die Gruppe verkauft.«

»Das gibt Lord Westfield's Men noch lange nicht das Recht, es zu verfälschen!« kreischte der andere und zitterte vor Entrüstung. »Im letzten Akt konnte man Eure Stimme sehr oft hören. Ich habe diese Reden nicht geschrieben, damit sie von einem simplen Souffleur vorgetragen werden!«

Nicholas überhörte diese Beleidigung und antwortete mit verständnisvollem Lächeln. Worte, die im aufwallenden Zorn des Augenblicks hervorgestoßen wurden, waren in der Welt des Theaters nichts Unübliches, und er maß ihnen keine Bedeutung bei. Er legte seine Hand auf die Schulter des Autors und nahm einen besänftigenden Ton an.

»Es ist ein exzellentes Stück, Master Bartholomew.«

»Woher sollen die Zuschauer das wissen?«

»Heute nachmittag wird alles ganz anders sein.«

»Ha!«

»Seid geduldig.«

»Ich bin die Geduld in Person gewesen«, gab der beleidigte Poet zurück, »aber ich werde nicht länger schweigen. Mein Fehler war, daß ich Lawrence Firethorn für einen guten Schauspieler hielt.«

»Er ist ein guter Schauspieler«, sagte Nicholas loyal. »Er hat über fünfzig Stücke im Kopf.«

»Schade nur, daß ›König Richard‹ nicht dazugehört.«

»Master Bartholomew –«

»Ich will auf der Stelle mit ihm reden.«

»Das ist nicht möglich.«

»Führt mich zu ihm, Nicholas.«

»Kommt überhaupt nicht in Frage.«

»Ich möchte über diese Sache mit ihm reden.«

»Später.«

»Ich bestehe darauf.«

Doch der heulend vorgetragene Wunsch blieb unerfüllt. Angesichts der Aufmerksamkeit, die der Autor erregte, beschloß Nicholas, ihn aus dem Innenhof zu entfernen. Bevor er wußte, was ihm geschah, sah sich Roger Bartholomew in einen privaten Raum gescheucht, in einem Sessel untergebracht und mit einem Glas Wein in der Hand. Nicholas überhäufte ihn mit Lobeshymnen und tröstenden Worten, die ihn nach und nach besänftigten und von seinem Vorhaben abbrachten.

Lawrence Firethorn war Manager, oberster Anteilseigner und zugleich wichtigster Schauspieler bei Lord Westfield's Men. Sein Impresario beschützte ihn keineswegs vor einem Zusammentreffen mit einem enttäuschten Autor. Vielmehr bewahrte er diesen vor einer Erfahrung, die seiner Seele Wunden schlagen und seine Theaterkarriere zu einem vorzeitigen Ende bringen würde. Roger Bartholomew konnte von gerechtem Zorn erfüllt sein, doch er war kein Gegner für die Raserei, die Lawrence Firethorn hieß. Das mußte ihm unter allen Umständen erspart werden. Nicholas hatte erlebt, wie stärkere Naturen von einem Mann zerstört wurden, der bei der geringsten Kritik an seiner Schauspielkunst wie ein Pulverfaß explodieren konnte. Es war ein ernüchternder Anblick.

Man mußte Master Roger Bartholomew zugute halten, daß er ein erst vor kurzem aus Oxford gekommener Neuling war, dessen Lehrmeister eine hohe Meinung von ihm hatten und seine Dichtkunst mit viel Beifall bedachten. Er war clever, wenn nicht sogar arrogant, und genügend versiert in der Kunst des Dramas, um ein Stück von einiger Bedeutung zu schreiben. »Die tragische Geschichte von Richard Löwenherz« ließ hoffen und hatte sogar einige technische Pluspunkte. Was an Finesse fehlte, ersetzte klare Unverfälschtheit. An manchen Stellen wirkte es übertrieben, an anderen zu dünn, doch seine patriotische Grundhaltung hielt es irgendwie zusammen.

London gierte nach neuen Stücken, und die Theatergesellschaften waren andauernd auf der Suche nach guten Stoffen. Lawrence Firethorn hatte diese Lehrlingsarbeit akzeptiert, weil sie ihm eine zentrale Rolle bot, die er sich auf seine einzigartigen Fähigkeiten zurechtschneidern konnte. Es war vielleicht ein Stück, das still vor sich hinglomm, ohne jemals in loderndes Feuer auszubrechen, aber es konnte das Publikum für ein paar Stunden unterhalten und tat dem wachsenden Ruhm von Lord Westfield's Men keinen Abbruch.

»Ich hatte so viel mehr erwartet«, verriet der Autor, als der Wein seinen Zorn in Wehmut verwandelte. »Ich hatte Hoffnungen, Nicholas.«

»Die werden nicht zerstört.«

»Ich fühlte mich betrogen, als ich es heute morgen sah.«

»Proben machen häufig diesen Eindruck.«

»Was ist aus meinem Stück geworden!«

Es war ein Schmerzensschrei aus tiefstem Herzen, Nicholas war gerührt. Wie andere vor ihm, so lernte auch Roger Bartholomew die bittere Wahrheit, daß ein Autor keineswegs die herausragende Position hat, die er sich vorstellt. Lord Westfield's Men schoben ihn in der Tat auf einen ziemlich bescheidenen Platz. Der junge Mann aus Oxford hatte fünf

Pfund für sein Stück erhalten und zugesehen, wie König Richard mit einem Mantel auf die Bühne kam, der mindestens zehnmal soviel kostete. Das trieb ihm die Galle hoch.

Nicholas dämpfte den Schlag, so gut er es mit freundlichen Worten konnte, doch es gab etwas, das er vor dem zermürbten Autor nicht verstecken konnte. Niemals betrachtete Lawrence Firethorn ein Stück als Ausdruck eines poetischen Genies. Er betrachtete alles lediglich als Bühne, auf der seine Stimme ertönte, auf der er hin- und herstolzieren und sein Publikum faszinieren konnte. Er war überzeugt davon, daß die Leute nur kamen, um ihn spielen zu sehen, nicht um einen schreibenden Autor zu betrachten.

»Was soll ich tun, Nicholas?« bat Bartholomew.

»Ertragt es mit uns.«

»Alle werden sich über mich lustig machen.«

»Habt Vertrauen.«

Als der Impresario ihn so gut wie möglich getröstet hatte, ließ er ihn allein zurück. Einsam in sein Glas starrend, wünschte er, niemals die Universität verlassen zu haben. Die akademischen Haine hatten eine zarte Pflanze hervorgebracht, die in der glühenden Hitze des Theaters nicht überleben konnte.

Unterdessen eilte Nicholas in den Hof zurück, wo die Vorbereitungen weiter fortschritten. Die Bühne war ein Rechteck aus Bohlen auf Böcken und ragte von einer Wand des Innenhofes bis in die Mitte. Grüne Binsen und wohlriechende Pflanzen wurden über die Bühne gestreut, um den Kampf gegen den Gestank des Pferdedungs von den benachbarten Ställen aufzunehmen. Wenn das Publikum sich um die Bühne drängte, galt es, gegen den Geruch nach schlechtem Atem, Bier, Tabak, Knoblauch, Fäulnis, Talg und kaltem Schweiß anzukämpfen. Nicholas beobachtete, wie Arbeiter große Wasserkrüge an schattige Stellen plazierten, damit sich die Zuschauer während der Aufführung Erleichterung verschaffen konnten.

Sobald er erschien, drängten sich alle heran, um Hinweise

und Instruktionen zu erhalten – Thomas Skillen, der Bühnenchef, Hugh Wegges, Kostümmeister, Will Fowler, einer der Akteure, John Tallis, ein Schauspielschüler, Matthew Lipton, der Schreiber sowie der verwirrte Peter Digby, Chef der Musikanten, der immer noch darüber entsetzt war, daß er Richard Löwenherz mit dem falschen Trauermarsch ins Grab geschickt hatte. Fragen, Beschwerden und Anforderungen bombardierten den Impresario, doch er gab jedem Antwort.

Nicholas Bracewell, ein großer, breitschultriger Mann mit langem, blondem Haar und einem Vollbart, blieb gelassen, während die Anspannung bei seinen Kollegen sichtbar wurde. Er verschaffte sich Aufmerksamkeit, ohne die Stimme zu erheben, sein sanfter West-Country-Akzent war Balsam für ihre Ohren. Zu Berge stehende Haare wurden geglättet, Schwierigkeiten ausgeräumt. Dann ertönte eine familiäre, dröhnende Stimme.

»Nick, mein Lieber! Komm zu mir.«

Lawrence Firethorn hatte seinen üblichen dramatischen Auftritt, bevor er seinen angestammten Platz in der Mitte der Bühne einnahm. Trotz der beinahe drei Jahre, die Nicholas mit dieser Theatertruppe verbracht hatte, konnte er immer noch von Firethorn überrascht werden. Firethorn besaß eine beeindruckende Präsenz. Er war ein kräftig gebauter Mann mittlerer Größe mit einem Brustkasten wie ein Faß und wurde zusehends größer, sobald er die Bretter der Bühne betrat. Sein Gesicht war auffällig hübsch, was durch welliges, schwarzes Haar und einen exquisit getrimmten Spitzbart noch unterstrichen wurde. Seine Haltung zeigte echte Vornehmheit, die die Tatsache verbarg, daß er der Sohn eines Dorfschmiedes war.

»Wo habt Ihr gesteckt, Nick?« erkundigte er sich.

»Ich habe mit Master Bartholomew gesprochen.«

»Dieser gemeine Schuft!«

»Es ist sein Stück«, erinnerte ihn Nicholas.

»Er ist ein ungehobelter Gauner«, sagte der Schauspieler mit Nachdruck. »Ich könnte ihn zum Teufel schicken.«

»Warum?«

»Warum? Warum, Sir? Weil der Hund die Frechheit besaß, mich während der gesamten Probe wütend anzustarren. Das werde ich mir nicht bieten lassen, Nick. Ich werde weder wütende Blicke noch Stirnrunzeln noch finstere Gesichter während meiner Darbietung hinnehmen. Haltet ihn mir vom Leib.«

»Er läßt seine Entschuldigung ausrichten«, sagte Nicholas taktvoll.

»Hängt ihn auf!«

Firethorns Zorn wurde durch plötzliches Glockenläuten abgelenkt. Weil es weit mehr als hundert Kirchen in der Hauptstadt gab, schienen jederzeit Glocken zu läuten, was in der Tat eine dauernde Belästigung bei Freiluftaufführungen war. Die hohen Wände des Innenhofes der Gastwirtschaft vermochten zwar den Lärm der Gracechurch Street zu dämpfen, konnten das Gebimmel des nahe gelegenen Glockenturms jedoch nicht abhalten. Firethorn stieß seinen Schwertarm gegen den Himmel.

»Gebt mir ein Schwert, das stark genug ist, und ich werde jedes einzelne Glockenseil in London in Stücke hacken!«

Von der Absurdität seiner eigenen Geste überrascht, brach er in Gelächter aus; Nicholas grinste. Für Lawrence Firethorn zu arbeiten konnte manchmal die Hölle sein, doch ging eine liebenswerte Warmherzigkeit von ihm aus, die viele seiner Fehler entschuldigte. Während ihrer Bekanntschaft hatte Nicholas eine vorsichtige Zuneigung zu ihm entwickelt. Der Schauspieler wandte sich praktischen Dingen zu und blickte zum Himmel.

»Well, Nick?«

»Wir könnten Glück haben, vielleicht aber auch nicht.«

»Etwas genauer, bitte«, drängte Firethorn. »Ihr seid unser Seemann. Ihr wißt, wie man in den Wolken liest. Was sagen sie Euch?«

Nicholas betrachtete das blaugraue Rechteck über den strohgedeckten Dächern der Galerien. Ein strahlender Maivormittag war einem unsicheren Nachmittag gewichen. Der Wind hatte aufgefrischt, Wolken zogen rasch über den Himmel. Schönes Wetter war ein entscheidender Faktor bei den Vorführungen, wie Firethorn zu seinen Ungunsten erfahren hatte.

»Ich habe in Wolkenbrüchen gespielt«, verkündete er, »und wäre sofort bereit, heute nachmittag die Schlacht von Acre in einem Schneesturm zu spielen. Wegen mir mache ich mir keine Sorgen, aber um unsere Kunden. Und um die Kostüme.«

Nicholas nickte. Der Innenhof war nicht gepflastert. Heftige Regenfälle würden den Boden in Schlamm verwandeln und unzählige Probleme hervorrufen. Er war genauso darauf erpicht, Firethorn gute Nachrichten zu geben, wie dieser, sie zu hören. Nachdem er den Himmel ein paar Minuten lang studiert hatte, gab er seine Vorhersage ab.

»Es wird trocken bleiben, bis wir zu Ende sind.«

»Himmel, das ist wunderbar!« rief der Schauspieler und schlug sich auf die Schenkel. »Ich wußte, daß ich den richtigen Mann zum Impresario gemacht habe!«

»Die tragische Geschichte von Richard Löwenherz« war ein mäßiger Erfolg. Plakate, die die Vorstellung ankündigten, waren überall angebracht worden und führten eine große Menge begeisterungsfähiger Menschen in den Innenhof des *Queen's Head.* Kartenverkäufer an den Haupteingangstoren verlangten einen Penny für den Einlaß. Viele Leute drängelten nach Stehplätzen rings um die Bühne herum, doch die meisten zahlten einen oder zwei Pennies mehr, um auf die Galerien zu kommen, die in drei Etagen um die Wände herumliefen und den Innenhof in ein natürliches Amphitheater verwandelten. Auf den Galerien war es bequemer, man hatte bessere Sicht und Schutz vor dem Wetter. Rückwärts gelegene Privaträume standen zur Ruhe, Erholung oder für hastig arrangierte Rendezvous zur Verfügung.

Zuschauer aller Art strömten herbei – Rechtsanwälte,

Büroangestellte, Kesselflicker, Schneider, Dienstboten, Soldaten, Seeleute, Sackträger, Lehrlinge, Kaufleute, Metzger, Bäcker, Hausierer, Seidenweber, Studenten aus den Rechtsschulen, aufstrebende Autoren, arbeitslose Schauspieler, Landvolk mit offenen Mäulern, ausländische Besucher, Theater-Kavaliere, alte und junge, Adlige und gemeines Volk. Räuber, Taschendiebe und Trickschwindler mischten sich unters Volk, um ihrer Arbeit nachzugehen.

Damen, Ehefrauen, junge Mädchen und Hausfrauen waren in geringerer Zahl vertreten und zum größten Teil maskiert oder hinter Schleiern verborgen. Gigolos schoben und drängten sich auf den Galerien, um einen Platz in der Nähe der Frauen zu ergattern oder sich an die Prostituierten heranzumachen, die auf der Suche nach Kunden aus den Elendsvierteln von Bankside gekommen waren. Die Vorstellung zu sehen war nur ein Teil des Vergnügens, Hunderte von Einzeldramen spielten sich in der Menge ab.

Einige der Männer trugen Hemden und Reithosen, andere ein Lederwams, wieder andere trugen Anzüge und Strümpfe aus bemaltem Samt, weiße Halskrausen, wattierte halbmondförmige Epauletten, Seidenstrümpfe, Lederhandschuhe, kunstvolle Hüte und kurze, taillierte Mäntel. Die weibliche Garderobe reichte von einfach bis extravagant, mit einer Neigung zur neuesten Kreation auf den Galerien, wo gestärkte Mieder, stoffreiche Petticoats, Krinolinen, batistene, weiße Halskrausen, lange Gewänder mit hängenden Ärmeln, delikate Handschuhe und große, gekrönte Hüte oder französische Hauben den Ton angaben.

Wein, Bier, Brot, Früchte und Nüsse wurden während des ganzen Nachmittags angeboten, das lockere Stimmengewirr nahm kein Ende. Um halb drei erklang die Trompete, um den Beginn der Vorstellung zu verkünden; der Prologsprecher erschien in seinem schwarzen Mantel. Die erste und letzte Aufführung der tragischen Geschichte von Prinz Löwenherz konnte beginnen.

Roger Bartholomew, eingequetscht zwischen zwei Gigolos auf der mittleren Galerie, verrenkte sich den Hals, um an den Federhüten vor seinem Gesicht vorbeizuschauen. Der Wein hatte seinen Zorn noch gesteigert, doch er war machtlos. Er wand sich in Qualen. Das war nicht mehr sein Stück, sondern eine groteske Abart davon. Textteile waren entfernt, Szenen neu arrangiert, Schlachten, Duelle, Belagerungen und gräßliche Tode hinzugefügt worden. Es gab sogar eine Gigue als lustige Einlage. Was den unglücklichen Autor am meisten schmerzte, war die Erkenntnis, daß die Änderungen dem Publikum offensichtlich gefielen.

Lawrence Firethorn hielt alles zusammen. Er bannte die Aufmerksamkeit, sobald er die Bühne betrat und konnte die banalsten Verse wie feingeistige Poesie wirken lassen:

Feiglinge flüchten, Verräter erstarren zu Erz,
denn ich bin bekannt als König Richard Löwenherz!

Seine Gesten und Bewegungen waren hypnotisch, doch seine Stimme war sein größter Vorzug. Mit einem Flüstern konnte er sein Publikum zähmen, mit einem wie ein Donnerschlag klingenden Schrei in höchste Spannung versetzen. Auf einzigartige Weise machte er wieder einmal ein Stück zu seinem persönlichen Besitz.

Sein größter Augenblick kam mit dem Höhepunkt des Dramas. König Richard belagerte das Schloß von Chalus und näherte sich den Mauern, um etwaige Schwachstellen zu erkennen. Da trat ein Armbrustschütze an die Zinne – der Balkon im Hintergrund der Bühne – und schoß seinen Pfeil ab. Der Pfeil traf Richard zwischen Nacken und Schulter, wo sein Kettenhemd ihn nicht beschützte.

Für diesen wichtigen Teil der Handlung benutzte Firethorn einen Trick, den Nicholas Bracewell vorgeschlagen hatte. Der Pfeil war im Ärmel des Schauspielers versteckt. Als der Schuß losging, stieß er einen Schmerzensschrei aus und riß beide Hände an den Nacken, den Pfeil dazwischen haltend. Der Treffer ließ ihn über die Bühne taumeln. Die Szene wurde mit derart perfektem Timing gespielt, daß das Publikum wirklich glaubte, es habe den Pfeil durch die Luft schwirren sehen.

Richard machte sich jetzt daran, unter Zuhilfenahme eines zwanzigzeiligen, in stockendem Versmaß vorgetragenen Gedichtes sein Leben auszuhauchen. Nachdem er sich im Todeskampf auf dem Boden gewunden hatte, starb er den Soldatentod – jetzt zur korrekten Trauermusik –, bevor er von seinen Männern fortgetragen wurde.

Donnernder Applaus empfing die Darsteller, als sie vor den Vorhang traten und sich verbeugten; begeisterte Rufe erklangen, als Firethorn erschien. Mehrere Minuten badete er in diesem Beifall, machte eine letzte tiefe Verbeugung und zog sich zurück. Wieder einmal hatte er mit ziemlich durchschnittlichem Material eine außergewöhnlich gute Darstellung geboten.

Alle gingen glücklich nach Hause. Außer Roger Bartholomew.

Nicholas Bracewell hatte keine Chance, sich etwas zu entspannen. Er hatte das Stück von seinem Platz im Kostümraum aus beobachtet und mußte sich jetzt um die Schlußarbeiten kümmern. Kostüme mußten eingesammelt, Kulissen weggeräumt, die Bühne freigemacht und die Holzböcke abgebaut werden. Lord Westfield's Men hatten in dieser Woche keine weitere Aufführung im *Queen's Head,* und der Innenhof wurde für seinen üblichen Zweck, für Fuhrwerke und Kutschen, gebraucht. Der Abfall, den fast tausend Menschen zurückließen, mußte ebenfalls beseitigt werden. Nachdem es bis zum Ende der Aufführung trocken geblieben war, begann es jetzt heftig zu regnen, was zu neuen Problemen führte.

Es dauerte Stunden, bis für Nicholas das Ende eines arbeitsreichen Tages gekommen war. Er betrat den Schankraum, um etwas Brot zu essen und ein Glas Ale zu trinken. Alexander Marwood kam an seinen Tisch geschlurft.

»Wieviel habt Ihr heute eingenommen, Master Bracewell?«

»Ich weiß es nicht genau.«

»Da wäre noch die Sache mit meiner Miete.«

»Man wird Euch bezahlen.«

»Und wann?«

»Schon bald«, sagte Nicholas mit mehr Vertrauen in der Stimme, als er wirklich besaß. Nur zu gut kannte er die Schwierigkeiten, Geld aus Lawrence Firethorn herauszuquetschen, und er verbrachte viel Zeit damit, für den Geiz seines Arbeitgebers Erklärungen zu finden.

»Schon sehr bald, Master Marwood.«

»Meine Frau meint, ich solle die Miete erhöhen.«

»Frauen sind nun mal so.«

Marwood gab ein hohles Lachen von sich. Der Besitzer des *Queen's Head* war ein kleiner, dünner, glatzköpfiger Mann in den Fünfzigern mit nervösen Zuckungen. Sein lebhafter Pessimismus hatte tiefe Linien in seine Stirn gegraben und dunkle Tränensäcke unter seinen Augen hervorgebracht. Angst prägte alles, was er tat oder sagte.

Nicholas strengte sich immer besonders an, zu Marwood freundlich zu sein. Lord Westfield's Men versuchten, den Wirt zu überreden, ihnen den Innenhof auf Dauer zu vermieten. Es gab gewichtige finanzielle Gründe, sein Haus in ein Theater zu verwandeln. Doch Marwood hatte Zweifel an dem Projekt, nicht zuletzt die Tatsache, daß es seit 1574 eine städtische Vorschrift gab, die das Aufführen von Theaterstücken in Gastwirtschaften verbot. Er zitterte vor Angst, die Behörden könnten jeden Moment über ihn herfallen. Es gab noch eine weitere Überlegung.

»Wir hatten wieder mehr Schlägereien im Hof.«

»Guter, handfester Spaß, mehr nicht«, sagte Nicholas. »Das gibt es bei jeder Aufführung.«

»Es wird immer schlimmer«, fürchtete Marwood. »Ich will keine Krawalle im *Queen's Head.* Ich will hier keinen Aufruhr haben. Mein ganzer Lebensunterhalt steht auf dem Spiel.« Das nervöse Zucken erreichte seine Wangen. »Wenn ich dann überhaupt noch einen Lebensunterhalt habe, heißt das.«

»Was meint Ihr damit, Master Marwood?«

»Die Armada! Die könnte das Ende für uns alle bedeuten.«

»Ach, das glaube ich nicht«, antwortete Nicholas leichthin.

»Sie steht bereit, Segel zu setzen.«

»Das gilt auch für die englische Flotte.«

»Aber die Spanier haben größere und bessere Schiffe«, jammerte der Hausbesitzer. »Sie sind viel mehr als wir. Und dazu haben sie noch eine große Armee in den Niederlanden, die nur darauf wartet, bei uns einzumarschieren.«

»Wir haben ebenfalls eine Armee.«

»Aber die ist nicht stark genug, um Spaniens Macht zu brechen.«

»Abwarten.«

»Man wird uns in unseren Betten umbringen.« Armada-Fieber hatte das Land erfaßt, und Marwood war ihm bereitwillig erlegen. Er gab schon auf, bevor die Schlacht begonnen hatte. »Wir hätten die Königin von Schottland niemals hinrichten dürfen.«

»Jetzt ist es zu spät, das noch zu ändern«, argumentierte Nicholas. »Außerdem, damals wart Ihr damit sehr einverstanden.«

»Ich? Einverstanden?«

»London feierte eine ganze Woche oder noch länger. Ihr habt am Tod der Lady ganz schön verdient, Master Marwood.«

»Ich würde jeden Penny zurückgeben, wenn uns das vor der Armada retten könnte. Die Königin von Schottland ist gemein behandelt worden. Das war ein Fehler.«

»Das war Politik.«

»Politik!« krächzte Marwood, während das nervöse Zukken sich seiner Augenlider bemächtigte und sie unkontrolliert flattern ließ. »Soll ich Euch sagen, was die Politik mit meiner Familie gemacht hat, Sir? Sie hat uns hierhin und dorthin verschlagen.« Er wischte seine schweißigen Hände an der

Schürze ab. »Als mein Großvater dieses Gasthaus erbaute, wurde es *The Pope's Head* genannt; tadelloses Essen und gute Getränke wurden den Reisenden serviert. Dann brach König Henry mit der katholischen Religion, also kam das Wirtshausschild runter, und wir hießen *The King's Arms.* Als Königin Mary auf dem Thron saß, waren es die Protestanten, die die Scheiterhaufen errichteten, und die Katholischen waren obenauf. Mein Vater hängte schleunigst den Papst wieder über die Tür. Kaum hatten sich die Leute an unser altes Schild gewöhnt, da hatten wir schon eine neue Königin und einen neuen Namen.«

»Der hat nun schon fast dreißig Jahre gehalten«, sagte Nicholas mit einem aufmunternden Lächeln, »und mit Gottes Hilfe wird er noch viele Jahre halten.«

»Aber die Spanier kommen – dank der Politik!«

»Die Spanier werden versuchen zu kommen.«

»Wir haben doch keine Chance gegen sie«, winselte Marwood. »Meine Frau meint, wir sollten schon mal ein neues Schild in Auftrag geben. In Zukunft werden wir uns *The Armada Inn* nennen.«

»Spart Euer Geld«, empfahl Nicholas, »und sagt Eurer Frau, sie solle Mut fassen. Die Spanier haben vielleicht mehr Schiffe, aber wir haben die besseren Seeleute. Lord Howard of Effingham ist ein sehr guter Admiral, und Sir John Hawkins hat seine ganze Erfahrung aufgeboten, um die Flotte neu aufzubauen.«

»Aber wir sind so wenig gegen so viele.«

»Probleme bringen neue Kräfte hervor.«

Marwood schüttelte niedergeschlagen den Kopf und furchte heftig die Stirn. Nichts konnte seine Befürchtungen zerstreuen. Schon vor langer Zeit hatten Seher das Jahr 1588 als Unglücksjahr erkannt, und die Vorzeichen wurden immer alarmierender, wohin man auch blickte. Der Gastwirt rannte der Katastrophe mit offenen Armen entgegen.

»*The Armada Inn!* Da hilft nichts mehr.«

Nicholas ließ ihn mit seinen Befürchtungen stehen. Wie

jeder andere, so war auch er tief beunruhigt bei dem Gedanken an eine große feindliche Flotte, die sich zum Angriff auf das Land anschickte. Doch diese Angst wurde durch seinen tiefverwurzelten Glauben an die Überlegenheit der englischen Flotte gemildert. Er besaß Wissen aus erster Hand. Vor zehn Jahren war Nicholas mit Drake auf dessen berühmter Weltumsegelung dabeigewesen.

Diese drei erstaunlichen Jahre hatten unvergeßliche Eindrücke bei ihm hinterlassen, und er ging von Bord der *Golden Hind* mit ernsten Vorbehalten über den Charakter des Mannes, den die Spanier den »Meisterdieb der Unbekannten Welt« nannten. Trotzdem hatte er großen Respekt vor den seemännischen Fähigkeiten seines alten Kapitäns. Wie die Lage auch sein mochte, Sir Francis Drake würde in der Schlacht eine gute Figur machen.

Es war schon dunkel, als Nicholas *The Queen's Head* verließ und sich auf den Heimweg nach Bankside machte. Er warf einen flüchtigen Blick auf das Wirtshausschild, um zu sehen, wie ihre königliche Hoheit auf die drohende Invasion reagierte. Regengepeitscht und vom Wind geschüttelt, schwang Königin Elisabeth an ihren Ringen hin und her. Doch sie war nicht besorgt. In dem schwachen Licht glaubte Nicholas Bracewell sogar ein trotziges Lächeln auf ihren Lippen zu erkennen.

2. Kapitel

Das Gerücht spreizte die Flügel. Es flog über das Land wie ein riesiger Raubvogel, der sich nach Gutdünken auf seine Beute stürzt. Die Armada wuchs von Tag zu Tag. Auch die Armee des Dukes of Parma in den Niederlanden wurde immer größer. Das päpstliche Versprechen einer Million Kronen als Belohnung für die erfolgreiche Invasion verwandelte sich in eine Garantie über die zehnfache Summe. Der Terror erfand sogar eine starke Streitmacht englischer Katholiken, die aus ihren Schlupflöchern hervorkamen, um sich mit den spanischen Soldaten zu vereinen und den Protestantismus zu zerschlagen. Die satanischen Gesichtszüge König Philipp II. erschienen manchen Leuten bereits im Traum.

England reagierte mit Tapferkeit. Unter dem Earl of Leicester wurde bei Tilbury eine Armee von zwanzigtausend Soldaten zusammengestellt. Mit den Musterungen in den anderen Landstrichen formte sich eine gewaltige Streitmacht, die die Aufgabe hatte, jedem Landeversuch entgegenzutreten. Zur persönlichen Verteidigung der Königin wurde eine zweite Armee in St. James versammelt. Die kriegerischen Aktivitäten beruhigten und entnervten die Bürger von London gleichermaßen. Sie beobachteten das Training bewaffneter Gruppen in Mile End und hörten zu, wenn die Kanoniere des Towers im Artillery Yard in der Nähe von Bishopsgate ihre allwöchentlichen Schießübungen auf einen Erdwall durchführten. Die Invasion hatte eine beunruhigende Unmittelbarkeit bekommen.

Königin Elisabeth versteckte sich nicht und versank nicht im Gebet. Sie besuchte die Truppen in Tilbury und feuerte sie mit bewegenden Worten an. Doch man würde die Armada nicht mit Reden bezwingen. Inzwischen verbreitete das Gerücht sich weiter und verfolgte seine dunklen Ziele und Absichten.

Am 12. Juli segelte die große Flotte aus La Coruña ab. Die Verteidigung der Königin und des Landes wurde jetzt eine Unumgänglichkeit. König Philipp von Spanien hatte begonnen, sein Reich auszudehnen.

Eine Woche später meldete der Kapitän eines Aufklärungsschiffes, einige der spanischen Schiffe lägen mit gerefften Segeln bei den Scilly Islands, um auf Nachzügler zu warten. Mit der abendlichen Ebbe zogen Lord Admiral Howard und Sir Francis Drake ihre Schiffe vom Plymouth Sound ab, indem sie Warpleinen einsetzten, und ließen sie in Gefechtsbereitschaft in tiefem Wasser ankern. Howard befehligte die *Ark Royal*, das eindrucksvolle Flaggschiff der englischen Flotte. Im Morgengrauen des nächsten Tages brachte er vierundfünfzig Schiffe auf die Leeseite bei Eddystone Rock und segelte nach Süden, um von der Luvseite gegen den Feind vorgehen zu können.

Drake war auf der *Revenge*. Als er an diesem Abend seine acht Schiffe so aufstellte, daß er die Spanier von hinten angreifen konnte, warf er zum ersten Mal einen Blick auf die Armada. Sie bot einen majestätischen Anblick. Einhundertzweiunddreißig Schiffe, darunter einige Galeonen, segelten in sichelförmiger Formation den Kanal herauf. Ihr Admiral, der Herzog von Medina Sidonia, war so vollkommen von der spanischen Unbesiegbarkeit überzeugt, daß er glaubte, nichts könne ihn davon abhalten, seine Unterstützungsarmee in den Niederlanden zu erreichen.

Die englische Flotte sah das anders. Indem sie auf der Luvseite der Armada blieb, saß sie ihr neun Tage lang im Nacken. Sie segelte vor westlichem Wind und feuerte aus ihren Kanonen mit langer Reichweite auf die schwerfälligen Galeonen, verfolgte und quälte sie immer wieder mit Beschädigungen, ohne den Spaniern eine Chance zu geben, zurückzuschlagen oder sie zu packen und zu entern. Die seeräuberischen Fähigkeiten von Drake und seinesgleichen konnten sich frei entfalten.

Als der Wind am 23. Juli abflaute, lagen beide Flotten bewegungslos vor Portland Bill. Zwei Tage später gab es ein weiteres Scharmützel bei der Isle of Wight – und da machte Medina Sidonia den entscheidenden Fehler, indem er seine demoralisierte Flotte in der Straße von Calais vor Anker gehen ließ.

Die englischen Schiffe, die am östlichen Ende des Kanals stationiert gewesen waren, vereinigten sich mit der Hauptflotte in der Straße von Calais und versammelten damit die gesamte englische Seemacht. Weil es unmöglich war, sich dem Feind ungefährdet bis auf Kanonenreichweite zu nähern, hielt Howard auf der *Ark Royal* Kriegsrat und verabschiedete einen Kriegsplan. In großer Hast wurden acht Schiffe mit Pech, Teer, trockenem Holz und allem möglichen leicht brennbaren Material gefüllt. Die Kanonen blieben an Bord und wurden doppelt geladen, damit sie bei der großen Hitze explodieren würden.

Vor Mitternacht wurden die Feuerschiffe aneinandergezurrt und traten vor frischem Wind und bei starker Strömung ihre Reise an. Als die brennenden Schiffe den Ring von Kleinbooten und Pinassen durchbrachen, die die Galeonen umringten, gerieten die Spanier in Panik und kappten die Ankertaue. Die führerlosen Phantomschiffe verbreiteten Angst, Schrecken und Verderben und zwangen die Armada auf die offene See hinaus, wo sie den Engländern rettungslos ausgeliefert war.

Kurz nach Morgengrauen begann die »richtige« Seeschlacht und dauerte fast acht Stunden. Ein verbissener Kampf auf engstem Raum, bei dem die Engländer ihre überragende Fähigkeit unter Beweis stellten, ihre Schiffe in schwierigem Wasser zu manövrieren. Die Armada wurde geschlagen. Wäre der englischen Flotte nicht die Munition ausgegangen, wäre wohl kaum ein einziges spanisches Schiff entkommen. Die geschlagene Armada konnte nordwärts fliehen und trat eine schrecklich lange Heimreise rund um Schottland und an Irland vorbei nach Süden an.

Mehr als fünftausend Spanier verloren auf der Rückfahrt ihr Leben. Medina Sidonia kehrte gedemütigt mit weniger als der Hälfte der Flotte nach Hause zurück, mit der er so stolz abgereist war. Die Engländer hatten kein einziges Schiff und nur knapp hundert Mann verloren. Der erste Versuch einer Invasion seit fünfhundert Jahren war siegreich zurückgeschlagen worden. Der Katholizismus würde niemals einen Fuß an dieses Land setzen.

Es dauerte Wochen, bis die Nachricht England erreichte. Das Gerücht schlug noch immer mit den Flügeln und verursachte schlaflose Nächte. Es flog auch auf das Festland hinüber und verbreitete Falschmeldungen über einen spanischen Sieg. In den katholischen Städten Europas läuteten die Glokken. In Rom, Venedig und Paris wurden Danksagungsmessen gelesen. Jubelnde Massen entzündeten Freudenfeuer in Madrid und Sevilla, um den Sieg über die Abtrünnige, Elisabeth, und die Gefangennahme des Seeteufels namens Francis Drake zu feiern.

Doch dann holte die Wahrheit das Gerücht ein und riß ihm die Federn aus. Schockiert und beschämt versanken die Spanier in tiefer Trauer. Ihr König sprach mit niemandem mehr außer seinem Beichtvater. Im Gegensatz dazu raste England vor Freude. Als die gute Nachricht bekanntgegeben wurde, wuchs der Nationalstolz gewaltig. London bereitete sich auf die Rückkehr der Helden vor und stieß vieltausendmal auf ihre Tapferkeit an.

The Queen's Head bekam seinen Teil der Beute ab.

»Es ist also so vereinbart. Edmund beginnt mit der Arbeit an dem Stück auf der Stelle.«

»Ich habe nicht zugestimmt«, sagte Barnaby Gill gereizt.

»Ich auch nicht«, fügte Edmund Hoode hinzu.

»Wir müssen die Zeit nutzen, Gentlemen«, drängte Firethorn.

»Ihr drängt uns da in etwas hinein«, beklagte sich Gill.

»Schnelligkeit ist jetzt von besonderer Wichtigkeit, Barnaby.«

»Dann sucht Euch jemand anderen, der es schreiben soll«, schlug Hoode vor. »Ich lasse mich nicht unter Zeitdruck setzen. Theaterstücke verlangen viel Zeit zum Nachdenken, aber Lawrence will es schon morgen fertig haben.«

»Ich bin mit nächstem Sonntag zufrieden«, sagte Firethorn mit einem satten Glucksen. »Fordert Eure Muse, Edmund. Strengt Euch an.«

Die drei Männer saßen in Firethorns Haus in Shoreditch zusammen. Barnaby Gill rauchte seine Pfeife, Edmund Hoode trank ein Glas Wasser, und der Gastgeber saß auf seinem Lieblingsstuhl aus Eiche mit hohem Rücken. Das Treffen war einberufen worden, um weitere Pläne für Lord Westfield's Men zu besprechen. Alle drei waren Anteilseigner, hochrangige Schauspieler, deren Namen auf dem königlichen Patent der Gesellschaft standen und die in allen Stücken die Hauptrollen übernahmen.

Es gab noch vier weitere Anteilseigner, doch Lawrence Firethorn hatte es für richtig befunden, dieses Triumvirat die Entscheidungen über das Repertoire treffen zu lassen. Barnaby Gill mußte dabeisein. Er war ein kleiner, stämmiger Mann von angenehmer Häßlichkeit, vierzig Jahre alt und hatte einen unstillbaren Appetit auf übelriechenden Tabak und wohlduftende Knaben. Außerhalb des Theaters war er mürrisch und launisch, doch kaum hatte er die Bühne betreten, verwandelte er sich in einen hochbegabten Künstler, dessen Mimik jedes Auditorium zu Lachstürmen hinriß. Nur ihm zuliebe war in das Stück über Richard Löwenherz die witzige Szene eingebaut worden.

Die Beziehung zwischen Firethorn und Gill wurde durch beruflichen Neid erschwert; regelmäßig drohte Gill mit seinem Fortgang. Doch in Wirklichkeit wußten die beiden Männer, daß sie sich niemals trennen würden. Die Dynamik zwischen ihnen auf der Bühne war ein wesentlicher Bestandteil des Erfolgs. Aus diesem Grund war Firethorn auch bereit, die Wutanfälle und Indiskretionen seines Kollegen zu übersehen.

»Mir gefällt die Idee nicht«, wiederholte Gill.

»Dann habt Ihr die Sache nicht ganz verstanden«, erwiderte Firethorn.

»Was gibt es da groß zu verstehen, Lawrence? England vernichtet die Armada. Ihr sucht ein Stück, um dieses Ereignis zu feiern – das ist genau das, was jede andere Theatertruppe in London auch macht.«

»Deshalb müssen wir ja gerade die ersten sein, Barnaby.«

»Ich bin dagegen.«

»Ihr seid immer dagegen.«

»Das ist unfair, Sir!«

»Aber es stimmt trotzdem.«

»Warum müssen wir alle anderen nachäffen?« fragte Gill erregt. »Wir sollten versuchen, etwas ganz anderes zu machen.«

»Meine Darstellung des Drake wird einzigartig sein.«

»Aha, da haben wir es ja.«

»Was?«

»Ich sehe für mich keine Rolle in diesem Stück.«

Edmund Hoode lauschte dem Streit mit dem philosophischen Lächeln eines Mannes, der das alles schon mal gehört hat. Als »hauptamtlicher« Poet der Truppe geriet er oft in die Rivalitätsstreitereien der beiden Männer. Jeder versuchte, den anderen zu übertrumpfen, und normalerweise konnte Hoode es weder dem einen noch dem anderen recht machen.

Er war ein großer, schlanker Mann Anfang Dreißig mit einem runden, sauber rasierten Gesicht, das noch einen Hauch jugendlicher Unschuld trug. Sein lockiges, braunes Haar und die bleiche Gesichtsfarbe verliehen ihm beinahe ein engelhaftes Aussehen. Hoode liebte es, seiner jeweils letzten Liebe Gedichte zu verfassen. Doch statt dessen fand er sich damit beschäftigt, überhastet Stücke zu schreiben, und das in einem Tempo, das ihn immer näher an den Rand eines Nervenzusammenbruchs brachte. Der einzige Trost war, daß es ihm jedesmal gelang, sich selber eine exquisite Rolle mit romantischem Anstrich zu schreiben.

»Wie bald werdet Ihr uns etwas vorlegen können, Edmund?«

»Um Weihnachten.«

»Die Sache ist mir sehr ernst.«

»Mir auch, Lawrence.«

»Wir bitten Euch um einen besonderen Gefallen«, säuselte Firethorn.

»Ihr erwartet zuviel von mir.«

»Nur, weil Ihr es immer geschafft habt, lieber Freund.«

»Er schmeichelt Euch«, warnte Gill zynisch.

»Das wird ihm nicht helfen«, sagte Hoode.

»Ich verwende Euren Titel«, erklärte Firethorn. »Zusammen mit Eurem Namen wird er auf den Plakaten groß herausgebracht. ›Gloriana Triumphant!‹«

»Keine gute Sache, da bin ich sicher«, bemerkte Gill mit einem Winseln.

»Seid ruhig, Sir!«

»Ich habe das Recht, meine Meinung zu sagen, Lawrence.«

»Ihr verhaltet Euch griesgrämig.«

»Ich möchte nur einfach ein anderes Stück wählen.«

»Jawohl«, stimmte Hoode bei. »Ein anderes Stück von einem anderen Autor.«

Lawrence Firethorn betrachtete sie durch zusammengekniffene Augen. Er hatte mit ihrem Widerstand gerechnet, aber er konnte ihn mit einem Schlag hinwegfegen. Sein Glucksen machte sie auf die Gefahr aufmerksam.

»Die Entscheidung ist bereits gefallen, Gentlemen.«

»Durch Euch?« verlangte Gill zu wissen.

»Durch Lord Westfield.«

Dazu gab es nichts mehr zu sagen. Die Theatertruppe verdankte ihre Existenz diesem Gönner. Aufgrund des allseits bekannten Erlasses über die Bestrafung von Vagabunden war die berufsmäßige Schauspielerei wirkungsvoll disqualifiziert worden. Erlaubt waren nur Truppen, die von einem adligen und zwei juristischen Würdenträgern des Reiches dieses Themas autorisiert waren. Alle anderen Schauspieler wurden automatisch als Gauner, Landstreicher und berufsmäßige Bettler betrachtet, denen das Gefängnis drohte. Lord Westfield hatte Firethorn und seine Genossen vor diesem entwürdigenden Schicksal bewahrt. Deshalb hatte das Wort des Gönners ein enormes Gewicht.

»Beginnt sofort mit der Arbeit, Edmund«, befahl der Gastgeber.

»Nun gut«, seufzte Hoode. »Setzt den Vertrag auf.«

»Das habe ich bereits getan.«

»Ihr ladet Euch zuviel auf«, warf Gill ihm vor.

»Irgend jemand muß es ja tun, Barnaby.«

»Wir sind auch Teilhaber. Auch wir haben Rechte.«

»Lord Westfield ebenfalls.«

Barnaby Gill setzte sein wütendstes Gesicht auf. Nicht zum erstenmal war er von Firethorn ausmanövriert worden, was seine Abneigung nur noch größer werden ließ. Edmund Hoode begann entnervt mit seiner neuen Aufgabe.

»Ich muß mit Nicholas reden.«

»Tut das, tut das«, ermunterte Firethorn ihn. »Macht Euch seine seemännischen Kenntnisse zunutze. Nicholas könnte uns da eine große Hilfe sein.«

»Wir verlassen uns bereits viel zu viel auf ihn«, sagte Gill irritiert. »Master Bracewell ist nur ein Angestellter. So sollten wir ihn auch behandeln und nicht wie unsereins.«

»Unser Impresario hat seltene Talente«, entgegnete Firethorn. »Akzeptiert das und seid dankbar dafür.« Er wandte sich an Hoode. »Zieht ihn bei der Sache kräftig zu Rate.«

»Das tue ich stets«, sagte der andere. »Manchmal denke ich, daß Nicholas Bracewell der wichtigste Mann in der ganzen Truppe ist.«

Firethorn und Gill schnauften gleichzeitig. Die Wahrheit kennt keinen Respekt vor unangemessenem Stolz.

Das nächtliche London war genau so brodelnd, stinkend und ohrenbetäubend wie bei Tage. Während die beiden Männer die Gracechurch Street hinuntergingen, umgab sie pulsierendes Leben und geschäftiges Dröhnen. Sie hatten sich so sehr an die Hektik ihrer Stadt gewöhnt, daß sie keinen Gedanken mehr daran verschwendeten. Es störte sie nicht, daß sie pausenlos von Passanten angerempelt wurden, klaglos atmeten sie den Gestank frischer Exkremente ein und schafften es noch, sich trotz des Lärms miteinander zu unterhalten.

»Verlangt ein höheres Gehalt von ihnen, Nick.«

»Das würde niemals bewilligt.«

»Aber Ihr verdient es. Ihr seid ein feiner Kerl.«

»Nur wenige Menschen werden nach ihren Verdiensten eingeschätzt, Will.«

»Richtig!« sagte sein Begleiter mit Nachdruck. »Schaut

Euch nur unseren verdammten Beruf an. Die meiste Zeit werden wir gemein behandelt. Man amüsiert sich über uns, fürchtet uns, verunglimpft uns, jagt uns und wirft uns sogar ins Gefängnis, und wenn wir sie tatsächlich mal mit einem Stück für ein oder zwei Stunden ihres billigen Lebens unterhalten, bedanken sie sich mit ein bißchen Applaus und ein paar Münzen, bevor sie wieder über uns herziehen. Warum ertragen wir ein solches Leben?«

»Wegen des Dranges.«

»Drang?«

»Es befriedigt einen Drang in uns.«

»Das kann ein hübsches fettes Weib erledigen, Nick.«

»Ich sprach von einem anderen Drang, Will. Denkt darüber nach.«

Nicholas Bracewell und Will Fowler waren gute Freunde und Kollegen. Der Impresario hatte großen Respekt vor dem Schauspieler und brachte ihm viel Sympathie entgegen, obwohl er ihm viele Probleme bereitete. Will Fowler war ein stämmiger, ungestümer Typ mittlerer Größe, dessen zahlreiche positiven Eigenschaften von seinem aufbrausenden Temperament und seiner Neigung zu Schlägereien aufgehoben wurden. Nicholas mochte ihn wegen seiner Überschwenglichkeit, seines verschmitzten Humors und seiner Großzügigkeit. Weil er Fowler als Schauspieler so sehr schätzte, verteidigte er ihn und half ihm immer wieder. Es war Nicholas, der Fowler bei der Stange hielt, was ihre Beziehung noch verstärkte.

»Ohne Euch würden Westfield's Men sich in nichts auflösen.«

»Ich bezweifle das, Will«, sagte Nicholas leichthin.

»Wir sind sämtlich von Euch abhängig.«

»Und noch mehr nennen mich einen Narren, daß ich eine solche Last trage.«

»Verlangt mehr Geld. Ein guter Arbeiter ist seinen Lohn wert.«

»Ich bin durchaus zufrieden mit meinem Lohn.«

»Ihr seid zu bescheiden, Nick«, neckte ihn der andere.

»Ich fürchte, das könnte man von Euch nicht sagen.«

Will Fowler brach in derartiges Gelächter aus, daß er die Passanten in seiner Nähe verscheuchte. Er schlug seinem Freund auf die Schultern und wandte ihm sein lachendes Gesicht zu.

»Ich habe versucht, mein Licht unter den Scheffel zu stellen«, erklärte er, »habe jedoch nie einen Scheffel gefunden, der groß genug wäre.«

»Ihr seid der geborene Schauspieler, Will. Ihr braucht Euer Publikum.«

»Applaus ist Essen und Trinken für mich. Ich würde verhungern, wenn ich ein anderer wäre, Nicholas Bracewell, einer der nach den Schatten Ausschau hält. Das Publikum muß wissen, daß ich ein guter Schauspieler bin und deshalb sage ich es ihm so oft und so laut ich kann. Warum sollte ich meine Vortrefflichkeit verbergen?«

»Ja, warum eigentlich?«

Nicholas bekam einen zweiten Schlag auf die Schulter.

Sie überquerten jetzt die Brücke und kamen nur langsam vorwärts, weil sich der Verkehr an der engsten Stelle staute. Die massive Ansammlung von Häusern und Geschäften auf der London Bridge erstreckte sich entlang der wichtigsten Straße der Stadt. Die Häuser lehnten sich über den Fluß und drängten sich dann wieder zusammen, so daß die Durchfahrt nur ein paar Meter breit war. Ein schweres Fuhrwerk rumpelte durch die Menge. Nicholas riß einen kleinen Jungen vor den Rädern weg, was ihm ein blasses Lächeln des Dankes einbrachte.

»Seht Ihr? Ihr könnt einfach nicht aufhören, anderen zu helfen.«

»Der Junge wäre von den Rädern niedergewalzt worden«, sagte Nicholas ernsthaft. »Es werden schon zu viele Menschen überrollt. Ich bin froh, daß ich wenigstens ein Opfer retten konnte.«

»Ein Opfer? Ihr rettet ein Dutzend jeden Tag.«

»Wirklich?«

»Jawohl«, sagte Fowler. »Und das sind nicht nur unvorsichtige Burschen auf der London Bridge. Wie oft habt Ihr unsere Lehrlinge unter den Rädern eines schweinsköpfigen, schafsgesichtigen Anteilseigners namens Barnaby Gill hervorgezerrt? Der Ständer zwischen seinen Beinen richtet viel mehr Schaden an als ein schweres Fuhrwerk. Ihr habt Dick Honeydew und die anderen davor bewahrt, niedergewalzt zu werden. Ihr habt Westfield's Men wieder und wieder gerettet. Und vor allem habt Ihr mich gerettet.«

»Vor Master Gill?« neckte Nicholas.

»Was!« brüllte Fowler in gutmütigem Zorn. »Laßt den nur mal seine Waffe gegen mich richten. Ich säg' sie ihm ab wie ein Stück Holz und nehm' sie als Knüppel, um ihm seinen skrofulösen Schädel einzuschlagen. Ich lasse ihn wie eine Puppe tanzen, das verspreche ich Euch!«

»Dann könnte selbst ich Euch nicht mehr retten, Will.«

Sie verließen die Brücke, betraten Southwark und wandten sich nach rechts Bankside zu. Die Themse war ein gewaltiger, sich kräuselnder Fluß neben ihnen. Fowler hatte Nicholas in eine Taverne eingeladen, wo sie einen alten Freund von Fowler treffen wollten. Aus der Art, wie sein Freund ihm geschmeichelt hatte, wußte Nicholas, daß Fowler einen Gefallen von ihm erwartete, und es fiel ihm nicht schwer, zu erraten, um was es dabei ging.

»Wie ist der Name Eures Freundes, Will?«

»Samuel Ruff. Ein tüchtiger Bursche, wie man ihn nur selten findet.«

»Wann habt Ihr ihn zum letzten Mal gesehen?«

»Viel zu lange her. Heutzutage vergehen die Jahre so rasch.«

Er seufzte. »Doch die Jahre sind mit mir besser umgegangen als mit Sam.«

»Weiß er, daß ich mitkomme?« fragte Nicholas.

»Noch nicht.«

»Ich möchte mich nicht in eine alte Freundschaft drängen.«

»Das ist kein Aufdrängen. Ihr seid dabei, um zu helfen, Nicholas.«

»Wie das?«

»Ihr werdet schon einen Weg finden, Nick. Ihr findet immer einen Weg.«

Zügig schritten sie durch die Dunkelheit dahin.

Obwohl *The Hope and Anchor* nahe bei seiner Wohnung lag, gehörte dieses Gasthaus nicht zu Nicholas' üblichen Lokalen. Das Haus hatte etwas irreparabel Verkommenes, in seinem Inneren tummelten sich Straßenräuber, Strichjungen, Landstreicher, Diebe aller Art, Falschspieler und Betrüger sowie lauter finsteres Volk. Stinkende Talgkerzen beleuchteten die Kneipe nur mäßig, die mit groben Holzbänken und -tischen, einer hochlehnigen Sitzbank und einer Reihe niedriger Hokker eingerichtet war. Die Lehmwände waren schmutzbedeckt, und die Binsen auf dem gepflasterten Boden waren alt und widerlich. In einer Ecke schnüffelte ein Hund nach Ratten.

The Hope and Anchor war voller Menschen, die einen ohrenbetäubenden Lärm machten. Ein alter Seemann versuchte, in dem Krach ein Seemannslied vorzutragen. Ein Kartenspiel verwandelte sich in eine wüste Schimpferei. Zwei betrunkene Hafenarbeiter trommelten auf dem Tisch nach der Bedienung. Flittchen lachten schrill auf, während sie ihren Kunden gut zuredeten. Dichter Tabakrauch und finstere Absichten erfüllten die ganze Taverne.

Nicholas Bracewell und Will Fowler saßen nebeneinander auf der Sitzbank und versuchten, ihre Unterhaltung mit Samuel Ruff zu führen, der auf einem Hocker auf der anderen Seite des Tisches saß. Alle drei tranken Flaschen-Ale. Es schmeckte brackig.

Nicholas sah sich ehrlich überrascht um.

»Ihr wohnt hier, Samuel?« fragte er.

»Wegen meiner Sünden.«

»Kann man denn hier sicher schlafen?«

»Ich schlafe mit der Hand am Degen.«

»Und mit der anderen Hand zwischen den Beinen«, sagte Fowler grinsend. »Diese Schlampen hier verpassen dir die Seuche, wenn sie dich nur anhauchen, und dann nehmen sie dir auch noch Geld dafür ab.«

»Ich kann mir solche Vergnügungen nicht leisten, Will«, sagte Ruff.

»Welches Vergnügen liegt auch schon in einem brennenden Schwanz?« Fowlers Grinsen wurde nachdenklich. »Drei Dinge fürchtet ein Schauspieler am meisten – die Pest, Puritaner und Syphilis. Ich weiß nie, was schlimmer ist.«

»Das kann ich Euch sagen.«

»Was ist das Schlimmste, Sam?«

»Die vierte Sache«, erklärte Ruff.

»Und das wäre?«

»Das Schlimmste von allem. Arbeitslosigkeit.«

In seiner Stimme lag so viel Traurigkeit und in seinen Augen so viel Verzweiflung, daß selbst der geschwätzige Fowler still wurde. Nicholas überflutete eine Woge des Mitleids mit Samuel Ruff. Er wußte aus eigener Erfahrung, wie ein solches Schicksal aussah und hatte eine besondere Antenne für die, die brutal zur Seite gestoßen wurden. Ruff brauchte ganz offensichtlich nicht nur Arbeit. Er mußte seinen Glauben an sich selbst zurückgewinnen. In Nicholas erwachte echtes Interesse.

»Seit wann seid Ihr Schauspieler, Samuel?«

»Seit mehr Jahren, als ich mich erinnern möchte«, gab Sam Ruff mit einem halben Lächeln zu. »Ich fing bei Leicester's Men an, dann reiste ich mit kleineren Gruppen herum.«

»Hier im Lande oder auch im Ausland?«

»Beides, Sir.«

»Wo seid Ihr auf Euren Reisen gewesen?«

»Ich war in Deutschland, Holland, Belgien, Dänemark, sogar in Polen. Man hat mich in vielen Sprachen ausgepfiffen.«

»Und applaudiert hat man Euch in noch viel mehr«, fügte

Fowler solidarisch hinzu. »Sam ist ein guter Schauspieler, Nick. Tatsächlich ist er beinahe so gut wie ich.«

»Eine bessere Empfehlung kann man sich überhaupt nicht vorstellen«, sagte Nicholas lächelnd.

»Wir sind alte Freunde, nicht wahr, Sam?«

»Das sind wir, Will.«

»Wenn ich mich recht erinnere, spielten wir zum ersten Mal in Bristol in ›Die drei Schwestern von Mantua‹. Das waren glückliche Tage.«

»Nicht für jeden«, erinnerte sich Ruff.

»Was sagt Ihr da?«

»Habt Ihr es vergessen, Will? Ihr habt dem Trompeter eine derartige Ohrfeige versetzt, daß er eine Woche sein Instrument nicht spielen konnte.«

»Der Bursche hatte es verdient.«

»Wenn er sich nicht rechtzeitig geduckt hätte, hättet Ihr ihn auch noch am anderen Ohr erwischt, dann wäre ihm für vierzehn Tage die Luft weggeblieben.«

»Was hatte der Mann denn getan?« fragte Nicholas verwundert.

»Er spielte miserabel Trompete«, erläuterte Will.

Fowler und Ruff lachten fröhlich, während sie ihre Erinnerungen austauschten. Als Fowler weitere Beispiele ausgrub, schien Ruff sich zu entspannen und aufzublühen bei dem Gedanken, daß es einmal eine Zeit gegeben hatte, in der seine Schauspielkunst gefragt war. Samuel Ruff war älter und grauhaariger als Fowler, doch waren beide etwa von gleicher Statur. Nicholas bemerkte die abgewetzte Kleidung und einen Hauch von Vernachlässigung. Er betrachtete das große, offene Gesicht mit den ehrlichen Augen und dem energischen Kinn. Doch Ruffs Integrität war durch seine schwierigen Lebensumstände nicht vernichtet worden, und sein Stolz war ungebrochen. Als Fowler ihm Geld anbot, war er ehrlich verletzt.

»Nehmt es zurück, Will. Ich kann für mich selber bezahlen.«

»Ich meinte es als Darlehen und nicht als Almosen.«

»Beides würde mich beleidigen.«

Fowler schob die Münzen rasch wieder in die Tasche und holte noch ein paar alte Erinnerungen aus ihrer gemeinsamen Zeit hervor. Bald lachten sie wieder, doch jetzt fehlte etwas von der vorherigen Wärme. Nicholas mochte Samuel Ruff, doch er sah keine Möglichkeit, wie er ihm in allernächster Zukunft helfen könnte. Firethorn hielt die Zahl der Angestellten der Gruppe so niedrig wie möglich, um Kosten zu sparen. Im Augenblick bestand kein Bedarf an neuen Schauspielern.

Allerdings schien Ruff auch nicht auf der Suche nach einer neuen Beschäftigung zu sein. Monate der Arbeitslosigkeit hatten ihren Tribut gefordert, und er sprach inzwischen davon, den Beruf vollständig aufzugeben. Will Fowler schüttelte verblüfft den Kopf, als er das hörte.

»Was wollt Ihr tun, Sam?«

»Ich gehe nach Hause zurück, nach Norwich.«

»Norwich?«

»Mein Bruder hat dort einen kleinen Bauernhof. Ich kann für ihn arbeiten.«

»Sam Ruff auf einem Bauernhof!« rief Fowler mit ehrlichem Abscheu aus. »Eure Hände sind nicht dazu geschaffen, die Schweine zu füttern.«

»Er hat Kühe.«

»Ihr seid Schauspieler. Ihr gehört auf die Bühne.«

»Das Schauspielhaus kommt auch ohne mich aus.«

»Das ist verräterisches Gerede, Sam!« drängte Fowler. »Schauspieler geben niemals auf. Sie spielen bis zum bitteren Ende. Himmel, Mann, Ihr seid einer von uns!«

»Jetzt nicht mehr, Will.«

»Ihr werdet das Theater heftig vermissen«, sagte Nicholas.

»Vermissen?« echote Fowler. »Das ist, als hätte man ein Bein verloren. Beide Beine. Jawohl, und zwei andere Sachen noch dazu, Sam. Wollt Ihr Eure Männlichkeit so rasch aufgeben? Wie kann man ohne das Theater überhaupt existieren?«

»Kühe können auf ihre Art trösten«, mutmaßte Ruff.

»Hört doch endlich mit diesem Unsinn über eine Farm auf!« befahl sein Freund mit einer energischen Handbewegung. »Ihr werdet uns nicht verlassen. Wißt Ihr, worüber Nick und ich heute abend auf dem Weg hierher gesprochen haben? Wir sprachen über den Schauspielerberuf. Über all die Schmerzen, die Enttäuschungen und bohrenden Schrecken. Warum nehmen wir das alles auf uns?«

»Ja, warum tun wir das?« fragte Ruff trübselig.

»Nick hatte eine Antwort darauf. Unser Drang. Das Theater beantwortet einen Drang in uns, ein Bedürfnis, Sam, und mir ist gerade klargeworden, was das ist.«

»Ist das so?«

»Gefahr.«

»Gefahr?«

»Ihr habt sie genau so gespürt, wie ich es habe, Sam«, sagte Fowler mit glühenden Augen. »Die Gefahr, Euch selber vor einem lebendigen Publikum zu testen, dessen Mißfallen zu riskieren, Risiken einzugehen, vor sie zu treten mit nichts als einem lustigen Kostüm und ein paar Versen. Das ist der Grund, aus dem ich es mache, Sam. Dieses Gefühl der Angst in den Adern zu haben, die Spannung zu spüren, der Gefahr ins Gesicht zu schauen! Das macht den Wert der Sache aus.«

»Nur wenn man eine Anstellung hat«, bemerkte Ruff.

»Woher wollt Ihr Eure Gefahr nehmen, Sam?«

»Eine Kuh kann einem Mann schlimme Tritte versetzen.«

»Auch ich gebe Euch einen schlimmen Tritt, wenn Ihr mit diesem Gerede nicht aufhört!«

»Ich habe meinen Entschluß gefaßt, Will.«

Weiteres Argumentieren war nutzlos. Egal, wie sehr er sich auch bemühte, Fowler konnte den Freund nicht von seinem Vorsatz abbringen. Nicholas wurde hinzugezogen, um Fowlers Argumenten Nachdruck zu verleihen, doch es war vergebens. Samuel Ruff war entschlossen, nach Norwich zurückzukehren. Es würde ein hartes Leben werden, doch würde er ruhiger schlafen als im *Hope and Anchor.*

Nicholas beobachtete die beiden Männer sorgfältig. Beide waren Schauspieler mittleren Alters in einem Beruf, der seine Mitglieder mit abgebrühter Gleichgültigkeit behandelte. Beide hatten die unmöglichen Anforderungen dieses Berufes eine Reihe von Jahren erfüllt, doch einer von ihnen war entlassen worden. Ein ernüchternder Anblick. Will Fowlers Begeisterung war ein scharfer Kontrast zu Ruffs stiller Verzweiflung. Die beiden Freunde schienen den Kern des Theaterlebens mit seiner Mischung aus Extremen und seinem tödlichen Streit zwischen Liebe und Haß zu repräsentieren.

Und noch etwas beobachtete Nicholas und ließ ihn seinen Freund bedauern. Will Fowler hatte sich auf das Zusammentreffen mit Samuel Ruff gefreut und ihm viel Bedeutung beigemessen, doch jetzt endete es mit einer Enttäuschung. Der Mann, den er aus ruhigeren Tagen kannte, existierte nicht mehr. Was zurückblieb, war ein blasses Bild seines alten Freundes, nur hin und wieder blitzte noch etwas von dem wirklichen Samuel Ruff auf. Ein Schauspieler, der einst seinen blinden Glauben an das Theater mit ihm geteilt hatte, war zum Ketzer geworden. Das schmerzte Fowler, und Nicholas litt mit ihm.

»Kann Euch nichts mehr von Eurem Plan abbringen?« bettelte Fowler.

»Nichts, Will.«

»Dann soll es so sein.«

In bedrückter Stimmung tranken sie ihr Bier aus. Nicholas ging zur Wirtin, um zu bezahlen. Inzwischen war es noch stickiger im Gasthaus geworden, die Luft war voller beißender Gerüche. Pärchen kämpften sich die Treppe hoch zu ungewissen Vergnügungen, kehlige Schreie begleiteten ein Würfelspiel, und der alte Seemann, schwankend wie ein Hauptmast im Sturm, versuchte eine Ballade über den Sieg über die Armada zu intonieren. Der Hund bellte, und jemand erbrach sich in den Herd.

Nicholas war froh, als sie gingen. Er ahnte Schwierigkeiten. *The Hope and Anchor* war ein Pulverfaß, das jeden Augenblick in die Luft fliegen konnte. Obwohl er durchaus in der Lage war, sich bei einer Schlägerei zu verteidigen, war er auf Prügeleien nicht versessen; es machte ihm Sorgen, daß er jemand bei sich hatte, der gerne die Fäuste fliegen ließ. Ein lebhafter Fowler war schon ein Problem, ein enttäuschter ein noch größeres. Nicholas zahlte die Rechnung und wandte sich zum Gehen.

Doch es war bereits zu spät.

»Aus dem Weg, Sir!«

»Ihr werdet mir Rede und Antwort stehen!«

»Nein, Sir. Ich werde Euch den Schädel einschlagen!«

»Ich habe etwas, um den Euren abzuhacken!«

»Bleibt mir vom Leibe!«

»Zieht!«

Will Fowler wurde von einem großen, bulligen Mann mit rotem Bart herausgefordert, der ein Schwert in der Hand hielt. Der Schauspieler sprang von der Sitzbank hoch und packte seinen eigenen Degen. Sofort wurden in der Mitte des Schankraumes alle Tische rasch zur Seite geschoben. Die beiden Männer umkreisten einander. Bevor Nicholas noch einen Schritt tun konnte, warf sich Samuel Ruff dazwischen.

»Haltet Euer Schwert hoch, Will«, drängte er.

»Geh beiseite, Sam.«

»Es gibt keinen Grund für diesen Streit.«

»Ich will Blut sehen.«

Ruff schwang herum, um den Fremden zu sehen. Unbewaffnet, doch ohne Furcht sprang er zwischen die Kämpfer, hob die Arme und schützte den Freund mit seinem Körper.

»Laßt uns das bei einem Krug Ale bereden, Sir.«

»Nein!« zischte der andere.

»Bringt Euren Streit wieder in Ordnung«, bat Ruff.

Der Fremde ließ sich nicht erweichen. Er sah die Chance, seinen Gegner in einem unaufmerksamen Moment zu erwischen, und er ergriff sie. Mit einem blitzschnellen Stoß fuhr sein Schwert unter Ruffs Arm hindurch und bohrte sich tief in Fowlers Bauch. Der Kampf war zu Ende.

»Will!« schrie Nicholas und sprang vorwärts.

»Ich... ich... bringe ihn um«, drohte Fowler schwach.

Er ließ sein Schwert fallen, taumelte ein paar Schritte und stürzte zu Boden. Nicholas beugte sich nieder und nahm ihn entsetzt in seine Arme. Die Wirtin kreischte, die Kartenspieler brüllten, der alte Seemann röhrte, der Hund bellte wie verrückt. In der allgemeinen Verwirrung rannte der Fremde zur Tür und verschwand in der Gasse.

Alle drängten sich um den gestürzten Mann.

»Tretet zurück!« befahl Nicholas. »Gebt ihm Luft zum Atmen!«

»Was ist passiert?« fragte Fowler schwindlig.

»Es war meine Schuld«, gestand Ruff, den der Schmerz übermannte, als er neben dem Verwundeten niederkniete. »Ich habe versucht, ihn zu stoppen, aber er traf Euch unter meinem Arm durch.«

»Verflucht ihn!« stöhnte Fowler.

Die Wirtin drängte sich durch die Menge, um den fürchterlichen Fall zu betrachten. Schlägereien waren nichts Besonderes in der Taverne, doch normalerweise ging man nicht mit Schwertern aufeinander los, und es endete gewöhnlich nicht damit, daß jemand sein Blut über den ganzen Boden vergoß.

»Bringt ihn zum Arzt!« drängte sie.

»Er darf nicht bewegt werden«, sagte Nicholas und tat sein Bestes, um das strömende Blut zu stillen. »Holt den Arzt hierher. Sagt ihm, er solle sich beeilen.«

Die Wirtin schickte ihren Jungen mit einem scharfen Befehl los. Nicholas hielt seinen Freund zitternd in den Armen und wollte es nicht glauben. Will Fowler war ein so starker, energischer Mann gewesen, und jetzt verblutete er so rasch in einer elenden Kneipe in Bankside. Das Gefühl der unsinnigen Verschwendung war überwältigend.

»Wer war der Mann?« murmelte Fowler.

»Strengt Euch nicht an, Will«, warnte ihn Nicholas.

»Ich will es wissen«, sagte Will Fowler mit einem letzten Aufblitzen von Mut. »Wer war der Verbrecher?«

Er blickte fragend auf, doch niemand hatte eine Antwort.

Nicholas war von Schmerz und Zorn überwältigt. Es war nicht nur der Gedanke an Will Fowlers nahenden Tod, der ihm klarmachte, wieviel ihm die Freundschaft bedeutet hatte. Die Warmherzigkeit und das überschäumende Temperament des Schauspielers würden schmerzlich vermißt werden. Nicholas zog den Körper enger an sich, als könne er ihn so vor dem Tode bewahren, doch es war vergebens. Will Fowlers Schicksal war besiegelt.

Samuel Ruff war in Tränen aufgelöst und quälte sich mit dem Gedanken, daß alles seine Schuld war. Endlos murmelte er Entschuldigungen zu der hingestreckten Gestalt. Nicholas sah das blanke Entsetzen in seinen Augen und bemerkte, daß Blut aus Ruffs Ärmel tropfte, eine Wunde also auch bei ihm. Das Schwert hatte seinen Arm verletzt, bevor es Fowler getroffen hatte.

Der sterbende Mann fand die Kraft zu einem Flüstern.

»Nick…«

»Hier bin ich, Will.«

»Finde ihn… bitte… finde den Verbrecher!«

In einem erneuten Schmerzanfall griff er sich an den Bauch, dann wurde sein ganzer Körper schlaff. Ein letztes Zischen entwich seiner Kehle. Will Fowler brauchte keinen Arzt mehr.

Samuel Ruff verbarg das Gesicht in den Armen. Nicholas spürte, wie auch ihm die Tränen kamen, doch sein Schmerz war mit kalter Wut vermischt. Ein lieber Freund war auf gemeine Art niedergestochen worden. In einem Wutanfall war ein wertvolles Leben nutzlos verschleudert worden. Will Fowler hatte ihn gebeten, den Täter aufzuspüren, und Nicholas übernahm diese Aufgabe mit eiserner Entschlossenheit.

»Ich werde ihn finden, Will«, versprach er.

3. Kapitel

Bankside bestand nicht vollständig aus Bordellen, Spielhallen, Kaschemmen und den üblichen Wirtshäusern. Weil es jenseits der juristischen Einflußzone der Stadt lag, besaß dieses bevölkerungsreiche Gebiet von Southwark seine eigenen Hahnenkampfplätze, Biergärten und Bullenbeißer-Arenen. Aber es gab auch Geschäfte, Arbeitsstellen und respektable Wohngebiete. Entlang der Werften und Lagerschuppen hatte man einen herrlichen Blick über den Fluß auf St. Paul's und die Stadt.

Anne Hendrik hatte mehrere Jahre ihres Lebens in Bankside verbracht und kannte das Labyrinth seiner Straßen gut. Sie entstammte einer englischen Familie und heiratete Jacob Hendrik, als sie noch keine zwanzig war. Jacob, einer der zahllosen niederländischen Einwanderer in London, war ein tüchtiger Hutmacher, der wußte, daß die städtischen Handwerkergilden ihn und seine Landsleute nicht in ihren exklusiven Bruderschaften aufnahmen. Um seinen Lebensunterhalt zu verdienen, mußte er sich deshalb außerhalb der Stadtgrenzen niederlassen, und Southwark war da die beste Wahl. Harte Arbeit und die Bereitschaft, sich anzupassen, verhalfen ihm zu geschäftlichem Erfolg. Als er nach fünfzehn glücklichen Ehejahren verstarb, hinterließ er seiner Witwe ein ordentliches Haus, ein blühendes Geschäft und einen bescheidenen Wohlstand.

Andere Frauen wären fortgezogen oder hätten wieder geheiratet, doch Anne Hendrik fühlte sich an das Haus und seine Atmosphäre gebunden. Weil sie keine Kinder hatte, fehlte ihr Gesellschaft, und sie beschloß, einen Mieter aufzunehmen. Schon bald war er mehr als nur das.

»Bist du das, Nicholas?« rief sie.

»Ja.«

»Du kommst spät.«

»Du hättest nicht auf mich warten sollen.«

»Ich habe mir Sorgen um dich gemacht.«

Anne kam zur Haustür, als er sie hinter sich schloß. Als sie ihn im Kerzenlicht erblickte, verzerrten sich ihre hübschen Gesichtszüge vor Schrecken.

»Du bist verletzt!« sagte sie und eilte auf ihn zu.

»Nein, Anne.«

»Aber du hast Blut an den Händen und an den Kleidern.«

»Das ist nicht meins«, besänftigte er sie.

»Hat es Schwierigkeiten gegeben, Nick?«

Er nickte. »Will Fowler.«

»Was ist passiert?«

Sie gingen in sein Zimmer. Anne holte ihm einen Krug Wasser, damit er sich reinigen konnte, und Nicholas Bracewell erzählte ihr, was sich im *Hope and Anchor* zugetragen hatte. Er war immer noch tief erschüttert. Anne war sehr beunruhigt. Obwohl sie Will Fowler nur ein paar Mal getroffen hatte, kannte sie ihn als einen lebhaften, unterhaltsamen Mann mit einem unerschöpflichen Vorrat an lustigen Geschichten über die Welt des Theaters. Es erschien ihr geradezu pervers, daß sein Leben so schnell und auf so miese Weise enden mußte.

»Hast du eine Idee, wer der Mann war?« fragte sie.

»Keine«, sagte Nicholas grimmig. »Aber eines Tages erwische ich ihn.«

»Was ist mit diesem Master Ruff?«

»Er war genau so entsetzt wie ich, Anne. Ich habe ihm geholfen, für heute nacht ein anderes Zimmer zu finden. Er konnte den Gedanken nicht ertragen, in dem Haus zu bleiben, in dem Will ermordet wurde.«

»Du hättest ihn mit hierher bringen können«, bot sie an.

Nicholas schaute sie an und verspürte eine Woge der Zuneigung. Ihr ovales Gesicht, sonst so lieblich und von zufriedenem Ausdruck, war jetzt sorgenvoll gefurcht. Ihre Hilfsbereitschaft und ihr Mitgefühl waren offensichtlich. In Notfällen war es immer ihr erstes Bestreben, praktische Hilfe zu leisten. Das war eine Eigenschaft, die Nicholas mit ihr teilte, und das war auch einer der Gründe, der sie miteinander verband.

»Danke, Anne«, sagte er leise.

»Wir hätten ihm etwas Besseres bieten können als ein Zimmer in einem billigen Gasthaus. Hast du nicht daran gedacht, ihn hierher zu holen?«

»Er wäre nicht gekommen«, antwortete Nicholas. »Samuel Ruff ist ein sehr stolzer und unabhängiger Mann. Seine Freundschaft mit Will ist schon viele Jahre alt und bedeutete ihnen beiden sehr viel. Samuel will mit seinen Gedanken und seiner Trauer allein bleiben. Das kann ich nur respektieren, Anne.«

Während er sich die Hände abtrocknete, goß sie das schmutzige Wasser fort. Nicholas war erschöpft. Mitternacht war seit Stunden vorbei, und die Ereignisse im *Hope and Anchor* hatten ihren Tribut gefordert. Man hatte nach der Polizei geschickt, die Sache lag jetzt in der Hand des Magistrats. Die Leiche war fortgebracht worden. Bis zum Morgen gab es nichts mehr, was Nicholas noch hätte tun können. Doch seine Gedanken ließen ihn nicht zur Ruhe kommen.

Anne Hendrik kam zurück. Sie war eine großgewachsene, gutaussehende Frau mit anmutigen Bewegungen und Leichtigkeit bei allem, was sie tat. Ihre Stimme war sanft.

»Du brauchst deinen Schlaf, Nick. Kommst du zurecht?«

»Ich denke schon.«

»Wenn du etwas benötigst, brauchst du mich nur zu rufen.«

»Das weiß ich.«

Sie blickte ihn zärtlich an, dann ließ ein plötzlicher Gedanke sie ihn für ein paar Sekunden fest an sich ziehen. Als sie ihn losließ, strich sie ihm mit zarter Hand übers Haar.

»Es tut mir leid um Will Fowler«, flüsterte sie. »Aber du hättest genausogut derjenige sein können, der getötet wurde. Das hätte mir das Herz gebrochen.«

Sie küßte ihn zärtlich auf die Stirn und ging hinaus.

Es war typisch für Lawrence Firethorn, daß er das Unglück als persönliche Beleidigung auffaßte. Ohne die geringsten Skrupel verwandelte er den Tod eines Angestellten in einen direkten Angriff auf seine Reputation. Am nächsten Nachmittag hätte Will Fowler bei der letzten Aufführung im *Queen's Head* auftreten und die wichtigste der zweitrangigen Rollen spielen sollen. Da die anderen angestellten Schauspieler bereits sämtlich Doppelrollen übernommen hatten, war es unmöglich, ihn zu ersetzen. Die ganze Aufführung stand auf dem Spiel. Firethorn steigerte sich in eine richtige Raserei, als er darüber nachdachte.

»Eine Schande!« brüllte er. »Eine verdammte Schande!«

»Sehr bedauerlich«, pflichtete Nicholas bei.

»Westfield's Men haben noch nie zuvor abgesagt. Das wäre ein fürchterlicher Präzedenzfall. Dem Publikum würde die Chance entgehen, mich sehen zu können! Ihr müßt euch da schon einen Vorwurf gefallen lassen, Nicholas.«

»Warum, Master?«

»Ihr wart es, der Will Fowler gehalten hat.«

»Er war ein guter Schauspieler.«

»Ihr habt mich ein Dutzend Mal davon abgehalten, seinen Vertrag in Stücke zu reißen.«

»Will war ein wertvolles Mitglied dieser Gruppe.«

»Er war zu streitsüchtig. Früher oder später mußte er einmal an den Falschen geraten. Gottes Blut! Hätte ich doch nur meinem Instinkt gehorcht und nicht auf Euch gehört!«

Sie waren im großen Schlafzimmer in Firethorns Haus, der Schauspieler lief in einem weißen Nachthemd herum. Nach einer schlaflosen Nacht hatte Nicholas sich nach Shoreditch begeben, um die schlechte Nachricht zu überbringen. Was er zu sagen hatte, war nicht gut aufgenommen worden.

»Das ist so gemein mir gegenüber!« jammerte Firethorn.

»Meine Gedanken sind bei Will«, sagte Nicholas spitz.

»Einer meiner Angestellten wird bei einer Wirtshauskeilerei erschlagen – eine hübsche Geschichte! Das beschmutzt die ganze Gruppe. Konntet Ihr nicht vorher an so etwas denken?«

»Er hat mich doch in die Spelunke mitgenommen.«

»Das macht keinen Unterschied. Ich bin derjenige, der darunter zu leiden hat. Himmel, Nick, wir nehmen genug Risiken auf uns, wenn wir die Stadtverordnungen übertreten. Das letzte, was wir brauchen, ist ein Zusammenstoß mit den Behörden.«

»Ich habe alles getan, was zu tun war«, versicherte ihm der andere. »Ihr werdet überhaupt nicht in die Sache hineingezogen.«

»Ich werde in alles hineingezogen, was Westfield's Men betrifft«, betonte Firethorn in seiner Lieblingspose. »Außerdem, wie wollt Ihr für uns Regie führen, wenn Ihr dem Magistrat Rede und Antwort stehen müßt? Seht Ihr jetzt, wie alles auf mich zurückfällt? Die Geschichte beschädigt meinen Ruf als großen Schauspieler.«

Nicholas Bracewell seufzte tief auf. Er trauerte über den Tod eines Freundes, aber Firethorn trampelte auf seinen Gefühlen herum. Es gab Zeiten, da fiel selbst ihm es schwer, die Wutanfälle dieses Mannes auszuhalten. Er kam auf das drängendste Problem zu sprechen.

»Wir sollten über ›Liebe und Glück‹ nachdenken«, schlug er vor.

»In der Tat, Sir. Das Publikum wartet auf die Aufführung am heutigen Nachmittag. Den Leuten hat das Stück immer gut gefallen.«

»Und so wird es auch jetzt wieder sein.«

»Ohne Will Fowler?«

»Dafür gibt es eine Lösung.«

»Wir haben nicht die Zeit, das Stück umzuschreiben«, sagte Firethorn wegwerfend. »Wir könnten es mit einer morgendlichen Probe sowieso nicht schaffen. Und Edmund ist nicht in der Lage, sich einer solchen Aufgabe zu widmen. Das Stück über die Armada setzt ihn mächtig unter Druck.«

»Edmund wird dafür nicht gebraucht.«

»Und trotzdem sagt Ihr, es gäbe eine Lösung?«

»Jawohl, Master.«

»Wollt Ihr Will Fowler von den Toten auferstehen lassen, Sir?«

»In gewissem Sinne, ja.«

»Was soll dieses Rätsel?«

»Sein Name ist Samuel Ruff.«

»Ruff!« bellte Firethorn. »Der Schuft, der euch beide ins *Hope and Anchor* geschleppt hat?«

»Er ist ein erfahrener Schauspieler«, argumentierte Nicholas. »In vielen Punkten so gut wie unser eigener Mann.«

»Er könnte die Rolle nie in ein paar Stunden einstudieren.«

»Samuel glaubt, daß er das kann. Er arbeitet bereits an der Rolle. Ich habe die betreffenden Seiten für ihn aus meinem Buch abgeschrieben.«

»Ihr nehmt Euch Freiheiten heraus, Nick«, warnte Firethorn. »›Liebe und Glück‹ ist unser Eigentum. Es ist nicht für die Augen von Fremden bestimmt.«

»Möchtet Ihr, daß die Aufführung heute stattfindet?«

»Selbstverständlich!«

»Dann ist das die einzige Möglichkeit.«

»Ich werde keinen Mann einstellen, den ich noch nie gesehen habe.«

»Mit Eurer Erlaubnis werde ich ihn zur Probe einladen. Ihr werdet sehr bald beurteilen können, ob er die Rolle spielen kann. In so kurzer Zeit finden wir keinen besseren Mann.«

»Aber der Mann ist heute nacht verwundet worden.«

»Eine Fleischwunde am linken Arm«, sagte Nicholas. »Der Arzt hat sie behandelt, es ist nichts Ernstes. Lorenzo trägt in jeder Szene einen Mantel. Das verbirgt die Verletzung vollständig. Was den Rest des Kostüms betrifft, Samuel hat etwa Wills Größe und Gewicht, es brauchen also keine Änderungen vorgenommen zu werden.«

»Hört auf, mir den Mann aufzudrängen!« protestierte Firethorne.

»Er bemüht sich, uns zu helfen.«

»Wenn er nicht gewesen wäre, bräuchten wir keine Hilfe.«

»Samuel akzeptiert das. Er fühlt sich schuldig an dem, was

passiert ist. Deshalb möchte er es wenigstens zum Teil wiedergutmachen. Die Rolle seines Freundes zu übernehmen, würde sehr viel für ihn bedeuten.«

»Die Idee gefällt mir nicht.«

»Will Fowler hätte dem zugestimmt.«

»Ich treffe die Entscheidungen in dieser Truppe – nicht Will Fowler.«

»Vielleicht sollte ich die Angelegenheit mit den anderen Anteilseignern besprechen«, sagte Nicholas unverblümt. »Die betrachten die Sache vielleicht aus einem anderen Blickwinkel.«

»Mein Blickwinkel ist der einzige, auf den es ankommt«, schnarrte der Schauspieler.

Lawrence Firethorn lief wie ein Tiger in seinem Käfig auf und ab. Als aus dem daneben liegenden Gemeinschaftsraum der Lehrlinge jungenhaftes Gelächter erklang, trommelte er gegen die Wand und brüllte, sie sollten schweigen. Als seine Frau jemand schickte, um zu melden, das Frühstück sei fertig, erschreckte er die Hausangestellte, indem er sein Gebiß fletschte. Nach einiger Zeit kam er jedoch wieder zu sich.

»Er hat Erfahrung, sagt Ihr?«

»Mehrere Jahre bei guten Truppen, darunter Leicester's Men.«

»Kann er den Text schnell auswendig lernen?«

»Das war seine Spezialität.«

»Ist er streitsüchtig?« fragte Firethorn. »So wie Will?«

»Nein, Master. Er ist ein friedlicher Bürger.«

»Und wieso hat dieser prächtige Bursche keine Arbeit?«

»Ich weiß es nicht.«

»Er muß irgendwo ein paar Fehler haben.«

»Nicht daß ich wüßte. Will legte die Hand für ihn ins Feuer.«

»Wo hat Ruff zuletzt gespielt?«

»Bei Banbury's Men«, sagte Nicholas.

»Banbury's Men!«

Firethorns Ausruf hallte durch das ganze Haus. Sein Interesse an Samuel Ruff war abrupt beendet. Der Earl of Banbury und Lord Westfield waren ausgesprochene Feinde, die keine Gelegenheit ausließen, sich gegenseitig zu schaden. Ihre Theatertruppen waren die Hauptwaffen in diesem Kampf und behandelten sich gegenseitig mit ausgesuchtem Haß. Banbury's Men waren im Vorteil gewesen, doch inzwischen hatten Lord Westfield's Men sie überrundet. In der unbeständigen Welt des Londoner Theaters hatten Lawrence Firethorn und seine Truppe jetzt die Oberhand, und er hatte nicht die Absicht, das von irgend jemand ändern zu lassen.

»Seht ihn Euch doch wenigstens einmal an«, drängte Nicholas.

»Er ist nicht der richtige Mann für uns.«

»Es war nicht sein Fehler, daß er bei Banbury gehen mußte. Man zwang ihn dazu.«

»Ich werde ihn nicht engagieren, Nick. Kommt nicht in Frage.«

»Dann müssen wir die Aufführung so schnell wie möglich absagen.«

»Moment mal! Ich werde nichts überstürzen.«

»Die anderen werden von Eurer Entscheidung schockiert sein.«

»Sie ist noch nicht getroffen worden.«

»Gebt Samuel eine Chance«, flüsterte Nicholas. »Er ist der Mann der Stunde.«

»Nicht bei seiner Herkunft.«

»Wißt Ihr, weshalb er Banbury's Men verlassen hat?«

»Ist mir völlig gleichgültig«, schnappte Firethorn.

»Wollt Ihr hören, was sein Verbrechen war?«

»Vergeßt ihn.«

»Er hat sich lobend über Euch ausgesprochen.«

Es gab eine Pause, die lang genug war, um ein erstes Interesse Wurzeln schlagen zu lassen. Nicholas düngte das zarte Pflänzchen vorsichtig mit weiteren Einzelheiten.

»Giles Randolph protestierte gegen das, was gesagt wurde.«

»Randolph ist ein Amateur.«

»Er ist ein reiner Egozentriker. Es reicht ihm nicht, bei seiner Truppe der führende Schauspieler zu sein. Sie müssen ihn ununterbrochen loben und ihm schmeicheln, damit er bei Laune bleibt, und Samuel schaffte es nicht, das mitzumachen. Sie spielten ›Scipio Africanus‹.«

»Miserables Stück«, sagte Firethorn verächtlich. »Nichts als langweilige Ideen und lahme Poesie. Daran würde ich mir nicht die Hände schmutzig machen.«

»Giles Randolph spielte die Titelrolle. Er hatte eine Szene mit Samuel in der Rolle eines Tribuns. Es war...«, Nicholas brach plötzlich ab und zuckte die Schultern. »Na ja. Ihr wollt es ja doch nicht hören.«

»Weiter, weiter.«

»Vielleicht ist es ja auch nur leeres Geschwätz.«

»Wie ging's weiter, Nick?«

Lawrence Firethorn war begierig, alles zu erfahren. Er und Giles Randolph waren erbitterte Rivalen, hochbegabte Künstler, die miteinander wetteiferten, sobald sie eine Bühne betraten. Alles, was über Randolph Schlechtes berichtet wurde, war eine willkommene Nachricht für Lawrence Firethorn. Neugier brachte ihn dazu, seinem Impresario auf die Brust zu pochen.

»Nun redet doch, Sir. Sie hatten eine Szene zusammen.«

»An einer wichtigen Stelle der Handlung.«

»Und?«

Nicholas hatte lange genug mit Schauspielern zusammengearbeitet, um einige ihrer Tricks zu beherrschen. Er zögerte noch ein paar Sekunden, um die Spannung zu erhöhen, dann fuhr er fort.

»Als Samuel seine beste Leistung brachte, beklagte sich Randolph, seine Darstellung sei zu stark. Sie nehme dem Held den Wind aus den Segeln.«

»Ha! Schöner Held! Schöner Wind!«

»Samuel ist ein aufrichtiger Mann. Er hat die Wahrheit gesagt.«

»Dieser Randolph ist ein geschwätziger Idiot!«

»Daß ein führender Schauspieler führen und sich nicht mit schlechten Akteuren umgeben solle, die ihn besser aussehen lassen.«

»Und über mich?« fragte Firethorn, der jetzt richtig neugierig geworden war. »Was hat er über mich gesagt?«

»Samuel stellte Euch als ein Beispiel dar, Meister. Ihr würdet in jeder Theatertruppe glänzen. Je besser die Spieler Eurer Umgebung, desto mehr würdet Ihr Euch steigern. Sie würden Eure Kunst nur noch beflügeln.«

Firethorn strahlte. Kein Lob ist schöner als das eines anderen Schauspielers. Er bewertete Samuel Ruff als sehr sachverständig und fing an, ihm seine Verbindung zu Banbury's Men zu verzeihen. Nicholas machte sich diese neue Auffassung zunutze.

»Samuel ist ganz wild darauf, bei uns zu arbeiten«, fuhr er fort. »Er hält es für seine Pflicht Will Fowler gegenüber. Er ist so sehr daran interessiert, mit uns zu spielen, daß er angeboten hat, ohne jede Bezahlung zu arbeiten.«

»Wirklich?« Firethorns Augen leuchteten.

»Aber ich habe ihm versichert, Ihr seid ein Ehrenmann, der nicht im entferntesten daran denkt, jemand zu beschäftigen, ohne ihn angemessen zu entlohnen.«

»Aber selbstverständlich«, pflichtete der Schauspieler ihm bei und verbarg seine Enttäuschung.

»Dann ist es also vereinbart?«

Firethorn saß auf der Kante seines viersäuligen Bettes. Selbst im Nachthemd besaß er eine gewisse zerknitterte Würde. Er sah aus wie ein römischer Senator, der über seinen Staatsgeschäften brütet.

»Sagt ihm, er solle sich in einer Stunde zur Probe einfinden.«

Nicholas nickte und zog sich zurück. Es war gut gelaufen. Im sicheren Gefühl seiner Überredungskünste hatte er Samuel bereits gesagt, wann er sich beim *Queen's Head* einfinden solle. Die Geschichte vom Weggang von seiner früheren Truppe hatte nicht so ganz der Wahrheit entsprochen, doch Nicholas hatte keine Hemmungen, die Tatsachen ein wenig auszuschmücken. Ein eitler Mann wie Firethorn liebte es, wenn die Eitelkeiten anderer Leute offengelegt wurden. Hauptsache war, die Aufführung brauchte nicht abgesagt zu werden.

Es war ein kleiner Trost nach einer schrecklichen Nacht.

Samuel Ruff enttäuschte sie nicht. Obwohl er müde und in Trauer war, trat er bei der Probe textsicher und mit klarem Verständnis seiner Rolle an. Beim Einweisen lernte er rasch, und sein offensichtlicher Respekt vor Firethorn sprach eine eigene Sprache. Er war wirklich der Mann der Stunde.

Die Vorstellung am Nachmittag begeisterte das Publikum. »Liebe und Glück« war eine romantische Komödie über die Gefahren zu hastiger Leidenschaften, und das Spiel mit verwechselten Personen wurde besonders gut aufgenommen. Firethorn leitete die Truppe mit der typischen Inbrunst, Edmund Hoode glänzte als liebeskranker Galan, und Barnaby Gill setzte all seine Fähigkeiten ein, das Publikum zu Lachstürmen hinzureißen. Mit fantastischen Perücken und Kostümen brachten die männlichen Schauspielschüler die weiblichen Rollen mit besonderer Lebhaftigkeit zur Geltung.

Ruff selber glänzte in der Testrolle des Lorenzo. Nicht nur spielte er seine eigene Rolle hervorragend, er improvisierte auch blitzschnell, als ein anderer Spieler seinen Einsatz verpaßte und ein zweiter mitten im Satz den Text vergessen hatte. Samuel war ein altgedienter Schauspieler, gestählt in langen Berufsjahren in einer Branche, die ihm vor kurzem so schnöde den Rücken gekehrt hatte. Bei seiner kraftvollen Darstellung ahnte man nichts von dem dunklen Schmerz, der seine Seele einhüllte.

»Liebe und Glück« war das richtige Stück zur richtigen Zeit. Will Fowlers Tod hatte die ganze Truppe erschüttert, die Probe fand in einer Begräbnisatmosphäre statt. Doch als sie einmal angefangen hatten, ließen sich die Spieler von dem fröhlichen Tempo des Stückes mitreißen und hatten keine Zeit mehr, sich ihren trüben Gedanken hinzugeben. Aus einer tiefen Tragödie schöpften sie Kraft für einen heiteren Triumph.

Nicholas Bracewell hatte die Leitung, kommandierte die Besetzung, gab Einsätze und achtete darauf, daß die Handlung nicht abbrach. Es war Teil seiner Aufgabe, die Handlung des Dramas Schritt für Schritt aufzuzeichnen, die Szene für Szene detailliert angab, was passierte, wer daran beteiligt war und wann jeder einzelne seinen Auftritt und Abgang hatte. Da sie alle nur mit einzelnen Blättern arbeiteten, die ihre jeweilige Rolle enthielten, verließen sich die Schauspieler vollständig auf seine Beschreibung des Ablaufs, die im Kostümhaus an der Wand hing. Sie waren dankbar für Nicholas' gut leserliche Handschrift und für seine Ausführlichkeit. Alles war absolut richtig.

Der Impresario war fasziniert von der Art, wie Samuel für seinen toten Freund einsprang und bemerkte die Begeisterung im Gesicht des Mannes, wann immer er von der Bühne kam. Das war kein Farmarbeiter, der sich damit zufrieden gab, in ländlicher Anonymität sein Leben zu verbringen. Das Theater war sein wirkliches Zuhause. Wie Will Fowler würde auch er kein wirkliches Glück außerhalb des Theaters finden. Nicholas beschloß, ein weiteres Gespräch mit Firethorn zu führen.

Der Hauptdarsteller befand sich in leutseliger Verfassung und lächelte allen und jedem zu, während er unter einer Woge des Beifalls in den Aufenthaltsraum ging. Vor dem nächsten Einsatz prüfte er sorgfältig sein Aussehen im Spiegel, strich seinen Bart, befingerte seine Locken und rückte Hut und Kostüm unmerklich zurecht. Es war nicht nur der Erfolg des Stückes, der ihn so heiter machte, auch nicht die Tatsache, daß Lord Westfield höchstpersönlich anwesend war, um die Aufführung zu sehen. Es war etwas anderes, das seinem Schritt diesen jugendlichen Schwung verlieh. Barnaby Gill wußte, was der Grund war.

»In der Mitte der unteren Galerie«, zischte er.

»Das dachte ich mir«, sagte Nicholas und blätterte in seinem Textbuch. »Ich habe die Zeichen erkannt.«

»Er richtet jede einzelne Zeile an sie.«

»Bekommt er auch eine Antwort?«

»Antwort!« echote Gill mit gehässigem Unterton. »Andauernd senkt sie ihre Maske und belohnt ihn mit so feurigen Blicken, daß ihm schon der Kamm schwillt. Denkt an meine Worte, Nicholas, die weiß, wie sie seiner Eitelkeit schmeichelt.«

»Wer ist sie?«

»Macht Euch auf etwas gefaßt.«

»Warum?«

»Lady Rosamund Varley.«

»Oh!«

Nicholas winkte einige Schauspieler für ihren Einsatz in Position. Er wagte nicht, über das nachzudenken, was er soeben gehört hatte. Eine mögliche Liaison zwischen Lawrence Firethorn und Lady Rosamund Varley war zu kompliziert, um auch nur darüber nachzudenken. Er konzentrierte sich auf die vor ihm liegende Arbeit und befahl dem Lautenspieler, sich fertigzumachen. Gills Tonfall blieb weiterhin gehässig.

»Wirklich ›Liebe und Glück‹.«

»Vergeßt Euren Kostümwechsel nicht.«

»Es ist wohl mehr ›Gier und Unglück‹.«

»Ben!« rief Nicholas. »Aufgepaßt.«

»Jawohl«, kam es von einem dicklichen Schauspieler zurück.

»Seine Frau sollte ihn kastrieren«, beschloß Gill. »Das ist die einzige Möglichkeit, einen Hengst wie den zu zähmen. Margery sollte ihn kastrieren – mit den Zähnen.«

Benjamin Creech ging mit einem Tablett voller Pokale an ihnen vorbei.

»Denkt daran, Lorenzo zuerst anzubieten«, sagte Nicholas.

»Jawohl.«

»Trinkt aber selber nichts davon«, scherzte Gill heiter.

»Nein«, grummelte Creech.

Als sein Stichwort kam, straffte er den Rücken und ging auf die Bühne. Nicholas blätterte eine Seite weiter. Barnaby Gill erleichterte sich um einige weitere gallige Bemerkungen, ließ dann seine Blicke schweifen, bis sie auf einem der Schauspielschüler ruhten. Richard Honeydew stand im Profil, während er seine Petticoats ausschüttelte. Sein Gesicht war zart und schön geformt, ein jugendliches Glühen ließ seine Haut wie Samt erscheinen. Barnaby Gill betrachtete ihn voller Begeisterung.

»Lawrence ist ein solcher Narr!« murmelte er. »Warum sich mit Weibern aufhalten, wenn man das Echte bekommen kann?«

Der Nachmittag wurde für Lawrence Firethorn ein rauschender Erfolg. Er schlug das Publikum in seinen Bann, hatte seinen Gönner begeistert – und hatte sich verliebt. Eine berauschende Erfahrung. Er war so hingerissen, daß er Marwood die noch ausstehende Miete bezahlte. Nachdem der Schrekken einer spanischen Besetzung an ihm vorübergegangen war und er jetzt mit Geld überschüttet wurde, an dessen Erhalt er längst nicht mehr geglaubt hatte, gelang dem Hausbesitzer fast ein Lächeln. Firethorn schlug ihm auf den Rücken und entließ ihn. Seine nächste Aufgabe war es, Samuel Ruff beiseite zu nehmen und ihm einen Vorschlag zu machen. Ruff war gebührend beeindruckt.

»Ich betrachte das als ein großes Kompliment.«

»Dann nehmt Ihr an?«

»Ich fürchte, nicht. Mein Weg führt mich auf eine Farm in Norwich.«

»Eine Farm!« Er sprach das Wort mit äußerstem Abscheu aus.

»Ja, Sir.«

»Aber warum denn, Mann?«

»Weil ich beschlossen habe, den Beruf aufzugeben.«

»Schauspieler geben nicht auf«, verkündete Firethorn mit großer Geste. »Sie spielen bis zum letzten Atemzug.«

»Ich nicht«, sagte Ruff ernst.

»Wollt Ihr wirklich lieber Schafe in Norwich hüten?«

»Kühe. Mein Bruder hat eine Milchfarm.«

»Wir müssen Euch unter allen Umständen davor bewahren, lieber Mann. Ihr werdet bis zur Hüfte im Kuhmist stehen und von Fliegen umschwirrt werden. Das ist nicht der richtige Weg für einen Schauspieler, ein Ende zu machen.« Mit familiärer Geste legte er dem anderen den Arm um die Schulter. »Wann wolltet Ihr abreisen?«

»Heute noch, Sir. Wenn es diese Schlägerei in der Kneipe nicht gegeben hätte, wäre ich jetzt schon unterwegs. Aber jetzt werde ich bis zum Begräbnis in London bleiben. Das schulde ich Will.«

»Ihr schuldet ihm noch etwas ganz anderes«, argumentierte Firethorn. »In seine Fußstapfen zu treten und seine Arbeit weiterzumachen. Könnt Ihr ihn so verraten, Sir?«

»Ich habe meinem Bruder bereits eine Nachricht geschickt.«

»Schickt noch eine. Sagt ihm, er solle seine Kühe selber melken.«

Samuel Ruff ließ sich nur langsam in Versuchung führen. Firethorn führte ihn zum Fenster, von wo man den Innenhof des Gasthauses überblicken konnte. Dort unten herrschte ein lebendiges Treiben, da gerade die Bühne abgebaut wurde. Es war eine erinnerungsträchtige Szene, die auch auf Ruff ihre Wirkung hatte. Er trat vom Fenster zurück.

»Nicholas Bracewell besteht darauf«, fuhr Firethorn fort. »Und ich höre immer auf seine Ratschläge. Wir brauchen Euch.«

»Ich kann nicht bleiben, Sir.«

»Es würde Wills Andenken für uns lebendig erhalten.«

Ruff fuhr sich mit der Hand durch sein graues Haar und dachte nach. Er hatte keine leichte Entscheidung zu treffen.

Er hatte seinem Bruder zugesagt, und er war kein Mensch, der leichtfertig seine Entschlüsse änderte. Während die Arbeitsgeräusche von draußen hereindrangen, warf er einen zweiten Blick aus dem Fenster. Sein altes Leben winkte ihm verführerisch zu.

»Wieviel hat man euch bei Banbury's Men gezahlt?«

»Acht Schilling pro Woche.«

»Ah!« Firethorn hielt inne. Er war bereit gewesen, ein Salär von sieben Schilling zu bieten, doch irgend etwas sagte ihm, der Mann könne das zusätzliche Geld durchaus wert sein. »Sehr gut. Das halte ich.«

»London ist nicht freundlich zu mir gewesen«, sagte Ruff leise.

»Gebt der Stadt noch eine Chance!«

»Ich werde darüber nachdenken, Sir.«

Firethorn lächelte. Er hatte gerade einen neuen Angestellten bekommen.

Im *Hope and Anchor* bewirkte der Mord nur eine kurzfristige Unterbrechung. Am nächsten Abend lief wieder alles in gewohnten Bahnen. Frische Binsen verdeckten die, die von Will Fowlers Blut gefärbt worden waren. Bier und Wein hatten die Erinnerung bereits aus den Köpfen der Stammgäste getilgt, und sie befaßten sich wieder mit ihren Spielchen, Scherzen und Gelüsten. Im niedrigen Schankraum herrschte wieder ein dröhnendes Getöse.

Nicholas Bracewell hustete, als er den verräucherten Raum betrat. Als er auf die Stelle blickte, an der Will Fowler sein Leben ausgehaucht hatte, setzte sein Herz einen Schlag aus. Rasch trat er auf die Wirtin zu, die gerade Wein aus einem Faß in Gläser goß. Sie war eine kleine, dunkle und plumpe Frau in den Vierzigern, hatte ein pockennarbiges, stark geschminktes Gesicht und große, flinke und blutunterlaufene Augen. Ihr Kleid war tief ausgeschnitten, um einen umfangreichen Busen freizulegen; ein Muttermal diente auf einer Brust als Schönheitsfleck.

Sie bediente ihre Gäste, dann wandte sie sich an Nicholas.

»Was ist Euer Wunsch, Sir?« Ihr Gesicht verdunkelte sich, als sie ihn erkannte. Ihre ohnehin rauhe Stimme wurde noch einen Ton kratziger. »Ihr seid hier nicht willkommen.«

»Ich brauche Eure Hilfe.«

»Ich habe Euch alles gesagt, was ich weiß. Und meine Gäste auch.«

»Hier wurde letzte Nacht ein Mann umgebracht«, protestierte Nicholas.

»Meint Ihr, das wüßten wir nicht?« antwortete sie hitzig. »Wo doch die Wache und die Konstabler und wer weiß wer sonst noch einem das Haus einrennen. Hier in dieser Gasse haben wir kein Interesse an Schwierigkeiten. Wir wollen nicht, daß das Gesetz hier herumschnüffelt.«

»Beantwortet mir nur eine Frage«, sagte Nicholas geduldig.

»Laßt uns in Frieden, Sir.«

»Hier, ich bezahle Euch dafür.« Er ließ ein paar Münzen auf die Theke fallen, die blitzschnell verschwanden. »Dieser Mann mit dem roten Bart, Samuel Ruff sagt, daß er die Treppe herunterkam.«

»Er hat hier nicht gewohnt«, sagte die Wirtin. »Das war ein Fremder.«

»Dann war er aus einem anderen Grund da oben.«

Die blutunterlaufenen Augen sahen ihn ohne mit der Wimper zu zucken an. Nicholas zog weitere Münzen aus der Tasche und gab sie ihr. Sie lehnte sich über die Theke und schob ihr Gesicht nahe an seines heran.

»Ich will, daß Ihr in fünf Minuten von hier verschwunden seid.«

»Ihr habt mein Wort.«

»Ehrenwort.«

»Ehrenwort«, versicherte er. »Nun, bei wem war er?«

»Joan. Sie hat das Zimmer am Ende des Ganges.«

Nicholas verschwendete keine Zeit. Er rannte die Treppe hinauf und fand sich in einem Gang wieder, der so schmal war, daß seine Schultern beide Wände berührten. Üble Geräusche von Liebesgeschäften drangen aus verschiedenen Zimmern an sein Ohr, in denen Huren eifrig ihrem Lebensunterhalt nachgingen. Der Gestank ließ Nicholas erneut husten. Samuel Ruffs Reichtümer mußten wirklich sehr gering gewesen sein, wenn er in einer derart widerlichen Umgebung hausen mußte.

Am Ende des Flurs blieb er lauschend stehen. Kein Ton war zu hören. Mit den Knöcheln klopfte er leicht gegen die Tür. Er erhielt keine Antwort und versuchte es etwas stärker.

»Kommt rein«, sagte eine schwache Stimme.

Er öffnete die Tür und schaute in ein kleines Zimmer, das von einer qualmenden Talgkerze beleuchtet wurde. Auf einer Matratze, die einen Teil des Fußbodens bedeckte, lag eine junge Frau im tiefen Schatten. Sie schien ein Nachthemd zu tragen und lag halb unter einer schmutzigen Decke. Er starrte sie an, konnte sie jedoch nur in vagen Umrissen erkennen.

»Joan?« fragte er.

»Wolltet Ihr mich?« flüsterte sie.

»Ja.«

»Kommt richtig rein und macht die Tür zu«, sagte sie mit einer kindlichen Stimme und setzte sich auf. »Ich mag Besucher.«

Er trat einen Schritt vorwärts und machte die Tür hinter sich zu. Joan griff nach der Kerze und hielt sie so, daß das schwache Licht auf ihn fiel. Sie seufzte erfreut auf.

»Wie heißt Ihr, Sir?«

»Nicholas.«

»Ihr seid ein feiner, aufrechter Mann, Nicholas. Setzt Euch neben mich.«

»Ich kam, um mit dir zu reden.«

»Aber natürlich«, sagte sie besänftigend. »Wir reden soviel Ihr möchtet.«

»Letzte Nacht war ein Mann hier oben bei dir, Joan.«

»Drei, vier oder vielleicht auch fünf Männer. Ich kann mich nicht mehr erinnern.«

»Ich meine einen großen mit einem roten Bart.«

Joan versteifte sich und stieß einen Schrei aus. Sie stellte die Kerze beiseite, legte schützend die Arme um sich und drängte sich an die Wand. Ihre Stimme zitterte.

»Geht weg«, bat sie. »Geht weg von hier.«

»Hat er dir seinen Namen genannt?«

»Ich habe nichts zu sagen.«

»Es ist sehr wichtig für mich.«

»Geht doch einfach nur weg«, wimmerte sie.

Sie brach in hysterisches Weinen aus. Doch als Nicholas sich vorbeugte, um sie zu beruhigen, stieß sie ihn zur Seite und kroch in die finsterste Ecke des Zimmers. Er beobachtete die zerlumpte Kreatur, bis sich ihre Angst gelegt hatte, und sprach mit sanfter Stimme.

»Ich muß ihn finden, Joan.«

»Laßt mich allein, Sir.«

»Er hat einen Freund von mir ermordet. Ich muß ihn finden.«

Sie rollte sich zu einem verängstigten Bündel zusammen und schüttelte heftig den Kopf. Nicholas holte seine Geldbörse hervor.

»Behaltet Euer Geld!« sagte sie.

»Hört mir zu!« drängte er. »Mein Freund wurde letzte Nacht von diesem Kerl mit dem roten Bart umgebracht. Ich muß ihn finden, egal, wie lange es dauert. Hilf mir bitte, Joan.«

Sie blieb im Schatten und sah ihn abwägend an, dann richtete sie sich auf und setzte sich. Er beugte sich hinab und versuchte erneut, ihre Hilfe zu bekommen.

»Es muß doch irgend etwas geben, das du mir sagen kannst.«

»Allerdings!« sagte sie kläglich.

»Hast du ihn schon früher gesehen?«

»Niemals zuvor! Und ich will ihn auch niemals mehr sehen.«

»Hat er dir einen Namen gesagt?«

»Er hat mir nichts als böse Worte gegeben, Sir. Aber da ist etwas, an das ich mich erinnere, immer.« Ein Schauern lief durch ihren Körper. »Sein Rücken.«

»Warum?«

»Er sagte mir, ich dürfe seinen Rücken nicht berühren, und zuerst tat ich das auch nicht. Aber ich nehme einen Mann gern in die Arme. Als meine Hände seinen Rücken berührten...«

»Was war mit seinem Rücken?« fragte er sanft.

»Narben. Dutzende Narben, frische, der ganze Rücken voll davon. Große, dicke, rohe Wunden, die mir eine Gänsehaut machten, als ich sie berührte.« Wieder lief ein Schauer durch ihren Körper. »Er warnte mich. Er hatte mich gewarnt.«

»Was hat er dir getan, Joan?«

»Das hier.«

Sie zog das Nachthemd über den Kopf und warf es beiseite, dann hob sie die Kerze, daß das Licht auf sie fiel. Nicholas erbleichte. Er hatte ein Gefühl, als habe er einen Tritt in den Magen bekommen. Der schlanke, nackte, mädchenhafte Körper war über und über mit blauen Flecken und Wunden bedeckt. Dicke Puderschichten bedeckten das verschwollene Gesicht, die geplatzten Lippen und die blaugeschlagenen Augen. Auf dem Nasenrücken war eine verräterische Schwellung.

Jetzt verstand er ihre Angst nur zu gut. Sie konnte kaum älter als sechzehn sein. In seinem Wutanfall hatte ihr Freier sie halb tot geschlagen und sie um Jahre altern lassen. Joan würde ihre eigenen Narben ihr ganzes Leben tragen.

Nicholas schob ihr seinen Geldbeutel in die Hand und legte die Finger darum, bevor er das Zimmer verließ. Er hatte etwas Neues und Ekelhaftes über den Killer mit dem roten Bart herausgefunden. Nicht viel, aber wenigstens ein Anfang. Letzte Nacht hatte es zwei Opfer gegeben. Will Fowler war ermordet und Joan brutal verprügelt worden. Beide hatten Rache verdient.

4. Kapitel

Richard Honeydew hatte herausgefunden, daß zuviel Talent beim Theater ein Nachteil sein konnte. Es rief Neid bei den anderen hervor. In den paar Monaten, die er bei Lord Westfield's Men verbracht hatte, hatte er hart gearbeitet und vielversprechende Ansätze gezeigt, aber auch einen hohen Preis dafür zahlen müssen. Die anderen drei Schauspielschüler hatten sich gegen ihn verbündet. Weil sie ihn als Bedrohung empfanden, behandelten sie ihn feindselig, machten ihre Streiche und üblen Witze mit ihm.

»Aaaauuu!«

»Das wird dich abkühlen, Dicky«, grinste John Tallis.

»Verrat uns bloß nicht«, drohte Stephen Judd. »Oder beim nächsten Mal ist es nicht nur Wasser.«

»Sofern es nicht unser eigenes ist«, fügte Tallis kichernd hinzu.

Die beiden Jungen schlenderten davon und ließen Richard angstzitternd zurück. Als er von der Toilette zurückkam, hatten sie ihm einen Eimer Wasser über den Kopf gekippt. Das blonde Haar klebte ihm am Kopf, sein Hemd troff, und auf dem Boden ließ er Ströme von Wasser zurück. Mit Mühe konnte er die Tränen zurückhalten.

Richard Honeydew war erst elf Jahre alt. Er war klein und schmächtig und hatte die übertriebene Hübschheit, die ihn zu einer idealen Besetzung für weibliche Rollen machte. John Tallis und Stephen Judd waren älter, größer, stärker und vor allem versierter in der Kunst des Schikanierens. Bis heute allerdings war Richard bei den Proben einigermaßen in Sicherheit gewesen, denn normalerweise war Nicholas Bracewell in der Nähe, um ein Auge auf ihn zu werfen. Der Impresario war sein einzig aufrichtiger Freund in der ganzen Truppe, er war es auch, der das Leben für den Jungen erträglich machte.

Der erste Gedanke des Lehrlings war es, auf der Stelle zu Nicholas zu rennen, doch klang ihm Stephen Judds Warnung noch in den Ohren. Er beschloß, nichts zu sagen. Auf der Rückseite der Garderobe befand sich ein Raum, der teils als Lager, teils als Ruheraum für Schauspieler benutzt wurde, die eine längere Pause zu überbrücken hatten. Richard ging dorthin und fand den Raum zu seiner Erleichterung leer. Er zog sein Hemd aus, ergriff ein Stück Jute und trocknete sich damit Körper und Haare ab.

Barnaby Gill hörte er nicht. Der Schauspieler stand in der Tür und genoß den Anblick des bleichen Körpers mit den delikaten Linien blauer Adern auf der Brust. Die Szene war so natürlich und schön, daß sie sein Herz entflammte. Er trat in den Raum, schloß die Tür hinter sich – und ließ Richard erschreckt herumfahren.

»Oh, Ihr seid es, Master Gill.«

»Du brauchst keine Angst zu haben, Dick. Ich tue dir nichts.«

»Ich war gerade dabei, mich abzutrocknen.«

»Das habe ich gesehen.«

Unschuld ist ihre eigene Verteidigung. Als der Schauspieler langsam näher kam, hatte Richard keine Ahnung von der drohenden Gefahr. Er fuhr fort, sich mit dem Jutestück abzutrocknen.

»Das ist doch zu grob«, bemerkte Gill. »Du brauchst etwas Sanfteres für einen Körper, wie du ihn hast.«

»Ich bin schon fertig.«

»Aber deine Hosen sind immer noch naß. Zieh sie aus und trockne dich richtig ab.« Als Richard zögerte, schmeichelte Gills Stimme weiter. »Niemand kann dich sehen. Komm, zieh' sie aus. Ich helfe dir, dich abzutrocknen.«

Der Junge zögerte immer noch, doch er war in der schlechteren Position. Barnaby Gill war einer der führenden Schauspieler der Gruppe und hatte Einfluß auf ihre Zusammensetzung. Er war jemand, den man nicht gegen sich aufbringen wollte. Außerdem war er immer nett und freundlich zu ihm gewesen. Richard konnte sich an Witze erinnern, die die anderen Jungen über Gill machten, doch er verstand ihre Bedeutung noch nicht. Als das onkelhafte Lächeln näher kam, war er bereit, sich vertrauensvoll dem Schauspieler zu überlassen. Doch es kam nicht dazu. Im gleichen Moment, in dem Gill die Hand nach ihm ausstreckte, ging die Tür auf und eine Stimme sagte:

»Ah, hier bist du, Dick.«

»Hallo, Master Ruff.«

»Was wollt Ihr?« brummte Barnaby Gill.

»Ich habe den Jungen gesucht«, sagte der Angestellte rasch. »Komm, Dick. Der beste Ort für dich ist draußen in der Sonne. Der Innenhof ist so heiß wie eine italienische Piazza. Wir hängen dich zum Trocknen mit der Wäsche auf.«

Bevor Gill ihn davon abbringen konnte, hob Samuel Ruff das Hemd vom Boden auf und nahm den Jungen mit. Der Anteilseigner blieb wütend allein zurück. Er griff nach dem Jutestück, das Richard benutzt hatte und strich mit der Hand ein paar Sekunden darüber. Dann warf er es zornig beiseite und ging zur Garderobe zurück.

Unterdessen hatte Ruff den Jungen in den Hof gebracht, damit er die Probe beobachten konnte. Ohne den Grund zu kennen, hatte Richard das Gefühl, soeben gerettet worden zu sein.

»Wenn das noch mal passiert«, sagte Ruff, »dann gibst du mir Bescheid.« Richard nickte glücklich. Er hatte einen neuen Freund gefunden.

Patriotismus ist eine starke Droge. Nach dem Sieg über die Armada war fast jeder damit infiziert. Eine Woge des Selbstvertrauens und des Stolzes ging durch die Adern einer ganzen Nation. Auch Master Roger Bartholomew verspürte ein beständiges Vibrieren patriotischer Impulse. Er verschlang die Details der spanischen Niederlage, lauschte den Reden an St. Paul's Cross und besuchte zahlreiche Dankgottesdienste. In den Gesichtern um sich herum sah er ein neues Gefühl, eine größere Leichtigkeit, eine entschuldbare Arroganz. Den Menschen war es bewußter denn je, was es hieß, Engländer zu sein.

Die Droge half Bartholomew, seine früheren Niederlagen und Schwüre zu vergessen. Inspiration ließ ihn nach der Feder greifen, ein Stück schien ihm bereits fix und fertig im Gehirn zu stecken. Es war eine Glorifizierung der schönsten Stunde Englands und enthielt Reden, die, so glaubte er in aller Bescheidenheit, wie ein Donnerhall durch die Jahrhunderte fortleben würden. Die Worte sprangen vom Blatt, die Charaktere hatten die Qualität, die für die Unsterblichkeit bestimmt ist.

Als er die letzten Zeilen schrieb und sich in seinem Sessel zurücklehnte, belohnte sich Bartholomew mit einem Lächeln des Glückwunsches. Sein erstes Stück war Kinderkram gewesen. Mit »Der geschlagene Feind« hatte er auf außergewöhnliche Weise seine Reife bewiesen. Der Erfolg dieses Stückes würde alle noch vorhandenen Erinnerungen an seine Enttäuschung und Ernüchterung hinwegfegen. Es gab nur ein einziges Problem. Master Roger Bartholomew hatte die wesentliche Entscheidung zu treffen, welche Schauspieltruppe er mit seinem Meisterwerk auszeichnen solle. Er genoß die Vielfalt der Möglichkeiten.

Lord Westfield's Men erfuhren innerhalb zwei Wochen viele Änderungen. Kaum war Will Fowlers Begräbnis vorbei, löste sich die niedergedrückte Stimmung in nichts auf. Samuel Ruff war ein fähiger Stellvertreter seines Freundes und fügte sich hervorragend ein, trotz gelegentlicher Bemerkungen über seine kurz bevorstehende Abreise nach Norwich. Richard Honeydew war selig, jemand zu haben, der auf ihn aufpaßte, und genoß die väterliche Sorge, die der Angestellte sich um ihn machte. Lawrence Firethorn schwebte auf Wolken der Ekstase. Jeder einzelne Tag, davon war er fest überzeugt, brachte ihn der versprochenen Verabredung mit Lady Rosamund Varley näher; jede Aufführung gab ihm erneut Gelegenheit, sie von der Bühne anzuhimmeln. Barnaby Gills ätzende Bemerkungen über die Romanze wurden weitgehend überhört und vollständig beiseite geschoben. Die Truppe war der Dame dankbar. Wenn Firethorn verliebt war, profitierte jeder davon.

Das anstrengende Leben des Impresarios gab Nicholas Bracewell weniger Zeit, den Mörder seines Freundes zu suchen, als ihm recht war, doch bedeutete das kein Nachlassen seines Eifers. Auch nach zwei Wochen noch schockierte ihn die lässige Brutalität dieses Falles. Wieder und wieder dachte er über alles nach, was sich damals im *Hope and Anchor* zugetragen hatte.

»Und Rotbart hielt eine Flasche in der Hand?«

»Ja, Nick«, sagte Samuel Ruff.

»Seid Ihr Euch dessen ganz sicher?«

»Absolut. Als er näher kam, konnte ich das Ale in seinem Atem riechen. Der Mann hatte zuviel getrunken und wurde nicht damit fertig.«

»Was ist dann passiert?«

Ruff hatte die Einzelheiten bereits mehrfach berichtet, aber er beklagte sich nicht. Er war genau so erpicht, den Mörder seines Freundes zu erwischen, wie Bracewell.

»Rotbart taumelte gegen die Sitzbank, auf der Will saß, und schob sie ein gutes Stück zurück. Sein Ale spritzte über Will.«

»Und Will beschwerte sich?«

»Der Krach entstand in Sekundenschnelle, Nicholas.«

Der Impresario seufzte. Will Fowlers hitziges Temperament hatte ihn schließlich doch noch eingeholt. Nicholas konnte sich das übliche Erscheinungsbild seines Freundes vorstellen, aufgeregt streitend, mit blitzenden Augen und hochgeröteten Wangen, mit wütender Stimme und kräftigen Armen, die darauf warteten zuzuschlagen. Wenn er sich in solch cholerischer Stimmung befand, konnte er nur schwer wieder beruhigt werden. Es brauchte den blitzschnellen Stich eines Schwertes, um seinen Zorn verbluten zu lassen.

»Ich werde mir das niemals verzeihen«, sagte Ruff traurig.

»Ihr habt versucht, ihn zu schützen.«

»Ich habe dem Raufbold die Chance gegeben«, gestand der andere. »Ich wünschte, er hätte mich erwischt anstatt den armen Will.«

»Irgendwie glaube ich, daß er das hat«, bemerkte Nick.

Die beiden Männer hatten *The Queen's Head* nach einem arbeitsreichen Tag gerade verlassen. Rotbart beschäftigte ihre Gedanken. Nicholas argumentierte, ein Mann mit einer Vorliebe für Huren könne nicht lange von ihnen wegbleiben, und deshalb besuchte er der Reihe nach die Bordelle. Er hatte eine grobe Skizze des Fremden bei sich, die er mit Ruffs Hilfe gezeichnet hatte. Sie hielten sie für eine ziemlich gute Abbildung des Mannes, aber bisher konnte sich niemand an ihn erinnern.

Samuel Ruff war willens, seinen Teil der Arbeit zu tun, und war mit der Zeichnung durch die Bordelle von Eastcheap gezogen. Nicholas konzentrierte sich auf die zahlreicheren Hurenhäuser von Bankside. Er war sich sicher, daß der Mann früher oder später wieder auftauchen würde.

»Ich glaube, Rotbart versteckt sich irgendwo«, meinte Ruff.

»Er kommt nur nachts aus dem Versteck«, fügte Nicholas hinzu. »Sobald er eine Hure riecht, kommt er raus.«

»Ich habe über diese Wunden auf seinem Rücken nachgedacht.«

»Die Narben auf seinem Rücken?«

»Vielleicht haben die Will das Leben gekostet.«

»Wie meint Ihr das?«

»Rotbart muß von irgend jemand kräftig verprügelt worden sein, und die Wunden schmerzten noch. Er wollte Rache.

Als erstes schlägt er dieses arme Mädchen und läßt sie dafür büßen. Dann kommt er in seiner betrunkenen Wut die Treppe herunter. Diese Wunden brannten wie Feuer.«

»Hat Will denn seinen Rücken überhaupt berührt?«

»Ein Streifschlag, als er nach dem Mann ausholte. Kein Wunder, daß Rotbart sein Schwert zog. Er hatte ihn auf rohem Fleisch erwischt.«

»Aber das ist kein Grund für einen Mord, Sam«, erinnerte ihn Nicholas.

»Natürlich nicht, aber versteht Ihr, was ich meine? Wenn der Bursche nicht so schwer verprügelt worden wäre, wäre Will vielleicht noch am Leben.«

Nicholas dachte sorgfältig nach, bevor er antwortete.

»Es stimmt, was Ihr sagt, aber bei den Narben auf dem Rücken bin ich anderer Meinung. Der Mann ist nicht verprügelt worden.«

»Sondern?«

»Ich glaube, er wurde durch die Straße gepeitscht.«

»Ein Verbrecher?« fragte Ruff überrascht.

»Ich werde ihn fragen, wenn ich ihn erwische.«

Nicholas lehnte Ruffs Angebot, ihn bei der Suche zu begleiten, ab und machte sich auf den Weg in die Nacht. Zahlreiche Möglichkeiten gingen ihm durch den Kopf, während er die Brücke überquerte und auf Bankside zuschritt. Es war schon spät, aber er hatte sich vorgenommen, drei Besuche zu machen. Die beiden ersten waren ohne Ergebnis geblieben, doch er war nicht enttäuscht. Jetzt ging er zur dritten Adresse auf seiner Liste.

The Cardinal's Hat lag in einer engen, verwinkelten und schmutzigen Gasse, in deren Mitte ein offener Abwasserkanal verlief. Der Name der Kneipe hatte nichts mit dem Papst zu tun. Um das Angebot des Hauses zu verdeutlichen, war der Kardinalshut auf dem Wirtshausschild mit solch lüsterner Raffinesse gemalt worden, daß die Krone in Form und Farbe an die Spitze des männlichen Geschlechtsteils erinnerte.

Als Nicholas in die dunkle Gasse einbog, löste sich eine Gestalt aus den Schatten und taumelte gegen ihn. Mit einem entschuldigenden Grunzen wollte der Mann sich wieder abwenden, doch Nicholas packte ihn fest bei der Kehle. Er schob die Hand unter die Jacke des Mannes, holte seinen gestohlenen Geldbeutel hervor und schleuderte den Taschendieb gegen die Mauer. Fluchend und stöhnend machte sich der Mann in der Dunkelheit davon.

The Cardinal's Hat war so dreckig und verkommen, daß *Hope and Anchor* dagegen wie die Sakristei einer Kirche wirkte. Barbusige Frauen schoben sich herum, Trinker und Raucher veranstalteten einen infernalischen Krach, und es schien, als habe sich hier der Abschaum aus Londons Straßen versammelt. Die Tische waren so eng aneinander geschoben, daß man sich kaum zwischen ihnen bewegen konnte. Der Gestank, der ihm entgegenschlug, war umwerfend.

Nicholas duckte den Kopf, um nicht gegen den Hauptträgerbalken zu stoßen. Eine der Huren sprang auf und verpaßte ihm einen schmatzenden Kuß auf die Lippen. Er schob sie fort und suchte nach dem mürrischen Wirt. Der Mann war klein und sehnig, ein Stinktier mit scharfen Krallen. Er half Nicholas mit keinem Wort, bis er die Zeichnung zu sehen bekam. Er hielt das Blatt vor die Kerze, blinzelte mit den Augen und stieß einen wütenden Schrei aus.

»Den kenn' ich! Das ist der Verbrecher.«

»War er hier?«

»Letzte Woche. Am Montag, vielleicht auch am Dienstag.«

»Seid Ihr sicher, daß es dieser Mann hier war?«

»Das ist kein Mann«, fauchte der andere und schob das Papier Nicholas zu. »Das ist ein wildes Tier, was Ihr hier habt.«

»Was hat er getan?«

»Alice könnte es Euch sagen, wenn sie hier wäre – Gott helfe ihr!«

»Alice?«

»Jawohl!« zischte der Wirt. »Als sie ihn auf ihr Zimmer mitnahm, war er sanft wie ein Lamm. Fünf Minuten später schrie sie um Hilfe, der Gauner schlug sie grün und blau. Das arme Mensch liegt mit gebrochenen Armen im Krankenhaus. Aber das ist noch nicht alles, Sir.«

»Was meint Ihr?«

»Der Hundesohn schlug oben ein Fenster kaputt, lehnte sich aus dem Fenster und zerschlug unser Schild mit seinem Schwert.«

»Euer Wirtshausschild?«

»Er hätte es in Stücke geschlagen, wenn wir ihn nicht fortgejagt hätten.«

Der Wirt hustete und spuckte auf den Boden. »Das ist der Mann auf Eurer Zeichnung. Wenn er noch mal den Fuß in dieses Haus setzt, können sie ihn im Sarg wieder raustragen!«

Verständnis und Erregung wallten in Nicholas hoch. Es tat ihm leid, daß ein zweites Mädchen so übel zugerichtet worden war, doch er war froh, daß er die Spur des Verbrechers endlich aufgegriffen hatte.

Rotbart war aus seinem Versteck gekommen. Nicholas war entschlossen, ihm auf den Fersen zu bleiben.

Anne Hendrik saß in ihrem Lieblingssessel und nähte beim Schein einer Kerze. Die Nadel bewegte sich in gleichmäßigem Rhythmus. Sie hielt auch keine Sekunde inne, als sich die Tür öffnete und ihr Mieter hereinkam. Anne hielt Augen und Gedanken bei ihrer Arbeit, außer daß die Nadel jetzt mit einer gewissen boshaften Energie in den Stoff fuhr.

Nicholas Bracewell war überrascht. Normalerweise grüßte ihn ein freundliches Lächeln und Willkommen, wenn er ins Haus kam. Aber diesmal gab's nicht einmal eine höfliche Frage, wie sein Tag gewesen war. Anne nähte weiter.

»Ihr habt einen Besucher«, sagte sie kurz angebunden.

»Mitten in der Nacht?«

»Die junge Frau bestand darauf, Euch zu sehen.«

»Junge Frau?« Er war verblüfft. »Hat sie ihren Namen genannt?«

»Nein«, sagte Anne knapp. »Und sie wollte mir auch nicht sagen, was sie mit Euch zu besprechen hat. Es sei etwas Privates, sagte sie. Ich habe sie in Euer Zimmer gebracht.« Ihre Stimme wurde hart, als er einen versöhnlichen Schritt auf sie zu machte. »Laßt Eure Besucherin nicht warten, Sir.«

Er machte eine erstaunte Handbewegung, dann ging er nach oben zu seinem Zimmer und klopfte an, bevor er eintrat. Die junge Frau sprang vom Sessel auf.

»Nicholas Bracewell?«

«Ja.«

»Dem Himmel sei Dank, daß ich Euch gefunden habe!«

Sie ergriff fest seine Hände, Tränen strömten aus blauen Augen, die aussahen, als hätten sie schon genug geweint. Die Frau war klein und gepflegt, sehr hübsch, noch keine zwanzig, und trug ein einfaches Kleid unter einem einfachen Mantel. Nicholas bekam einen Hauch von Landluft in die Nase. Ein kurzer Blick sagte ihm, warum seine Vermieterin so unfreundlich zu ihm gewesen war. Das Mädchen war ganz eindeutig schwanger. Anne Hendrik hatte eine verstörte junge Frau auf der Suche nach Nicholas gesehen und angenommen, er sei der Vater des Kindes.

Er schob sie sanft in den Sessel und kniete nieder. Das Zimmer war klein, aber gut möbliert und fleckenlos sauber. Sie wirkte fehl am Platz in solch angenehmer Umgebung.

»Wer seid Ihr?« fragte er.

»Susan Fowler.«

»Fowler?... Aber Ihr seid doch nicht seine Tochter?«

»Nein«, antwortete sie mit verletzter Stimme. »Will war mein Mann.«

Neue Tränen liefen ihr über die geröteten Wangen. Nicholas nahm sie in den Arm, um sie zu trösten, und ließ sie weinen, bis sie von allein aufhörte. Entschuldigend schüttelte er den Kopf.

»Es tut mir leid. Ich hatte keine Ahnung, daß er verheiratet war.«

»Das war schon vor fast zwei Jahren.«

»Warum hat er nichts davon gesagt?«

»Er wollte es so«, flüsterte sie. »Will sagte, das Theater sei eine Welt für sich. Er wollte einen Ort haben, an den er gehen konnte, wenn er das Theater verließ.«

Nicholas hatte Verständnis für diesen Wunsch, aber er hatte Probleme, diese junge, attraktive Frau mit dem grobschlächtigen, ungestümen Will Fowler in Verbindung zu bringen. Sie strahlte eine kindliche Willigkeit aus, die jedoch ungeeignet schien, einen Schauspieler einzuwickeln, der wie seine Kollegen sein Vergnügen bei wesentlich erfahreneren Gestalten zu suchen pflegte.

»Wo lebt Ihr?« fragte er.

»In St. Albans. Bei meinen Eltern.«

»Vor zwei Jahren, sagt Ihr?«

»Ungefähr, Sir.«

Die Sache fing an, Sinn zu machen. Vor zwei Jahren hatte die Truppe Gastspiele in Herfordshire gemacht und ein paar Aufführungen in Lord Westfields Landhaus gegeben – in St. Albans. Die Beziehung hatte dort ihren Anfang gefunden und unweigerlich zur Heirat geführt. Nicholas fühlte sich von Scham und Schuld übermannt. Sie hatten Will Fowler unter die Erde gebracht, ohne auch nur einen Gedanken an seine hilflose Frau zu verschwenden.

»Wie habt Ihr es herausgefunden?« fragte er.

»Ich wußte, daß irgend etwas passiert war. Er gab mir immer Nachricht.«

»Wann seid Ihr nach London gekommen?«

»Heute. Will hatte vom *Queen's Head* gesprochen.«

»Ihr seid dort gewesen?«

Sie nickte. »Der Wirt hat es mir gesagt.«

Nicholas war verärgert. Von allen Leuten, die einer verletzlichen jungen Frau vom Tod ihres Mannes berichten konnten, war Alexander Marwood bei weitem der Schlimmste. Er schaffte es, gute Nachrichten wie ein Unglück klingen zu lassen. Wenn es eine wirkliche Tragödie zu vermelden gab, war Marwood in seinem makabren Element. Schmerz und Peinlichkeit ließen Nicholas Susan Fowler noch enger in seine Arme schließen. Er schob sich selber die Schuld an allem zu. Sie spürte das und drückte vorsichtig seinen Arm.

»Ihr konntet das nicht wissen.«

»Wir dachten, er hätte keine Angehörigen.«

»Im September werden es zwei sein.«

Er löste seine Arme und lehnte sich zurück. Man hatte Susan Fowler erklärt, er sei die geeignetste Person, ihr die fürchterlichen Ereignisse mitzuteilen. Nicholas war so diskret wie möglich, spielte gewisse Aspekte herunter und betonte, Will sei das unschuldige Opfer eines rasenden und gefährlichen Täters geworden. Sie hörte mit bemerkenswerter Gefaßtheit zu, bis er fertig war, dann fiel sie in seinen Armen in Ohnmacht.

Er legte sie aufs Bett und machte es ihr bequem, zog ihr den Mantel von den Schultern und löste ihren Kragen. Er goß Wasser in eine Tasse und befeuchtete ihre Stirn. Als sie wieder zu sich kam, half er ihr, etwas Wasser zu trinken. Sie kam wieder zu Kräften.

»Es tut mir leid, Sir.«

»Keine Ursache. Ihr habt eine schwere Zeit vor Euch.«

»Ich vermisse Will so sehr.«

»Natürlich.«

»Dieser Mann... im Wirtshaus...«

»Der wird gefaßt werden«, versprach Nicholas.

Susan Fowler war bald wieder in der Lage, mit einem Kissen im Rücken aufrecht auf dem Bett zu sitzen. Jetzt, nachdem ihr Geheimnis offenbart war, wollte sie darüber sprechen und tat das auch mit Leidenschaft. Nicholas fühlte sich geehrt, daß sie es für richtig hielt, ihn in ihre Angelegenheiten einzuweihen. Es war eine anrührende Geschichte. Die unwahrscheinliche Romanze zwischen einem alternden Schauspieler und einem Mädchen vom Lande hatte mit einer zufälligen Begegnung in St. Albans begonnen und sich weiterentwickelt.

Das Bild, das sich jetzt von Will Fowler herauskristallisierte, war völlig anders als das, das Nicholas kannte. Seine Witwe beschrieb ihn als freundlich, sanft und zärtlich. Kein Wort über sein ungestümes Temperament, das ihm schon so viele Schwierigkeiten gemacht und schließlich zu seinem Tode beigetragen hatte. Susan Fowler war mit einem Muster an Tugend verheiratet gewesen. Obwohl sie nur wenig Zeit gemeinsam verlebt hatten, war es eine glückliche Verbindung gewesen.

Eine weitere Überraschung wartete auf Nicholas.

»Wir haben in der Dorfkirche geheiratet.«

»Wirklich?«

»Will nannte es einen Akt der Gnade.«

»Alle Ehen sind das«, meinte er.

»Ihr versteht nicht«, fuhr sie fort. »Will hatte geschworen, niemals eine protestantische Kirche zu betreten. Er war katholisch.«

Nicholas fühlte sich wie vom Blitz getroffen. Ein Mann, von dem er glaubte, er kenne ihn recht gut, zeigte sich hier von einer völlig unbekannten Seite. Religion schien immer etwas gewesen zu sein, über das der Schauspieler sich keine Gedanken machte. Religion paßte nicht besonders gut zum Bild eines freizügig lebenden Menschen, der beim Theater angestellt war.

»Er gab es auf«, sagte sie mit Stolz. »Mir zuliebe.«

»Seid Ihr Euch dessen völlig sicher?«

»Oh, ja.«

»Will und die alte Religion?«

»Er war sehr fromm.«

»Habt Ihr mit ihm darüber gesprochen?«

»Die ganze Zeit. Er zeigte mir seine Bibel und sein Kruzifix.«

»Hat er gesagt, wie lange er schon zur römischen Religion gehört?«

»Seit Jahren.«

Erstaunen verwandelte sich in Überlegung. Nicholas fragte sich, ob Wills überschäumendes Verhalten nichts als eine Maske war, hinter der er sich versteckte, damit ihm niemand zu nahe kommen konnte. Wenn er seine Religion und seine Ehe so erfolgreich verheimlichen konnte, dann war es auch möglich, daß es noch weitere Geheimnisse gab.

Susan Fowler war jetzt vollständig erschöpft. Der Schock hatte ihre Kräfte verzehrt, ihre Augen begannen zuzufallen. Er sagte, sie solle sich nicht von der Stelle rühren und ging rasch nach unten. Anne Hendrik wartete auf ihn, um Fassung bemüht, und doch war sie über die ganze Situation aufgebracht. Sie nähte und mied es, ihn anzublicken.

»Eine Entschuldigung ist fällig«, begann er.

»Macht Euch keine Mühe, Sir«, gab sie zurück.

»Das Mädchen muß die Nacht in meinem Zimmer verbringen.«

»Oh, nein!« sagte Anne und sah ihn an. »Ich protestiere, Nicholas. Das ist hier keine Kneipe, die Zimmer an jedes Flittchen vermietet, das zufällig vorbeikommt.«

»Susan Fowler ist kein Flittchen.«

»Bringt sie aus meinem Haus, wenn Ihr die Güte habt.«

»Habt Ihr gehört, was ich gesagt habe?«

»Es interessiert mich nicht, wie sie heißt.«

»Susan Fowler«, wiederholte er.

»Sie wird die Nacht nicht unter diesem Dach verbringen.«

»Das Mädchen ist Will Fowlers Witwe.«

Jetzt dämmerte es ihr, der Mund blieb ihr offen. Das war das letzte, womit sie gerechnet hatte, und es erfüllte sie auf der Stelle mit Bedauern. Sie legte ihre Näharbeit zur Seite und stand auf. Ihr angeborenes Mitleid hatte freien Lauf.

»Oh, das arme Ding! Selbstverständlich muß sie bleiben – so lange, wie sie will. Das Mädchen sollte in diesem Zustand nicht alleine reisen.« Sie wandte sich Nicholas zu. »Warum habt Ihr mir nicht gesagt, daß Will Fowler verheiratet war?«

»Weil ich es selber gerade eben erst erfahren habe.« Er lächelte sie warmherzig an. »Ändert das die Sache?«

Ein kurzes Lächeln erschien auf ihrem Gesicht, sie lehnte sich vor, um ihn auf die Wange zu küssen. Doch die Pflichten drängten sich vor.

»Wenn sie in deinem Zimmer schlafen soll, muß ich sauberes Bettzeug herausholen. Und vielleicht muß ich ihr beim Auskleiden helfen.« Ihre Hand fuhr zum Mund. »Um Himmels willen! Was wird sie von mir denken, daß ich sie so frostig empfangen habe, als sie an die Tür klopfte?«

»Sie hat es nicht einmal bemerkt, Anne.«

»Das ist unverzeihlich.«

»Susan Fowler hat wichtigere Dinge, mit denen sie sich zu beschäftigen hat.«

»Wie lange weiß sie es schon?«

»Seit heute.«

»Kein Wunder, daß das Mädchen so aufgelöst ist. Ich gehe am besten rauf und seh' zu, ob ich ihr helfen kann.«

»Dafür wird sie dir sehr dankbar sein.«

Anne ging geschäftig durchs Zimmer, dann blieb sie plötzlich stehen, als ihr ein Gedanke kam. Sie drehte sich auf dem Absatz herum.

»Wenn das Mädchen in deinem Bett schläft...«

»Ja?«

»In welchem wirst du dann schlafen?«

Sein Grinsen wurde breiter. Sie antwortete mit einem wissenden Lächeln.

Das würde ihr die Gelegenheit geben, ihm zu zeigen, wie leid ihr das alles tat.

5. Kapitel

Edmund Hoode arbeitete lange und hart an »Gloria Triumphant« und änderte es mehrfach. Zunächst entschied er, es in der fernen Vergangenheit anzusiedeln. Bei neuen Stücken war die Zensur sehr streng, und Sir Edmund Tilney, Chef der obersten Zensurbehörde, achtete besonders wachsam auf politische Untertöne in einem Stück. Es war entschieden zu gefährlich, ein Drama zuzulassen, das die echten Charaktere und Situationen beim Sieg über die Armada darstellte, selbst wenn es ein einziges Loblied wäre.

Die Hauptrollen mußten irgendwie versteckt werden, eine Zeitverschiebung war noch die einfachste Lösung. Elizabeth wurde deshalb zur berühmten Gloriana, Königin eines alten Reiches namens Albion. Drake, Hawkins, Howard, Frobisher und die anderen Seebären agierten sämtlich unter anderen Namen. Spanien wurde zu einer herrischen Macht namens Iberia umfunktioniert.

Für manche Autoren war Kreativität eine leichte Sache, aber Edmund Hoode gehörte nicht dazu. Er mußte die ganze Zeit korrigieren und verbessern und polieren. Das führte zu Zeitverzögerungen und erhöhter Frustration.

»Wann wird das Stück fertig sein?« fragte Firethorn.

»Gebt mir Zeit«, verlangte Hoode.

»Aber das sagt Ihr schon seit Wochen.«

»Es nimmt Gestalt an, aber nur langsam.«

»Wir müssen schon bald mit den Proben beginnen«, erinnerte der andere. »Die Uraufführung findet nächsten Monat im *Curtain* statt.«

»Das ist es, was mir Sorgen macht, Lawrence.«

»Pah!«

The Curtain war eines der wenigen speziell erbauten Freilichttheater in London; Firethorn war begeistert von dem Gedanken, daß »Gloriana Triumphant« dort seine Premiere haben sollte. Abgesehen von der Tatsache, daß das Theater in der Nähe seines Hauses in Shoreditch lag, bot es bessere Möglichkeiten und mehr Platz für Zuschauer als *The Queen's Head*. Außerdem wurde es in starkem Maße vom Adel besucht – darunter auch Lady Rosamund Varley –, und das steigerte natürlich seinen Reiz. Doch Edmund Hoode hatte immer noch seine Bedenken.

»Ich mag das *Curtain* nicht.«

»Für unseren Zweck ist es ideal.«

»Das Publikum ist zu ungebärdig.«

»Nicht wenn ich auf der Bühne bin«, prahlte Firethorn.

»Die Leute wollen nur Witzeinlagen und Kriegsszenen.«

»Dann werden wir sie zufriedenstellen, Sir. Gebt ihnen eine solche Einlage, zwei *Galliards* und einen *Coranto*. Was können sie dann noch verlangen? Was die Kriegsszenen angeht, werden sie die größte Seeschlacht aller Zeiten zu Gesicht bekommen.«

»Ich bin nicht sicher, ob das funktioniert.«

»Überlaßt das nur Nicholas. Der sorgt schon dafür, daß es funktioniert.«

»Aber ich habe noch niemals Schiffe auf einer Bühne gehabt.«

»Es ist ein faszinierender Trick. Wenn die Kanonen krachen, wird das Publikum glauben, es sehe mit eigenen Augen, wie die Armada in den Wellen versinkt.« Firethorn strich seinen Bart. »Und noch eine kleine Sache, Edmund.«

»Was denn?« seufzte der Autor. »Eure ›kleinen Sachen‹ haben bisher immer bedeutet, daß das ganze Stück umgeschrieben werden mußte.«

»Diesmal nicht. Ein paar Zeilen hier und da reichen vollkommen.«

»Zu welchem Zweck?«

»Wir brauchen etwas mehr Romantik.«

»Romantik?«

»Ja«, erklärte Firethorn und schlug auf den Tisch, um seine Worte zu unterstreichen. »Ich werde als berühmter Held porträtiert, und das ist auch richtig so. Aber es muß noch eine andere Seite seines Charakters geben. Zeigt mich als einen großen Liebhaber!«

»Während einer Seeschlacht?«

»Fügt eine Szene an Land ein. Vielleicht auch zwei.«

Das war ein weiteres Beispiel für den Einfluß, den Lady Rosamund Varley auf ihn ausübte. Seitdem sie sich für ihn interessierte, hatte er alles getan, um sich ihr im besten Licht zu zeigen. Eine Liebesszene auf der Bühne war die Probe für eine Liebelei mit der Lady selber. Firethorn war willens, das Stück mit unpassendem Material zu entstellen, nur um einer einzigen Person im Auditorium eine Botschaft zu senden.

»Wir haben bereits Romantik im Stück«, sagte Hoode.

»Zwischen wem?«

»Zwischen den Seeleuten und ihren Schiffen. Zwischen den Untertanen und ihrer Königin. Zwischen den Leuten und ihrem Land. In dieser oder jener Form ist das alles Liebe.«

»Gebt mir wahre Leidenschaft!« verlangte Firethorn.

»Leidenschaft?«

»Zwischen einem Mann und einer Frau.«

»Aber dafür gibt es überhaupt keinen Grund.«

»Dann erfindet eben einen!«

Sie saßen in Hoodes Zimmer, in dem der Autor endlose Nächte bei der Arbeit an seinem Stück verbracht hatte. Er sah auf den Stapel Papier vor sich. In »Gloriana Triumphant« eine Liebesaffäre einzubauen würde radikale Änderungen in der Struktur des Werkes bedeuten, aber er wußte, daß ihm nichts anderes übrig blieb. Firethorn war erbarmungslos in seiner Hartnäckigkeit.

Hoode erinnerte sich an eine frühere Demütigung.

»Ich habe im *Curtain* meine erste Rolle gespielt.«

»Hat man Euch gut aufgenommen?«

»Sie warfen mit faulen Äpfeln nach mir.«

»Undankbarer Pöbel!«

»Das war ein Zeichen«, sagte der Autor finster. »*The Curtain* war nie ein gutes Haus für mich.«

»Mit ›Gloriana Triumphant‹ ändern wir das alles.«

Edmund Hoode teilte seinen Optimismus nicht. Wie die meisten Leute, die ihren Lebensunterhalt beim Theater verdienten, war er bis ins Mark abergläubisch. Die faulen Äpfel taten immer noch weh.

Mit einem der besten Schauspieler in England verheiratet zu sein war etwas, was wohl die meisten Frauen mit Furcht erfüllte, doch Margery Firethorn wurde der Anforderung glänzend gerecht. Sie war eine junge Frau mit starkem Charakter und einer Figur wie Juno, einer aggressiven Schönheit und kämpferischem Charme. Sie mußte sich um vier Schauspielschüler und zwei eigene Kinder kümmern, gelegentlich auch um Gäste der Gruppe. Sie führte den Haushalt mit fester Hand und furchtlosem Mundwerk.

Sie genoß die stürmische Beziehung zu ihrem Mann und bewegte sich willkürlich zwischen Liebe und Haß, so daß die beiden Extreme manchmal austauschbar waren. Das Haus in Shoreditch war randvoll mit Leben gefüllt.

»Wer ist sie, Barnaby?«

»Ich habe keine Ahnung, wovon Ihr sprecht.«

»Lawrence ist schon wieder verknallt.«

»Nur in Euch, Margery«, sagte er mit gespielter Unschuld.

»Ich kann's in den Knochen fühlen.«

»Die Ehe hat vielerlei Unpäßlichkeiten.«

»Woher wollt Ihr das wissen?«

Er rollte die Augen und grinste sie entwaffnend an. Es war Sonntag. Barnaby hatte einen Besuch gemacht, vorgeblich um einen guten Tag zu wünschen. In Wirklichkeit aber hatte er die Absicht, ihren Verdacht zu festigen. Als sie ihn drängte zu sprechen, setzte er Andeutungen und Abstreiten so geschickt ein, daß er alle ihre Ahnungen voll bestätigte. Verschmitzte Zufriedenheit erfüllte ihn. Es war immer lustig, eheliche Streitigkeiten zu provozieren.

Am Sabbath war es verboten, Theaterstücke aufzuführen; selbst der kühne Firethorn schreckte davor zurück, gegen diese Regel der Stadtverwaltung zu verstoßen. Offiziell hatten Lord Westfield's Men einen Ruhetag, doch selten hatten sie wirklich arbeitsfrei.

Barnaby Gill blickte sich um und versuchte, lässig zu klingen.

»Ist der junge Dick Honeydew zu Hause?«

»Warum wollt Ihr das wissen?«

»Ich möchte mit dem Jungen reden.«

»Wirklich?«

Margery Firethorn hatte ihn bereits durchschaut, als sie ihn zum ersten Mal zu Gesicht bekam. Obwohl sie ihn mochte und seine Gesellschaft gelegentlich genoß, vergaß sie niemals seine etwas dunkleren Charakterseiten, was ihren Beschützerinstinkt zum Leuchten brachte.

»Ist er hier?«

»Ich glaube nicht. Er ist zum Fechtunterricht gegangen.«

»Oh.«

»Nicholas hatte versprochen, ihn zu trainieren.«

»Der Junge wäre besser mit mir gekommen. Ich habe ihm Stoß und Parade beigebracht. Wo findet der Unterricht statt?«

»Das kann ich Euch nicht sagen.«

»Wissen die anderen Jungen es vielleicht?«

»Die sind nicht hier, Barnaby.«

»Ich verstehe«, sagte der andere, verärgert, daß man ihn blockierte. »Nicholas kümmert sich um Dinge, die ihn nichts angehen. Dick ist Edmund Hoode zugeteilt, und der ist der einzige, der die Verantwortung für das Training des Jungen trägt. Das sollte man keinem kleinen Angestellten wie dem Impresario überlassen.«

»Nicholas ist viel mehr als das«, sagte sie mit Nachdruck. »Ihr tut ihm Unrecht. Was Edmund betrifft, so ist er derart mit dem neuen Stück beschäftigt, daß er keine Zeit für das Kind hat und dankbar jede Hilfe annimmt.«

Obwohl sie alles nur am Rande mitbekam, verstand Margery Firethorn durchaus, wie sehr der Impresario zum Erfolg der Theatergruppe beitrug. Doch das war nicht der einzige Grund, warum sie ihn verteidigte. Sie mochte ihn besonders gern. Unter Leuten, die nichts als Selbstbestätigung und Eigenliebe im Kopf hatten, ragte er als bescheidener Mensch und wahrer Gentleman hervor.

»Ich möchte mich jetzt verabschieden«, sagte Gill.

»Guten Tag, Barnaby.«

»Und denkt an das, was ich Euch gesagt habe.«

»Über Lawrence?«

»Es gibt keine andere Frau in seinem Leben.«

Sein Tonfall machte völlig klar, daß genau das Gegenteil der Fall war. In der Sicherheit, für Firethorn einen stürmischen Empfang eingefädelt zu haben, verließ Barnaby Gill das Haus. Während er durch die Straßen von Shoreditch wanderte, malte er sich die Freude aus, Richard Honeydew im Gebrauch von Schwert und Degen zu unterrichten. Sicher bot sich eines Tages die Gelegenheit dazu.

Unterdessen kümmerte sich Margery um ihren Haushalt. Sie war gerade dabei, ein Dienstmädchen auszuschimpfen, als laut an die Tür geklopft wurde. Ein atemloser George Dart wurde ins Haus geführt. Margery starrte ihn von oben herab an, der kleinwüchsige Mann versank vor Angst im Boden.

»Warum macht Ihr solchen Krach an meiner Tür?« wollte sie wissen.

»Master Bracewell hat mich geschickt«, sagte er beim Luftholen.

»Wozu?«

»Ich soll Dick Honeydew holen.«

»Der ist schon weg.«

»Seid Ihr sicher, Mistreß? Zum Fechtunterricht ist er nicht erschienen. Master Bracewell hat über eine Stunde auf ihn gewartet.«

»Der Junge hat das Haus gegen zehn Uhr verlassen.«

»Habt Ihr gesehen, wie er fortgegangen ist?«

»Nein, aber ich hörte, wie er mit den anderen ging.«

Sie runzelte die Stirn, während sie darüber nachdachte, dann packte sie Dart plötzlich am Arm und zerrte ihn zur Treppe.

»Das werden wir bald rausfinden«, versprach sie.

»Dick kommt normalerweise nicht zu spät.«

»Dafür muß es eine Erklärung geben.«

Als sie den ersten Treppenabsatz erreicht hatte, wandte sie sich einem anderen kleinen Aufgang zu. Als Richard Honeydew seinerzeit hier einzog, hatte er im gleichen Raum wie die anderen Schauspielschüler geschlafen und nachts allerhand auszustehen gehabt. Margery hatte ihn dann oben unter dem Dachgeschoß in einem eigenen Zimmer untergebracht, und genau dorthin eilte sie jetzt.

»Dicky!«

Sie stieß die Tür auf, aber der Raum war leer.

»Dicky!« rief sie erneut.

»Wo kann er nur stecken, Mistreß?«

»Hier jedenfalls nicht, wie man sieht. Dicky!«

Ihr dritter Ruf bewirkte eine Antwort. Von irgendwo in der Nähe war gedämpftes Klopfen zu hören. Darts Zwergengesicht bekam lauter Falten.

»Habt Ihr das gehört?«

»Horch!«

»Da war ein…«

»Schhhhhh!«

Sie warteten lautlos, bis sie weiteres Klopfen hörten. Margery trat auf den Flur und hatte es schon bald lokalisiert. Unter der Dachkante befand sich ein kleiner Schrank, dessen grobgezimmerte Türen bei jedem Klopfen vibrierten. George Dart war von Angst geschüttelt, aber Margery stürmte vorwärts, ergriff den Türknopf und riß die Türen mit rotem Kopf auf.

»Dick!« schrie sie.

»Gott im Himmel!« rief Dart aus.

Richard Honeydew konnte ihnen keine Antwort geben. Vollkommen nackt, gefesselt und geknebelt, lag er in dem Schrank. Seine Augen waren vor Entsetzen aufgerissen, sein Gesicht wegen der Peinlichkeit schamrot. Beide Fersen waren von dem groben Holz aufgescheuert.

Margery Firethorn riß ihn an die Brust und umklammerte ihn in einer mütterlichen Umarmung.

Während sie sich in Gedanken eine Strafe für diesen neuesten Streich der Schauspielschüler ausdachte, kam ihr ein gänzlich anderer Gedanke, der ihren Atem stocken ließ.

Was wäre passiert, wenn Barnaby Gill den Jungen gefunden hätte?

Alexander Marwood war überhaupt nicht reumütig. Als Besitzer eines gutgehenden Wirtshauses hatte er sich um tausend Dinge zu kümmern und arbeitete stets unter erheblichem Druck. Von dem Herumkommandieren seiner quengeligen Frau ganz zu schweigen. Er betrachtete es nicht als seine Aufgabe, bei der Weitergabe von schlechten Nachrichten besonders taktvoll zu sein. Als Susan Fowler zu ihm kam, gab er lediglich eine einfache Information auf einfache Weise weiter.

»Was war daran falsch?« wollte er wissen.

»Das sollte Euch der gesunde Menschenverstand sagen«, erwiderte Nicholas.

»Der Mann ist tot, oder? Daran läßt sich nichts mehr ändern.«

»Vielleicht nicht, aber vielleicht könnte man seiner Witwe ein wenig helfen.«

»Ich habe ihr die Wahrheit gesagt.«

»Ihr habt sie ihr um die Ohren geschlagen.«

»Wer behauptet das?«

»Ich«, sagte Nicholas anklagend.

Marwoods Gesicht zeigte den üblichen Ausdruck zerknitterter Furchtsamkeit, allerdings nicht die Spur eines Bedauerns. Es hatte überhaupt keinen Sinn, ihn dafür zur Rechenschaft zu ziehen, wie er Susan Fowlers Fragen beantwortet hatte. Er war ganz einfach ein Mensch, der zur Trübsal neigte und es geradezu genoß, der Vermittler schlechter Nachrichten zu sein.

Nach einem letzten Wort der Ermahnung drehte sich Nicholas Bracewell auf dem Absatz um und ging durch den Schankraum. Er kam nicht weit. Eine gut bekannte Gestalt versperrte ihm den Weg.

»Guten Morgen, Master Bartholomew.«

»Hallo, Nicholas.«

»Ich hatte nicht damit gerechnet, Euch nochmals im *Queen's Head* zu sehen.«

»Die Zeiten haben sich geändert«, gab der Dichter zu. »Ich möchte Euch um einen Gefallen bitten. Ich bin sicher, daß Ihr mir meinen Wunsch erfüllen werdet.«

»Ich werde mein Bestes versuchen, Sir.«

Roger Bartholomew zog ein Manuskript hervor, das er gerollt unter dem Arm getragen hatte. Er hielt es vorsichtig wie ein wertvolles Schriftstück. Stolz und Schmerz kämpften in seinem Gesichtsausdruck um die Oberhand; Nicholas konnte erkennen, wieviel Anstrengung es ihn gekostet haben mußte, an den Ort seiner kürzlichen Ablehnung zurückzukehren. Der junge Dichter holte tief Luft, bevor er seinen Wunsch hervorsprudelte.

»Ich möchte, daß Ihr dies Master Firethorn zeigt.«

»Ein neues Stück?«

»Eine wesentliche Verbesserung gegenüber vorher.«

»Immerhin.«

»Wenn Ihr ihn dazu überreden könntet, es zu lesen. Ich bin sicher, daß er die Qualität erkennen wird.«

»Im Augenblick suchen wir kein neues Stück.«

»Es wird Euch unmöglich sein, ›Der geschlagene Feind‹ abzulehnen.«

»Aber wir kaufen nicht viele neue Stücke«, erklärte Nicholas. »Die meisten Stücke stammen aus unserem Repertoire. Westfield's Men bringen pro Jahr nur sechs oder sieben neue Stücke auf die Bühne.«

»Bittet ihn, es zu lesen«, drängte Bartholomew ihn und übergab ihm das wertvolle Manuskript. »Es handelt von der spanischen Armada.«

»Ah.«

»Es ist die feierliche Darstellung eines überwältigenden Ereignisses.«

»Das kann schon sein, Master Bartholomew, aber...«, Nicholas suchte nach einem Weg, es ihm leicht zu machen. »Das ist heutzutage ein sehr populäres Thema. Viele Autoren verspürten den Drang, ein Stück über unseren triumphalen Seesieg zu schreiben. Zufälligerweise schreibt Edmund Hoode ebenfalls ein Stück über dieses Thema.«

»Mein Stück ist das bessere«, versicherte ihm Bartholomew.

»Vielleicht, Sir, aber für ›Gloriana Triumphant‹ wurde ein Vertrag abgeschlossen.«

»Das Stück hat einen minderwertigen Titel.«

»Habt Ihr daran gedacht, es einer anderen Theatertruppe anzubieten?«

»Zuerst wollte ich es Euch anbieten.«

»Woanders dürfte es eine bessere Aufnahme finden.«

»Die Hauptrolle wurde im Hinblick auf Lawrence Firethorn geschrieben«, sagte der Dichter. »Das ist die Rolle seines Lebens.«

»Warum versucht Ihr es nicht mal bei den Queen's Men? Die kaufen mehr Stücke an, als wir uns leisten können. Das gleiche gilt für Worcester. Die geeignetste Truppe wäre natürlich Admiral's Men.«

Roger Bartholomews Gesicht wurde immer länger. In Oxford hatte er Griechisch, Latein, Dichtkunst und Rhetorik studiert, doch nichts über die Kunst der Verstellung gehört. Sein Gesichtsausdruck war wie ein offenes Buch, in dem Nicholas die Wahrheit lesen konnte. »Der geschlagene Feind« hatte bereits bei allen Theatertruppen Londons die Runde gemacht und war überall abgelehnt worden, sogar von den Kindertheatern. Westfield's Men waren in Wirklichkeit der letzte Versuch, ein letztes, verzweifeltes Bemühen des jungen Dichters, der vom Wert seiner Arbeit zutiefst überzeugt war.

Nicholas wußte genau, daß es auch nicht den Schatten einer Chance gab, daß seine Truppe dieses Stück kaufte. Doch er hatte zuviel Mitleid, als daß er die Hoffnungen des Autors hier und jetzt hätte zunichte machen können.

»Ich will sehen, was ich tun kann, Master Bartholomew.«

»Dank Euch, Dank Euch!«

»Ich kann Euch nichts versprechen, bedenkt das.«

»Das verstehe ich. Legt ihm mein Werk nur in die Hand.«

»Es kann eine Weile dauern, bevor er es liest.«

»Ich kann warten.«

Bartholomew drückte dankbar seinen Arm und ging rasch zum Ausgang. Nicholas sah das Manuskript an und las die Besetzungsliste durch. Schon allein die Namen sagten ihm, daß das Stück in seiner gegenwärtigen Form völlig inakzeptabel war. Es wäre eine freundliche Geste gewesen, den Autor vor den beißenden Bemerkungen eines Lawrence Firethorn zu schützen, aber Nicholas hatte sein Wort gegeben und wollte es auch halten.

Er betrat den Innenhof, um zu prüfen, ob alles für die morgendliche Probe vorbereitet war. Die Bühnenarbeiter unterbrachen ihre Schwätzchen und beschäftigten sich lebhaft, als sie ihn kommen sahen. In einer Ecke sprach Samuel Ruff mit Benjamin Creech, einem anderen Angestellten. Nicholas winkte Ruff zu sich. Seit seinem Zusammentreffen mit Susan Fowler hatte er noch keine Gelegenheit gehabt, mit ihm ein paar Worte zu wechseln. Als er ihm erzählt hatte, was geschehen war, war Ruff genau so überrascht wie er. In seiner Stimme klang ein gewisses Bedauern.

»Will Fowler verheiratet? Das kann ich kaum glauben.«

»So ging es mir auch.«

»Er hat mir nie etwas davon gesagt.«

»Nicht mal eine Andeutung unter alten Freunden?«

»Nein«, antwortete Ruff. »Wir hatten schon lange keinen so engen Kontakt mehr. Will Fowler! Ich habe ihn nie für ernst genug gehalten, sich eine Frau zu suchen. Und dann noch so ein junges, unschuldiges Mädchen.«

»Es ist ein Martyrium für sie gewesen.«

»Wohnt sie noch in Eurem Haus, Nick?«

»Sie reist heute nach St. Albans zurück«, erklärte Nicholas. »Susan ist in guten Händen. Ein guter Freund von mir begleitet sie auf der Reise.«

Anne Hendrik hatte das Mädchen wie ihre Tochter behandelt und ihr während der ersten schwierigen Tage der Trauer geholfen. Als Witwe kannte sie den tiefen Schmerz und das betäubende Gefühl des Verlustes, den Susan erlitten hatte, aus eigener Erfahrung, obwohl sie nur vermuten konnte, daß alles bei dem Gedanken an diesen sinnlosen Mord in einer Wirtshausschlägerei nur noch schlimmer wurde. Nicholas war gerührt, als er sah, wie herzlich Anne sich ihrem jungen Gast zugewandt hatte; das hatte seine Gefühle für sie noch vertieft. Susans Besuch hatte aber auch väterliche Gefühle in ihm erweckt, über die er selber erstaunt war.

»Wißt Ihr, wo das Mädchen wohnt?« fragte Ruff.

»Warum?«

»Ich würde es gerne wissen. Vielleicht bin ich ja eines Tages in diesem Teil des Landes. Falls ich in diesem fürchterlichen Beruf bleibe, muß man mit allem rechnen.« Ein grimmiges Lächeln huschte über seine Züge. »In Wirklichkeit möchte ich sie gerne einmal kennenlernen. Ein Mensch, der Will Fowler als Ehepartner akzeptierte, muß bemerkenswerte Eigenschaften haben.«

»Oh, die hat sie.«

»Er war bestimmt kein Mann, mit dem es sich leicht leben läßt.«

»Nein. Hat Will jemals mit Euch über seinen Glauben gesprochen?«

»Nur, wenn er gelegentlich darüber fluchte.«

»Er gehörte zur Römischen Kirche.«

»Was?« Ruff war wie vom Donner gerührt, »unmöglich.«

»Das gilt auch für seine Heirat.«

»Aber er hat niemals irgendeine Neigung dazu gezeigt.«

»Er war Schauspieler, Sam. Ich denke, er hat uns eine Zeitlang ganz ordentlich was vorgemacht.«

»Aber der römische Glaube...«

Verblüfft schüttelte er den Kopf. Das Leben im Theater konnte alles aus einem Menschen machen, nur keinen Gläubigen, vor allem nicht bei einem Glauben, für dessen Ausübung man noch immer als Verräter mit dem Tode bestraft wurde. Samuel Ruff war wie vor den Kopf gestoßen. Nachdem er viele Jahre mit einem Menschen befreundet gewesen war, mußte er jetzt feststellen, daß alles auf Lügen beruhte. Es schmerzte ihn, erkennen zu müssen, daß man ihn an der Nase herumgeführt hatte.

»Nicholas«, flüsterte er.

»Ja?«

»Wer war er wirklich?«

»Das werde ich Euch sagen, sobald ich es herausgefunden habe.«

Es gab nur eines, das schlimmer war als die Schinderei, »Gloriana Triumphant« zu schreiben, und das war, auf Lawrence Firethorn zu warten, damit er das Stück las und sein Urteil abgab. Er nahm kein Blatt vor den Mund, wenn es etwas zu kritisieren gab, und Edmund Hoode hatte oft genug darunter gelitten. Während er auf seinen Kollegen wartete, der mit ihm im *Queen's Head* speisen wollte, genehmigte er sich ein Glas Malvasier, um seine Kräfte zu sammeln. Er war aus anderem Holz geschnitzt als Roger Bartholomew. Das war ein unerfahrener Schreiberling, der glaubte, jede seiner Zeilen sei superb. Hoode hingegen war ein Autor, der seine Fähigkeiten bewiesen hatte und dennoch immer wieder an seinem Talent zweifelte, je mehr er schrieb.

Firethorn inszenierte seinen Auftritt und blieb auf der Türschwelle stehen. Seine Stirn war gerunzelt, seine Augen verhießen nichts Gutes. Hoode, der das Schlimmste befürchtete, leerte sein Glas mit einem hastigen Schluck.

»Tut mir leid, daß Ihr warten mußtet, Edmund«, murmelte Firethorn und nahm am Tisch Platz. »Ich bin aufgehalten worden.«

»Ich bin noch nicht lange hier.«

»Ich habe einen schrecklichen Tag hinter mir. Ich brauche einen Drink.«

Hoode schwieg, während der Wein bestellt, gebracht und getrunken wurde. Firethorn war wegen des Stückes so schlechter Stimmung, daß er, Edmund, sich fragte, ob ihm auch nur eine Zeile daran gefallen hatte. Obwohl man ihn zwingen mußte, etwas Romantik in das Stück einzubauen, war dies dem Drama gut bekommen. Firethorn hätte wenigstens das lobend erwähnen können.

»Seid Ihr verliebt, Edmund?« brummte der andere.

»Verliebt?« Die Frage erwischte ihn unvorbereitet.

»In eine Frau.«

»Bin ich gewesen. Schon öfters.«

»Habt Ihr je daran gedacht, zu heiraten?«

»Häufig.«

»Tut das niemals wieder!« warnte Firethorn ihn und umklammerte sein Gelenk mit eisernem Griff. »Das bedeutet stete Erniedrigung für einen Mann. Das Ehebett ist nichts anderes als ein Fegefeuer mit Federkissen!«

Hoode verstand. Margery hatte alles herausgefunden.

»Was hat Eure Frau gesagt, Lawrence?« fragte er.

»Was hat sie noch nicht gesagt? Sie hat mich mit Ausdrükken belegt, bei denen einem Oberbootsmann die Ohren abfallen, und Drohungen ausgestoßen, die ein Regiment von Soldaten einschüchtern können.« Er schlug beide Hände vors Gesicht. »Gütiger Gott! Es ist, als schliefe man mit einer reißenden Tigerin!«

Zusätzlicher Wein half Firethorn, die Beschuldigungen und Beleidigungen seiner Frau zu verkraften. Das Komische war, daß sich bisher nicht das geringste zwischen ihm und Lady Rosamund Varley abgespielt hatte, abgesehen von einem Austausch von Blicken auf der Bühne. Der Schauspieler wurde wegen etwas zur Rechenschaft gezogen, was er nicht getan hatte, was er allerdings nach Margerys giftiger Meinung bei der ersten sich bietenden Gelegenheit unverzüglich nachholen würde.

»Ich möchte, daß Ihr ein paar Verse für mich schreibt, Edmund.«

»Verse?«

»Ein Dutzend Zeilen oder so. Vielleicht ein Sonett.«

»An Eure Frau?« neckte Hoode ihn.

»Von mir aus könnt Ihr einen Grabgesang auf die alte Vettel verfassen!«

Das Essen wurde bestellt. Firethorn war bereit, zur Sache zu kommen. Seine Frau war der Grund für die wütende Stimmung. Hoode war erleichtert. Er beschloß, den Schwierigkeiten tapfer ins Auge zu blicken.

»Habt Ihr das Stück gelesen, Lawrence?«

»Genug davon«, grunzte sein Begleiter.

»Oh.«

»Nur ein paar Szenen, Sir. Mehr war nicht verkraftbar.«

»Es gefiel Euch nicht?« fragte Hoode vorsichtig.

»Ich halte es für das billigste und miserabelste Stück, das jemals niedergeschrieben wurde! Langweilig, platt und umständlich, ohne auch nur eine Andeutung von Witz oder Poesie. Ich sag' Euch, Edmund, wenn ich eine brennende Kerze zur Hand gehabt hätte, wäre das ganze Ding in Flammen aufgegangen.«

»Ich dachte, es habe ein paar wirklich gute Stellen.«

»Die müssen mir entgangen sein. Es ist eine Sache, den Sieg über die Armada zu bescheiben, aber eine ganz andere, durch das Nadelöhr der Zensurbehörden zu schlüpfen. Dieses Stück würde total auflaufen. Es würde niemals durchkommen.«

»War es denn wirklich so schlecht?« fragte der demoralisierte Autor.

»Was könnt Ihr von einem Schmierer wie Bartholomew denn schon erwarten?«

»Bartholomew?«

»Wer außer ihm würde denn auf einen Titel wie ›Der geschlagene Feind‹ kommen? Dieser kleine Typ ist der Feind, Sir. Der Feind jedes guten Theaters. Er muß vernichtet werden! Ich habe keine Ahnung, warum er Nicholas dieses miserable Stück überhaupt gegeben hat. Absolut scheußliche Verseschmiederei.«

Edmund Hoode war zum zweiten Mal gerettet worden. Margery Firethorn und Roger Bartholomew trugen die Hauptwucht einer Attacke, von der er annahm, sie sei gegen ihn gerichtet. Er wollte sein Glück allerdings kein zweites Mal auf die Probe stellen. Geduld war seine Stärke. Er wartete, bis Firethorn weiteren Unrat über den Oxford-Schüler ausgekippt hatte.

Das Essen wurde serviert, sie aßen, und dann wurde das Urteil gesprochen. Firethorn nahm seine Gabel wie ein Szepter in die Hand und strahlte mit königlicher Herablassung.

»Es ist einfach großartig, Edmund!«

»Meint Ihr?« stotterte Hoode.

»Ohne jeden Zweifel das Beste, was Ihr jemals geschrieben habt.«

»Das ist herzerfrischend, Lawrence.«

»Die Handlung ist dynamisch, die Texte sind großartig, die Liebesszenen geradezu göttlich. Wenn Nicholas es irgendwie schafft, die Schiffe auf die Bühne und wieder herunter zu bringen, sind wir das Stadtgespräch von ganz London.«

Sie diskutierten die Finessen des Stückes, während eine Stunde unbemerkt verstrich. Firethorn schlug ein paar Änderungen vor, doch die waren so unbedeutend, daß Hoode ihm sofort zustimmte. Lange Tage und noch viel längere Nächte waren in die Erschaffung von »Gloriana Triumphant« geflossen, doch was er jetzt an Lob zu hören bekam, entschädigte ihn für all seine Mühen.

»Da wäre nur noch eine kleine Sache...«

Edmund Hoode wurde aufmerksam, als er diese bekannte Formulierung hörte. Kam nun doch noch das völlige Umschreiben des Stückes? Doch seine Befürchtungen waren grundlos.

»Wer soll die Rolle der Gloriana spielen?«

»Ich dachte, das sollte Martin Yeo sein.«

»Das dachte ich auch – bis ich es gelesen hatte.«

»Martin hat die notwendige Reife für die Rolle.«

»Ich frage mich, ob das reicht, Edmund«, sagte Firethorn. »Es ist schon richtig, er ist unser ältester Schauspielschüler. Auch hat er inzwischen eine Menge Erfahrung, aber... nun, er hat eine gewisse Härte in seinen Zügen, die eher zu einer älteren Frau passen.«

»Gloriana ist in den Fünfzigern«, erinnerte ihn Hoode.

»Nur in Eurem Stück. Aber nicht, wenn sie auf dem englischen Thron sitzt.« Er gluckste liebevoll. »Alle Frauen sind gleich, Edmund. Sie versuchen, die Zeit zu überlisten. Im Herzen ist Elizabeth noch immer die junge Frau, die sie war, als sie zum ersten Mal gekrönt wurde.«

»Was wollt Ihr damit sagen, Lawrence?«

»Ich denke, wir sollten ihr Alter ändern. Laßt sie uns zwanzig oder dreißig Jahre jünger machen. Eine jungfräuliche Königin, die noch den Schmelz der Jugend zeigt. Das verstärkt ihre Rolle geradezu unermeßlich und läßt ihre Liebesszenen mit mir um so überzeugender wirken.«

»Das ist ein Argument, das sich zu unseren Gunsten auswirken könnte.«

»Das wird es, Sir.«

»In diesem Fall müssen wir John Tallis diese Rolle geben.«

»Das müssen wir überhaupt nicht.«

»Aber er wäre die richtige Besetzung dafür.«

»Aber nicht mit diesem unseligen Kinn«, entgegnete Firethorn mit einem tiefen Seufzer. »John hat Talent, aber das kommt am besten in der Rolle einer Hexe oder einer Dienerin zur Geltung. Wir können doch keine Königin mit eingefallenen Wangen gebrauchen.«

»Dann bleibt nur noch Stephen Judd. Mit dem wäre ich einverstanden.«

»Ihr vergeßt jemand, Edmund.«

»Wirklich?« Überrascht setzte er sich aufrecht hin. »Dick Honeydew?«

»Warum nicht?«

»Der Junge ist noch nicht lange genug bei uns. Er muß noch viel lernen, und er ist auch noch so jung.«

»Das ist genau der Grund, warum ich ihn nehmen würde. Er hat so eine Art zerbrechlicher Unschuld, die geradezu perfekt ist. Das verschafft ihm auf der Stelle die Sympathie des Publikums. Das will keine zänkische Königin sehen, die ihren Feinden den Fehdehandschuh entgegenschleudert. Das Publikum will eine verletzliche junge Frau, die ihnen zu Herzen geht.« Er schnaufte geräuschvoll. »Wenn John Tallis vor den Truppen in Tilbury mit seinem hohlwangigen Gesicht eine Rede hält, dann sieht er aus wie ein Rekrutierungssergeant in Frauenkleidern.«

»Wir haben noch nicht über Stephen Judd gesprochen.«

»Er hat immer so einen wissenden Blick. Das war ideal für ›Liebe und Glück‹, aber nicht hier. Ich will Dick.«

»Und Ihr glaubt wirklich, er könnte es schaffen?«

»Ja. Es ist zwar die Titelrolle, aber sie umfaßt nur wenige Textstellen. Gloriana existiert weitgehend als Symbol. Es sind die rauhbeinigen Seekapitäne wie ich, die die Hauptlast des Dialogs zu tragen haben.«

Edmund Hoode klopfte mit den Fingern auf die Tischplatte und überlegte.

»Den anderen Jungen wird das nicht gefallen, Lawrence.«

»Das interessiert mich keinen Pfifferling«, sagte Firethorn. »Das zeigt ihnen, wo ihr Platz ist. Sie haben den armen Dick immer wieder drangsaliert, seit er hier ist. Wenn er die Titelrolle erhält, wird es ihnen eine Lehre sein.« Er schob den Stuhl zurück und reckte sich. »Nun? Was haltet Ihr davon, Edmund?«

»Ich bin noch nicht vollständig überzeugt.«

»Er wird uns nicht enttäuschen – da bin ich ganz sicher.«

»Er müßte noch viel Zeit zum Lernen haben.«

»So viel, wie Ihr für nötig haltet. Stimmt Ihr jetzt zu?«

»Ja. Ich stimme zu.«

»Dick Honeydew als Gloriana!«

Die beiden Männer erhoben prostend die Gläser.

6. Kapitel

Als Nicholas an diesem Tag spät nachts nach Hause kam, empfing Anne Hendrik ihn mit einem freundlichen Lächeln. Ihre Freude, ihn zu Hause zu haben, mischte sich mit der Erleichterung, daß ihm nichts zugestoßen war. Nicholas hatte die Kneipen und Hurenhäuser ein zweites Mal durchforstet, und sie sorgte sich um seine Sicherheit in einem Bezirk, in dem es von üblen Gestalten wimmelte. Seine Arbeit war gefährlich, denn sie führte ihn in die verrufensten Gegenden Londons.

»Wie ist es dir ergangen?« fragte sie.

»Nicht besonders«, sagte er. »In der *Antilope* erinnerte sich jemand an einen großen Mann mit einem roten Bart. Aber er war nicht sicher, ob es der war, den wir ihm zeigten. Die Wirtin im *Dog and Doublet* erkannte das Gesicht auf der Zeichnung, bestand aber darauf, daß er einen schwarzen Bart hatte.«

»Bist du nochmals im *Cardinal's Hat* gewesen?«

»Ja«, sagte er und wurde munterer. »Und da gab es bessere Nachrichten. Alice wird bald aus dem Krankenhaus entlassen. Sie hat sich gut erholt und ist wieder dabei. Ich hoffe sehr, daß sie mir weitere Informationen über Rotbart geben kann.«

»Was ist mit Samuel Ruff?«

»Er forscht genau so sorgfältig wie ich«, sagte er. »Irgendwann werden wir unseren Mann schon erwischen.«

Ein sorgenvoller Ausdruck flog über ihr Gesicht, sie trat auf ihn zu und umarmte ihn kurz. Ihr Wunsch, daß der Killer gefaßt und vor Gericht gestellt wurde, mischte sich mit einem natürlichen Angstgefühl.

»Wenn du ihn findest, Nicholas...«

»Keine Sorge, das werden wir.«

»Wirst du dann ganz besonders vorsichtig sein?« flehte sie.

»Mach dir keine Sorgen, Anne«, besänftigte er sie. »Ich bin bewaffnet. Rotbart hat keine Chance, mich in einem Moment der Unachtsamkeit zu erwischen.«

Er nahm sie in die Arme und gab ihr einen beruhigenden Kuß.

Susan Fowler wohnte nicht mehr in seinem Zimmer, doch er ging noch nicht dorthin. Er und Anne gingen zusammen nach oben in ihr Schlafzimmer, das im vorderen Teil des Hauses lag. Es war ein großes, niedriges Zimmer mit soliden Möbeln, geschmackvollen Wandbehängen und einem kleinen Teppich auf dem glänzenden Eichenfußboden. Gemälde niederländischer Interieurs schmückten die Wände, Erinnerungen an die Heimat ihres verstorbenen Ehemannes. Wie das ganze Haus war auch dieses Zimmer makellos sauber.

Das Vierpfostenbett war weich und bequem, und sie liebten sich mit träger Zärtlichkeit unter den Laken. Später hielten sie sich in der Dunkelheit in den Armen. Nicholas Bracewell und Anne schliefen nur selten miteinander. Keiner von beiden war bereit, eine dauerhafte Beziehung einzugehen. Dafür war er viel zu unabhängig, und sie lebte noch zu sehr in den Erinnerungen an ihre glückliche Ehe mit Jacob Hendrik. Es sagte beiden sehr zu, gelegentliche Momente der Intimität zu durchleben und sie als vereinzelte Höhepunkte und nicht als Routineübung zu genießen. Das Magische blieb ihnen auf diese Weise erhalten.

»Nick…«

»Hm?«

»Schläfst du schon?«

»Ja.«

Beide lachten. Verspielt stieß sie ihn in die Rippen.

»Ich dachte über Will Fowler nach«, fuhr sie fort.

»Das habe ich auch getan.«

»Vielleicht ist das der Grund, der ihn zum Theater gezogen hat.«

»Grund?«

»Eine Art von Versteck«, sagte sie. »Schauspieler werden immer als jemand anderes gesehen. Verstehst du, was ich meine? Will Fowler ging zum Theater, um sich zu verstecken. So wie du.«

»Das habe ich getan?«

»Sagt es mir, Sir.«

Aber sie wußte genau, daß er das nicht tun würde. Anne Hendrik hatte oft nach seinem Leben gefragt, aber er hatte lediglich ein paar Einzelheiten erzählt. Er war als Sohn eines wohlhabenden Kaufmanns im Westen des Landes geboren und aufgewachsen, hatte eine gute Erziehung genossen und dann im Geschäft mitgearbeitet, weil ihm das Gelegenheit zu Reisen durch ganz Europa gab.

Dann brach er mit seiner Familie. Er trat in die Dienste Drakes und ging mit auf die Reise um die Welt. Diese Erfahrung veränderte sein ganzes Weltbild und machte ihn zu einem mehr philosophischen Mann. Als er nach England zurückkam, waren seine Tage als Seemann vorüber. Er zog nach London und begann, beim Theater zu arbeiten.

»Was hast du eigentlich gemacht, Nick?« fragte sie.

»Wann?«

»Nachdem du zurückgekehrt warst und bevor du zu Lord Westfield's Men kamst. Du mußt ja irgendwas getan haben.«

»Das stimmt. Ich überlebte.«

»Und wie?«

Als Antwort gab er ihr einen Kuß. Die fehlenden Jahre seines Lebens hatten ihre Spuren bei ihm hinterlassen, aber er sagte niemals, was passiert war. Anne blieb nichts anderes übrig, als ihn so zu akzeptieren, wie er war – ein ruhiger Mann mit einem starken Willen, dessen Zurückhaltung eine Art Maske war. Vielleicht wußte sie nicht alles über ihn, aber in jedem Fall genug, um ihn lieben zu können.

»Sag es mir«, flüsterte sie.

»Was soll ich sagen?«

»Bist du mit mir einer Meinung? Über Will Fowler?«

»Vielleicht.«

»Und über Nicholas Bracewell?«

»Vielleicht nicht.«

»Oh, Nick!« seufzte sie und nahm ihn fester in die Arme. »Ich liebe diese Nähe, aber es gibt Zeiten, da frage ich mich, wer der Mann in meinen Armen wirklich ist.«

»Das frage ich mich auch manchmal«, gestand er.

Er küßte sie sanft auf die Lippen und begann, zärtlich ihr dunkles, glänzendes Haar zu streicheln. Sie schmiegte sich an seine Brust und verspürte gleichzeitig Beruhigung und Erregung. Mehrere Minuten vergingen, bevor sie das Schweigen unterbrach.

»Woran denkst du?« fragte sie.

»An nichts Wichtiges, Anne.« Seine Stimme klang gleichgültig.

»Bitte, sag es mir.«

»Es war nichts besonders Angenehmes.«

»Ich möchte es trotzdem gerne hören.«

»Nun gut«, erklärte er. »Ich habe über ein Versagen nachgedacht.«

»Versagen?«

»Hohe Erwartungen, die in einem Chaos enden. Großartige Absichten, die in sich zusammenbrechen.«

»War es das, was mit deinen Erwartungen und Absichten geschehen ist?«

»Du versuchst es immer wieder«, sagte er mit einem kleinen Lächeln, doch dann wurde er wieder ernst. »Nein, ich dachte über Susan Fowler nach, das arme Ding. All ihre Pläne sind zu Bruch gegangen. Dann Samuel Ruff. Versagen brachte ihn ebenfalls nach unten. Selbst jetzt noch gibt es eine tiefe Traurigkeit in ihm, die ich nicht ausloten kann.«

Eine lange Pause folgte. Ihre Stimme war ein sanftes Murmeln im Kissen.

»Nick...«

»Ich weiß, was du sagen willst.«

»Du brauchst erst morgen wieder in dein Zimmer zu gehen.«

»Das werde ich, Anne.«

Doch für einige lusterfüllte Stunden war sie noch die Seine. Sein Verlangen ließ ihn sie fester packen, und er ließ nicht nach, bis er schließlich überwältigt in Schlaf sank.

Richard Honeydew war begeistert, als er erfuhr, daß er die Titelrolle in dem neuen Stück spielen sollte. Es hätte schon gereicht, daß er zum ersten Mal im *Curtain* auftreten durfte, aber sein Debüt dort in der Rolle der Gloriana, der Königin von England, zu geben, erfüllte ihn mit einer Mischung aus Freude und Angst. Man hatte offenbar volles Vertrauen in ihn, ein Gedanke, der ihm half, seine Nerven zu beruhigen und seine Selbstzweifel zu zerstreuen.

Die anderen Schauspielschüler waren wütend: Firethorn mußte ihre Beschwerden eisern niederschlagen. Martin Yeo fühlte sich am meisten verletzt. Er war ein großer, schlanker, sicher auftretender Junge im Alter von vierzehn Jahren, der die meisten der weiblichen Hauptrollen in den beiden letzten Jahren gespielt hatte, und er hatte sich angewöhnt, das als sein gutes Recht zu betrachten. Von einem Neuling aus einer so wichtigen Rolle gedrängt zu werden, war mehr, als sein Stolz verkraften konnte, und er zog sich in ein dumpfes, wachsames Schweigen zurück.

So verhielten sich auch John Tallis und Stephen Judd. Früher hatten sie Richard nicht gemocht, jetzt haßten sie ihn mit rachsüchtiger Inbrunst. Jeden Morgen, wenn sie mit ihm am Frühstückstisch saßen, starrten sie ihn wütend an, und nur Margery Firethorns Anwesenheit hielt sie ab, über ihn herzufallen. Als Strafe dafür, daß sie Dicky in den Schrank gesteckt hatten, hatte sie sie auf halbe Ration gesetzt, und so saßen sie da mit hungrigem Magen, während der jüngste von ihnen vor einem wohlgefüllten Teller saß. Wie man es auch betrachtete, Richard Honeydew bekam von allem mehr ab als sie.

»Ich könnte ihn umbringen!« versicherte John Tallis.

»Jawohl«, fügte Stephen Judd hinzu. »Das übelste ist, wie er versucht, sich mit uns anzufreunden – als ob wir jemals Freunde sein könnten – jetzt!«

»Es ist einfach nicht fair«, sagte Martin Yeo.

Sie waren nach oben in ihr Zimmer gegangen und automatisch in ein verschwörerisches Gespräch geraten. Die drei Jungen hatten des öfteren Streit miteinander, doch jetzt hatten sie sich gegen einen gemeinsamen Feind zusammengeschlossen. Tallis war aschgrau, Judd stöhnte vor Neid, und Yeo betrachtete alles als eine persönliche Beleidigung. Sie fühlten sich durch einen handfesten, gemeinsamen Groll miteinander verbunden.

Einige Theatergesellschaften zahlten ihren Schülern reguläre Gehälter, Lord Westfield's Men jedoch nicht. Als Belohnung für ihre Mitarbeit in der Gruppe hatten die Jungen Kost und Logis, Bekleidung und regelmäßigen Unterricht in allen Fertigkeiten des Theaters. Dieses Arrangement war in Ordnung – bis Richard Honeydew auftauchte. Ohne es zu wissen, hatte er die Balance im Haushalt des Lawrence Firethorn aus dem Gleichgewicht gebracht – desgleichen innerhalb der Truppe –, und jetzt mußte er dafür bezahlen.

»Was wollen wir eigentlich machen?« fragte Tallis.

»Es gibt kaum etwas, was wir überhaupt machen können«, gab Judd zu. »Inzwischen hat er ja Nicholas Bracewell und Samuel Ruff auf seiner Seite.«

»Er wird aber mehr als diese beiden brauchen«, warnte Yeo.

»Du hättest die Rolle kriegen müssen, Martin«, sagte Tallis.

»Ich weiß – und ich kriege sie auch noch.«

»Und wie?« fragte Judd eifrig.

»Dafür müssen wir einen Plan machen.«

»Können wir ihn eigentlich völlig wegschaffen?« fragte Tallis.

»Warum nicht?« fragte Yeo.

Die Verschwörer grinsten genüßlich. Im Augenblick befand sich Richard Honeydew in lichten Höhen, aber sie würden ihn mit einem großen Knall auf die Erde zurückholen, wenn er es am wenigsten erwartete. Alles, was sie dafür benötigten, war ein Plan.

In seinem Zimmer griff Nicholas Bracewell unters Bett und zog eine große, abgewetzte lederbezogene Kiste hervor. Als Impresario mußte er zugleich auch die Manuskripte sämtlicher Stücke der Truppe aufbewahren, seien sie nun alt, neu, gebraucht oder überarbeitet. Die Manuskriptkiste war von unschätzbarem Wert. Beim derzeitig üblichen Diebstahl von Stücken war jede Truppe gut beraten, wenn sie diese Kiste mit größter Aufmerksamkeit bewachte.

Nicholas schloß die Kiste auf, hob den Deckel und enthüllte ein wirres Durcheinander von Pergamenten und Schriftrollen. Hier lag die komplette Geschichte seiner Arbeit für Lord Westfield's Men, geschrieben in verschiedenen Handschriften und von ihm selbst kommentiert. Während sein Auge über die zahllosen Soufflierbücher ging, drangen hunderte von Erinnerungen auf ihn ein. Rasch griff er nach dem Manuskript, das als oberstes auf dem Stapel lag, und machte die Kiste wieder zu. Er verschloß sie sorgfältig und schob sie wieder an ihren Platz unterm Bett.

Nachdem er sich von Anne verabschiedet hatte, ging er zu der nahegelegenen Anlegestelle, um sich mit einem Boot über den Fluß setzen zu lassen. Auf der Themse, Londons ältestem und geschäftigstem Fahrweg, tummelten sich Schiffe aller Art und Größe. Nicholas liebte dieses Gewimmel, das hektische Getriebe, die klatschenden Segel, die grellen Farben, den typischen Geruch und das andauernde Geschrei, das von Seeleuten ausgestoßen wurde, die mit »Westward Ho!« und »Eastward Ho!« das Ziel ihrer Reise bezeichneten.

Auf seinen Fahrten hatte er mancherlei seltsame und erstaunliche Dinge gesehen, aber der Anblick der einzigen Brücke über den Fluß konnte ihn immer wieder in Erstaunen versetzen. Von zwanzig Bogen unterstützt, bildete sie eine Miniaturstadt in sich selbst, ein prächtiges Durcheinander von Fachwerkhäusern, die gefährlich über den Fluß hinausragten. Ein gewaltiges Wasserrad holländischer Konstruktion stand neben dem ersten Bogen, ragte bremsend in die heftige Strömung, die durch die enge Öffnung toste, und pumpte Wasser in nahegelegene Gebäude.

Auf der Brücke selber fiel das *Nonesuch House* ins Auge, ein gewaltiges, hölzernes, reich verziertes und sehr teures Gebäude, das man von Holland auf Schiffen hierher gebracht und auf steinernem Fundament errichtet hatte. Ein mehr unangenehmer Anblick bot sich oberhalb des Brückenwächterhauses, wo die Köpfe exekutierter Verräter auf Stangen zur Schau gestellt wurden. Nicholas zählte fast zwanzig davon, die in der Morgensonne verrotteten, während Aasgeier niederstießen, um nach dem faulenden Fleisch zu schnappen. London Bridge war wirklich einer der sehenswertesten Höhepunkte in Europa, der gleichzeitig Erstaunen und Entsetzen hervorrief.

Am anderen Ufer bezahlte Nicholas den Fährmann, gab ihm ein Trinkgeld und machte sich auf den Weg in die geschäftige Gracechurch Street. Vor dem *Queen's Head* wartete Roger Bartholomew bereits im Zustand banger Erwartung auf ihn.

»Ich habe Eure Botschaft erhalten, Nicholas.«

»Gut.«

»Hat er mein Stück gelesen?«

»Jawohl, Master Bartholomew. Ich ebenfalls.«

»Und?« Der Poet stand auf glühenden Kohlen.

»Ein schönes Stück«, lobte Nicholas in dem Versuch, etwas Positives zu sagen und die kommende Enttäuschung zu mildern. »Es enthält bemerkenswerte Reden und interessante Momente. Der Bericht über die Seeschlacht ist sehr interessant.«

»Vielen Dank. Was hat Lawrence Firethorn dazu gesagt?«

Alles hing von dessen Entscheidung ab. Für Roger Bartholomew war es die letzte Hoffnung auf eine Karriere als Stükkeschreiber. Annahme würde ihn aufleben lassen, Ablehnung ihn vernichten. Nicholas haßte es, daß er dem Dichter den Schlag versetzen mußte. Er konnte nur Firethorns Urteil etwas mildern.

»Ich denke, auch er hat... die Möglichkeiten des Stückes gesehen.«

»Und die Hauptrolle?« drängte Bartholomew. »Schlug sie ihn in Bann, wie ich es vorhergesagt habe?«

»In gewisser Hinsicht, Sir. Er verspürte das Ausmaß Eures Talents.«

»Also möchte er es aufführen?« fragte der Poet mit wildem Lachen. »Werden Lord Westfield's Men mir einen neuen Vertrag anbieten?«

»Unglücklicherweise nicht.«

»Warum nicht?«

»Weil es nicht in unsere Pläne paßt, Sir.«

Roger Bartholomew war verblüfft. Das Stück war zu seiner Besessenheit geworden, und er konnte an nichts anderes mehr denken als an den Tag, an dem es uraufgeführt werden würde. Er hatte seine ganze Persönlichkeit in das Stück gelegt. Wenn sein Werk jetzt zurückgewiesen würde, würde auch er als Person zurückgewiesen.

»Seid Ihr sicher, daß er es gelesen hat?« verlangte er zu wissen.

»Das kann ich bestätigen.«

»Macht, daß er noch mal darüber nachdenkt.«

»Das wird er nicht tun, Sir.«

»Aber er muß!«

»Es hat keinen Zweck, Master Bartholomew.«

»Es hat jeden Zweck!« heulte der andere. »Er hat ja keine Ahnung, um was es hier eigentlich geht. Mein Stück ist ein Kunstwerk. Es ist seine heilige Pflicht, es dem Publikum zu präsentieren.«

Nicholas griff in den Lederbeutel, den er mit sich führte. Er holte eines der Manuskripte heraus und hielt es dem Dichter entgegen.

»Es tut mir leid«, sagte er mit fester Stimme. »Danke, daß Ihr es uns angeboten habt, aber ich habe Auftrag, es Euch zurückzugeben.«

»Laßt mich Master Firethorn sprechen.«

»Das wäre nicht sehr klug.«

»Hat der Mann Angst vor mir?«

»Aber keineswegs, Sir.«

»Dann will ich es aus seinem eigenen Mund hören.«

»Davon kann ich Euch nur dringend abraten.«

»Diesmal kommt Ihr mir nicht in die Quere«, sagte Bartholomew hitzig. »Macht einen Termin für mich. Ich will diese Sache mit ihm persönlich besprechen und lasse mich von nichts und niemand davon abhalten.«

Nicholas spürte, daß nur die Wahrheit ihn von dieser Idee abbringen würde. Sein Versuch, dem anderen das Schlimmste zu ersparen, war fehlgeschlagen. Jetzt war es Zeit, ein deutliches Wort zu sprechen.

»Master Firethorn gefällt Euer Stück überhaupt nicht, Sir.«

»Das kann nicht wahr sein!« protestierte der Autor.

»Seine Kommentare waren nicht besonders freundlich.«

»Ich kann das einfach nicht glauben, Nicholas.«

»Er konnte sich gerade dazu aufraffen, ein paar Szenen zu lesen und fand sie völlig uninteressant. Er äußerte sich besonders kritisch über Euer Versmaß. Ihr könnt mit ihm sprechen, wenn Ihr das wollt. Aber er wird Euch nur das gleiche sagen, in viel deutlicheren Worten.«

Roger Bartholomew war wie betäubt. Ablehnung war schon genug Folter, doch eine direkte Verurteilung seiner Person und des Werkes war noch viel schlimmer. Sein Gesicht war aschgrau, seine Lippen zitterten. Er riß das Manuskript an sich und wandte seinen ganzen Haß gegen Nicholas.

»Ihr habt mich belogen, Sir!«

»Es war meine Absicht, Euch einiges zu ersparen.«

»Ihr habt mich in die Irre geleitet.«

»Es gab niemals auch nur die geringste Chance, daß Euer Stück akzeptiert werden würde.«

»Natürlich nicht, wenn ich solche Freunde wie Euch habe.«

»Wir haben bereits ein Drama über die Armada«, sagte Nicholas und deutete auf seinen Lederbeutel. »Ich hatte Euch gewarnt.«

»Ihr werdet mir dafür büßen«, drohte Bartholomew, der blindlings mit Worten um sich schlug. »Ich lasse mich auf diese Weise von niemand behandeln, nicht von Euch, nicht von Master Firethorn oder von sonst jemand in Eurem widerlichen Beruf. Ich verlange Genugtuung, und, beim Himmel, ich weiß, wie ich sie mir verschaffe.«

Zitternd vor Wut, preßte er sein Manuskript an die Brust, schob sich an Nicholas vorbei und rannte davon. Der Impresario blickte ihm nach und schaute dann auf den Lederbeutel, der den Text von »Gloriana Triumphant« enthielt. Zwei Stücke des gleichen Inhalts hatten ihren Autoren unterschiedlichen Lohn gebracht. Wieder einmal war er zutiefst dankbar, daß er in einer so tückischen Welt wie der des Theaters kein Autor war.

Barnaby Gill war zunächst unglücklich über die Entscheidung gewesen, Richard Honeydew die Titelrolle des neuen Dramas zu übertragen. Er hatte eine gute Meinung von Martin Yeos Kunst und meinte, der ältere Junge würde der Rolle der Gloriana einen etwas königlicheren Ausdruck verleihen. Gleichzeitig hatte er Verständnis für die Wünsche von Stephen Judd, dessen Technik sich in den letzten Monaten wesentlich verbessert hatte und der in »Liebe und Glück« in der Rolle einer lebensgierigen jungen Frau großen Erfolg erzielt hatte. John Tallis' hohlwangiges Gesicht warf ihn aus dem Rennen, doch die beiden anderen waren ernst zu nehmende Mitbewerber.

Für den Status eines Schauspielschülers gab es keine festen Regeln, jede Theatertruppe verfuhr anders, doch Barnaby Gill akzeptierte das allgemeine Prinzip des höheren Alters. Schon allein aus diesem Grund mußte Richard Honeydew ausgeschlossen werden. Die drei anderen Jungen hatten das Recht, vor ihm in die Auswahl zu kommen. Gill unterstrich dieses Argument mit Nachdruck bei einem Treffen mit seinen Kollegen.

Lawrence Firethorn brachte seine Artillerie in Position. Edmund Hoode und die anderen Teilnehmer hatte er bereits auf seine Seite gezogen, die Entscheidung war gefallen. Gill konnte lediglich noch seinen Protest zu Protokoll bringen und vorhersagen, daß diese Fehlentscheidung ihnen noch sehr leid tun würde. Richard Honeydew war von dieser Rolle überfordert.

»Gut gemacht, Dick.«

»Danke, Sir.«

»Du hast eine natürliche Grazie.«

»Ich möchte einfach nur gefallen, Sir.«

»Oh, das tust du, Junge«, sagte Gill. »Noch kannst du mich vom Gegenteil überzeugen.«

Je länger er Richard beobachtete, desto mehr erkannte er dessen ungewöhnliche Begabung als Schauspieler. Er hatte eine klare Stimme, gute Körperhaltung und vermochte seine Gesten wirkungsvoll einzusetzen. Mit dem Auge eines Tänzers bewunderte Gill seine Balance und den angenehmen Duktus seiner Bewegungen. Doch das Wichtigste von allem war, daß der Junge inzwischen gelernt hatte, sich in Frauenkleidern ganz natürlich zu bewegen, ein außergewöhnlicher Fortschritt. Es war durchaus möglich, daß sich Richard Honeydew doch noch als die beste Wahl für die Rolle der Gloriana herausstellte, und Gill war der letzte, der das nicht sofort zugegeben hätte.

Lord Westfield's Men hatte im *Queen's Head* einen großen Saal gemietet, um rechtzeitig mit den Proben beginnen zu können. Barnaby Gill richtete es ein, daß er während einer Pause ein paar Worte mit dem Jungen allein sprechen konnte.

»Wie gefällt es dir, Dick?«

»Sehr gut, Sir.«

»Hast du jemals zuvor eine Königin gespielt?«

»Niemals, Master Gill. Das ist eine große Ehre für mich.«

»Wer weiß?« neckte er ihn freundlich. »Vielleicht bist du sogar schöner als unsere eigene Gloriana.«

»Oh, nein«, antwortete der Junge ernsthaft. »Niemand ist das, Sir. Ich glaube, unsere Königin ist die wunderbarste Frau der ganzen Welt.«

Gill sah eine Chance, den Jungen zu beeindrucken, und er ergriff sie.

»Ja«, sagte er leichthin. »Ihre Majestät war so gnädig, meine Schauspielkunst bei mehr als einer Gelegenheit zu bewundern.«

Richard riß den Mund auf. »Ihr habt sie getroffen?«

»Ich habe mehrere Male am Hofe gespielt.«

In Wirklichkeit waren es nur zwei Aufführungen im königlichen Palast gewesen, und auch das lag schon mehrere Jahre zurück, doch Gill unterschlug dies. Ebenso hielt er seine wahren Gefühle für Königin Elisabeth zurück. Die meisten

Frauen riefen bei ihm ein mildes Unbehagen hervor, doch die königliche Hoheit hatte mehr als nur das bewirkt.

Richard Honeydew mochte sie ruhig bewundern, wie es die Mehrheit ihrer Untertanen tat, doch der anspruchsvolle, scharf beobachtende Schauspieler war dicht genug an sie herangekommen, um zu erkennen, daß sie nicht mehr war als eine Frau mittleren Alters mit einer rötlichgelben Perücke, schwarzen Zähnen und der Angewohnheit, alle Teile ihres Körpers, die nicht von Kleidern bedeckt wurden, dick mit Rötel zu bemalen. Königin Elisabeth war eine wandelnde Garderobe. Unter den farbenprächtigen Gewändern verbarg sich eine Unmenge von Drähten, Korsettstangen und Streben, die das Äußere hochhielten. Gill erkannte an, daß sie eine beeindruckende Vorstellung gegeben hatte, doch die verwüstete Schönheit hatte nicht sein Herz gewinnen können.

»Wird die Truppe nochmals am Hofe spielen?« fragte Richard.

»Das wollen wir hoffen. Man braucht nur eine Einladung dafür.«

»Es ist bestimmt sehr inspirierend, vor Ihrer Majestät zu spielen.«

»Oh, ganz bestimmt. Ich war fasziniert, Dick.«

»Habt Ihr Eure Tanzeinlage vorgetragen, Master Gill?«

»Zweimal. Die Königin bestand auf einer Wiederholung.« Er trat etwas näher an den Jungen heran. »Ich könnte dir die Schritte eines Tages beibringen, wenn wir etwas Zeit dafür finden können.«

»Das würde mir sehr gefallen, Sir.«

»Auch Fechten«, fuhr Gill fort. »Ich bin von einem Fechtmeister unterrichtet worden. Ich habe vom Fechten viel mehr Ahnung als Master Bracewell. Es wäre sicher gut für dich, wenn du in Zukunft bei mir üben würdest.«

»Aber Nicholas hat mir sehr viel beigebracht.«

»Ich werde dir noch viel mehr beibringen, Dick. Wie wäre das?«

Der Junge zögerte. Das onkelhafte Lächeln verwirrte ihn.

Außerdem gehörte seine Loyalität zunächst einmal Nicholas. Er wollte etwas sagen, doch der Künstler brachte ihn mit erhobener Hand zum Schweigen.

»Komm heute abend zu mir«, lockte er. »Wir versuchen es einmal.«

»Das wird nicht möglich sein«, sagte eine Stimme.

»Wer hat Euch gefragt, Sir?« gab der Schauspieler zurück.

»Dick wird heute abend bei mir sein. Ich muß ihm Rapierunterricht erteilen.«

Richard hörte das mit Überraschung, doch er war dankbar für die Unterbrechung. Wieder einmal war Samuel Ruff ihm zu Hilfe gekommen. Doch Barnaby Gill teilte die Erleichterung des Jungen nicht.

»Was habt Ihr Euch einzumischen, Sir?« zischte er.

»Der Junge und ich haben eine Verabredung.«

»Stimmt das, Dick?«

»Ja, ich denke schon...«

»Nun, ich denke das überhaupt nicht.« Er ging um Samuel Ruff herum. »Und ich glaube kaum, daß Ihr jemals ein Rapier getragen habt.«

»Ihr tut mir unrecht, Master Gill.«

»Ah!« witzelte der andere. »Habt Ihr die ganze Zeit Euer Licht unter den Scheffel gestellt? Seid Ihr ein Meister der Fechtkunst?«

»Nein, Sir. Aber ich habe ein Schwert getragen.«

»Laßt uns mal sehen, woran Ihr Euch noch erinnern könnt.«

Die Unterbrechung durch Ruff hatte Gill heftig verärgert, er wollte dem Mann eine Lektion erteilen. Außerdem gab ihm das die Chance, sich vor dem Jungen zu produzieren. Gill trat zu einem Tisch, schnappte sich zwei Übungsfloretts und bot Ruff einen der glockenförmigen Griffe an.

»Kein Rapier, aber es wird schon reichen.«

»Ich möchte nicht mit Euch kämpfen, Master Gill.«

»Ihr habt also Angst?«

»Nein, Sir. Aber es wäre nicht klug.«

»Wer fragt beim Schwertkampf nach Weisheit?«

»Irgend jemand könnte verletzt werden«, erklärte Ruff. »Selbst mit dem Knopf an der Spitze kann ein Florett verletzen.«

»Oh, das habe ich vergessen«, witzelte Gill. »Ihr habt bereits genügend Wunden.«

»Mein Arm ist versorgt, Sir. Das ist nicht der Grund.«

»Was wäre es dann?«

»Gesunder Menschenverstand.«

»Gesunder Menschenverstand oder Feigheit?«

Dieser Stich tat weh. Sam hatte nicht die Absicht, mit Gill zu fechten, doch diese Beleidigung konnte nicht unbeantwortet bleiben. Er zog sein Wams aus, reichte es Richard und nahm eines der Floretts. Sein Gegner bedachte ihn mit einem öligen Grinsen. Er wollte es genießen, diesen unangenehmen Miesling zu beschämen und zu demütigen, und brauchte dafür nicht mal sein eigenes Wams abzulegen.

Rasch kamen die anderen im Raum heran, um den Kampf zu beobachten. Benjamin Creech rief Ruff ermutigende Worte zu, doch die allgemeine Auffassung war, daß er nur geringe Chancen hatte. Die drei älteren Lehrlinge unterstützten Barnaby Gill. Sie wollten erleben, wie Dick Honeydews Freund gedemütigt wurde.

»Zeigt es ihm, Master Gill«, drängte Martin Yeo.

»Ich wette einen Penny, daß Ihr den ersten Schlag landet«, sagte Stephen Judd. »Zwei Pennies. Willst du auf deinen Mann wetten, Dick?«

»Ich habe kein Geld, Stephen.«

»Schulde es mir. Die Wette gilt.«

Barnaby Gill nahm das leichte, schlanke Florett und fuhr ein paarmal damit durch die Luft, bevor er seine Position einnahm. Sein Gegner stand schon kampfbereit. Ruff war größer und massiger, aber Gill war schneller auf den Beinen.

»Kommt, Samuel«, rief er. »Laßt mich Euch an die Halskrause.«

Die drei Lehrlinge kicherten, aber Richard hatte Angst und

fürchtete, daß sein Freund wirklich in Gefahr war. Bei dem Stück »Richard Löwenherz« hatte Gill auf der Bühne einen Schwertkampf zu bestreiten und sich dabei als Experte bewiesen. Der Junge verlor den Mut. Als er sah, daß der Impresario den Raum betrat, stiegen seine Hoffnungen wieder, daß das Duell zu verhindern sei.

»Stoppt sie, Master Bracewell!« flehte er Nicholas an.

»Was geht hier vor?« verlangte Nicholas zu wissen.

»Haltet Euch da raus!« befahl Gill.

»Ist das ein Kampf?«

»Tretet zur Seite, Nick«, sagte Ruff. »Es ist nur ein Spiel.«

Bevor Nicholas auch nur eine Bewegung machen konnte, nahm der Kampf seinen Lauf. Die Florette berührten sich in einem kurzen Wirbel von Stoß, Parade und Gegenstoß. Sie begannen erneut. Barnaby Gill bestimmte das Tempo, hielt seinen Gegner unter pausenloser Attacke, machte mit übler Absicht Ausfälle und wandte alle seine Tricks an, um sein Publikum zu begeistern. Ruff schaffte kaum mehr, als sich zu verteidigen, und wiederholte immer wieder alle acht Paraden. Gill umkreiste ihn, erst hier herum, dann dort herum, und spielte mit ihm wie ein Hund mit einem Bullen.

Doch es gelang ihm nicht, einen Schlag zu landen und seinen Zorn auf den Mann zu besänftigen. *Remise, Reprise* und *Flakonnade*, aber Ruff hielt ihn sich vom Leibe. Gill beschleunigte seine Attacken und fand eine Öffnung, um auf den linken Arm seines Gegners zu zielen. Doch Ruff war so schnell, daß er einer Verwundung entging. Aber der Knopf an der Spitze des Floretts schlitzte den Hemdsärmel auf. Darunter wurde ein Verband sichtbar.

»Ein Treffer!« kreischte Stephen. »Du schuldest mir zwei Pennies, Dick.«

»Kein Stich«, sagte Ruff. »Eine Berührung.«

Gill krächzte. »Jetzt kommt deine Wette, Stephen.«

Wieder griff er mit wirbelndem Gelenk an, stieß in *Quarte* und *Tierce* und baute eine weitere Öffnung auf. Er beugte sich weit vor, als er auf den Bauch seines Gegners zielte – und wunderte sich, als ihm das Florett plötzlich aus der Hand gerissen wurde und durch die Luft wirbelte. Ohne Chance landete Barnaby Gill flach auf dem Rücken und spürte Ruffs Waffe unterm Kinn. Jetzt war es Ruffs Sache, witzige Bemerkungen zu machen.

»Nun habt Ihr eine Halskrause, Sir.«

Gespannte Stille folgte. Die Lehrlinge waren völlig verblüfft, Creech und seine Genossen wunderten sich, und Nicholas Bracewell freute sich. Barnaby Gill raste. Anstatt Samuel Ruff zu demütigen, war er vor versammelter Mannschaft blamiert worden, ein schwerer Schlag für seinen Stolz. Das würde er weder vergessen noch vergeben.

Es war Richard Honeydew, der zuerst sprach.

»Jetzt möchte ich meine Wette kassieren, Stephen.«

Der Kardinalshut bot in der hellen Morgensonne ein jämmerliches Bild. Lange Holzsplitter waren herausgehackt worden, die Farbe war an vielen Stellen zerkratzt. Auf einer Seite des Wirtshausschildes war der Hut nicht mehr gut zu tragen. Kein Lüftchen rührte sich in Bankside. Der Hut des Kardinals hing schlaff und nutzlos an der Stange.

Nicholas blickte hoch und musterte die Beschädigungen, die Rotbart verursacht hatte. Neben dem Schild war ein Fenster, von dem Nicholas annahm, daß es zu Alices Zimmer gehörte. Schon bald bekam er die Bestätigung.

»Sie ist jetzt oben, Sir.«

»Kann ich sie sprechen?«

Der Hauswirt sah im hellen Tageslicht noch mehr aus wie eine räudige Straßenkatze. Seine zusammengekniffenen Augen schielten nach der Geldbörse seines Gastes. Nicholas zog ein paar Münzen heraus und warf sie ihm hin.

»Folgt mir, Sir.«

»Ist das Mädchen jetzt wieder völlig gesund?« fragte Nicholas, während er dem Wirt die Treppe hinauf folgte.

»Alice? Nein, Sir. Noch nicht.«

»Was für Verletzungen hat sie?«

»Nichts Besonderes«, sagte der abgebrühte Hauswirt. »Ein Arm muß noch eine Woche oder auch länger bandagiert bleiben, außerdem hinkt sie ziemlich schlimm.«

Sie erreichten den ersten Treppenabsatz und gingen einen düsteren Gang entlang. Nicholas blickte mit bösen Ahnungen um sich.

»Kann das Mädchen sich hier richtig erholen?«

»Erholen!« Die Straßenkatze fletschte in einem wüsten Lachen die Zähne. »Alice kam zurück, um zu arbeiten, Sir, nicht, um sich zu erholen. Letzte Nacht war sie so beschäftigt wie immer.«

Die schlafende Gestalt eines alten Mannes blockierte ihren Weg. Der Hauswirt trat ihn, bis er wach wurde, kletterte dann über ihn und ging zu einer Tür. Hart klopfte er an.

»Alice!«

Aus dem Zimmer war nichts zu hören, deshalb schaute er durch das Schlüsselloch. Mit den Fäusten trommelte er wild gegen die Tür.

»Bist du allein da drin, Alice?«

Mit einem Schulterzucken packte er die Klinke und hob sie an. Nicholas wurde in einen kleinen, schmutzigen und mit Spinnweben verunstalteten Raum geführt, dessen Tapeten herunterhingen und in dem es stank, daß seine Nase revoltierte. Auf dem Boden lag eine Matratze mit einer zerschlissenen Decke. Unter der Decke sah man die Umrisse eines Kopfes, den der Hauswirt jetzt mit dem Schuh berührte.

»Wach auf, Mädchen! Du hast 'nen Besucher!«

»Vielleicht ist das nicht die richtige Zeit für einen Besuch«, meinte Nicholas. »Sie braucht offensichtlich ihren Schlaf.«

»Ich werd' sie schon wachkriegen, Sir, nur keine Sorge«, sagte der Wirt.

Nachdem er sie grob an der Schulter geschüttelt hatte, packte der Wirt die Decke und riß sie zur Seite. Der Anblick ließ Nicholas erzittern. Auf der Matratze lag in verquerer Haltung die nackte Leiche einer jungen Frau von etwa zwanzig Jahren. Ein Arm war dick umwickelt, ein Knöchel von einer schmierigen Bandage bedeckt. Die Augen starrten blind an die Decke. Der Mund war weit aufgerissen, als wolle er laut um Erbarmen schreien.

Alice war nicht mehr in der Lage, Nicholas Bracewell viel zu erzählen. Man hatte ihr den Hals aufgeschlitzt, das Blut war über ihren ganzen Körper geströmt. Der Gestank des Todes lag bereits in der Luft.

7. Kapitel

Langsam machte Lawrence Firethorn Fortschritte bei seinem Kampf gegen die häusliche Tyrannei. Seine Frau beobachtete ihn zwar weiterhin mit Argusaugen, doch er ertrug alles mit stoischer Gelassenheit. Selbst der allnächtliche Horror im Schlafzimmer konnte ihn nicht brechen. Seine eiserne Geduld tat schließlich ihre Wirkung. Margery hörte sich seine Proteste an, wenn sie sie auch nicht glaubte. Sie erlaubte ihm kleine Gesten der Freundlichkeit und der Fürsorge. Sich selber gestattete sie, wieder an ihn als ihren Ehemann zu denken.

Ihr Mißtrauen war nicht verschwunden, doch wurde es nach und nach durch seine Raffinesse eingeschläfert. Firethorn lächelte, schmeichelte, versprach und gab vor, bis es ihm gelungen war, sich wenigstens am äußersten Rand ihrer Zuneigung einzunisten. Mit in langer Praxis erworbener Geschicklichkeit wählte er sorgfältig seinen nächsten Schritt.

»Lawrence!«

»Öffne es, mein Sweetheart.«

»Aber warum habt Ihr mir ein Geschenk gekauft, Sir?«

»Weshalb wohl, mein Engel? Um Euch zu zeigen, daß ich Euch liebe.«

Margery Firethorn konnte ihre mädchenhafte Neugier und Aufregung kaum unterdrücken. Sie öffnete das kleine Kästchen und stieß einen Schrei der Überraschung aus. Ihr Mann hatte ihr einen Anhänger an einem goldenen Kettchen geschenkt.

»Ist das für mich?«

»Ich hatte es für deinen Geburtstag aufheben wollen, mein Täubchen«, schwindelte er, »aber ich denke, jetzt ist der richtige Moment dafür. Ich wollte dir damit beweisen, wie tief meine Gefühle für dich sind, trotz deiner Grausamkeit.«

»Bin ich grausam gewesen?« fragte sie zerknirscht.

»Geradezu unerträglich.«

»Bin ich ungerecht gewesen?«

»Regelmäßig.«

»Ich glaubte, Grund dafür zu haben, Lawrence.«

»Nenne ihn mir.«

»Da gab es… Hinweise.«

»Auf den Tisch damit«, forderte er sie auf. »Man hat mir übel mitgespielt. Jemand hat dich gegen mich aufgehetzt. Ich bin ein Muster an Treue gewesen, mein Geschenk beweist es.«

Sie hauchte ihm einen Kuß des Dankes auf die Lippen und betrachtete wieder den Inhalt des Kästchens. Der Anhänger war klein, oval und mit Halbedelsteinen besetzt. Sonnenstrahlen, die durch das Fenster fielen, ließen die Steine glitzern und tanzen.

»Darf ich es anlegen, Sir?«

»Ich halte es für dich, Margery.«

»Es paßt am besten zu meinem Taftkleid«, entschied sie.

»Es steht dir gut, was immer du auch dazu trägst«, sagte er und erhielt daraufhin einen zweiten Kuß. »Halt jetzt still.«

Margery Firethorn stand vor dem Spiegel, während er ihr die Halskette umlegte. Sie war begeistert von dem Geschenk und besonders überrascht, weil sie überhaupt nicht damit gerechnet hatte und – das wurde ihr jetzt klar – es auch nicht verdient hatte. Ein Gatte, der in letzter Zeit so gemaßregelt worden war wie er, konnte ihr nur dann ein so teures Geschenk machen, wenn er vor lauter Liebe trunken war.

Er kuschelte sich an ihren Rücken und rieb seinen Bart an ihrem Haar. Seine Augen trafen die ihren im Spiegel.

»Gefällt es Euch, Madam?«

»Es gefällt mir, Sir.«

»Es ist nur eine Kleinigkeit«, entschuldigte er sich. »Wenn ich reicher wäre, wäre es mit Perlen besetzt und mit Diamanten übersät.« Er preßte sie erneut an sich. »Gefällt es Euch?«

»Ich werde es immer in Ehren halten.«

Der dritte Kuß war länger und feuriger. Er gab ihm Zeit, sich einen Grund auszudenken, daß sie das Geschenk nicht behalten durfte. Im nächsten Stück würde es sich am Hals der Gloriana, Königin von Albion, befinden.

»Mach den Verschluß zu, Lawrence. Ich trage es gleich.«

»Das geht nicht, fürchte ich.«

»Warum nicht?«

»Der Verschluß ist fehlerhaft. Das muß repariert werden. Keine Sorge«, sagte er und hatte das Schmuckstück bereits wieder in der Hand. »Ich werde es noch heute morgen mitnehmen und den Burschen an die Arbeit bringen.«

»Ich habe aber keine Lust, mich schon wieder davon zu trennen.«

»Es wird nicht lange dauern.«

»Nehmt die Kette, Sir. Laßt mich zumindest den Anhänger behalten.«

»Bedaure!« sagte er und ließ den Deckel des Kästchens zuschnappen. »Das geht nicht. Der Anhänger ist aus Sicherheitsgründen an der Kette befestigt, er kann nicht abgenommen werden.«

Eine letzte kleine Wolke des Mißtrauens zog über ihre Miene.

»Lawrence...«

»Ja, mein Schatz?«

»Hast du dieses Geschenk für mich gekauft?«

Bei dieser Unterstellung machte er einen so niedergeschlagenen Eindruck, daß sie ihre Frage sofort zurücknahm und ihn mit Entschuldigungen überhäufte. In ihrer total unberechenbaren Ehe war der Augenblick der Versöhnung stets ein besonders wertvoller Moment. Es dauerte eine Stunde, bis er es schaffte, sich anzukleiden und zu verabschieden. Die Idee mit dem Anhänger als Geschenk war Gold wert. Für solche Notsituationen hatte er ihn bei sich getragen.

Margery winkte ihm nach und kümmerte sich mit neuem Elan um ihren Haushalt. Nach dem Sturm folgte die beglükkende Stille. Sie hatte eine stürmische Zeit hinter sich, aber einen liebevollen, wie umgewandelten Gatten zurückgewonnen.

Doch der alte und ausschweifende Gatte war inzwischen zum Haus des Edmund Hoode unterwegs, um festzustellen, ob ein weiteres Geschenk für eine Dame fertig war. Mit konzentrierter Aufmerksamkeit las er die vierzehn Zeilen.

»Mir schien ein Sonett das beste zu sein«, sagte Hoode.

»Ihr habt Euch selber übertroffen, Edmund.«

»Wirklich?«

»Das wird mir den Weg zu ihrem Herzen ebnen.«

Das Sonett war ein Loblied auf Lady Rosamund Varley und enthielt bewundernswerte Wortspiele mit den Worten »Lady« und »Rose«. Lawrence Firethorn hielt nichts von der einsamen Jagd auf seine Beute. Er bediente sich gerne der Hilfe seiner Umgebung. Hoode hatte das Sonett geliefert, jetzt mußte ein Bote für die Nachricht gefunden werden.

»Ich muß auf der Stelle Nicholas Bracewell finden.«

The Curtain lag am Südende der Holywell Lane, jenseits von Shoreditch, auf einem Landstück, das einst im Besitz der Mönche von Holywell gewesen war. Für die Puritaner, die Widerstand gegen die Verkommenheit und Lüsternheit der Theater leisteten, war die Existenz des *Curtain* eine Gotteslästerung auf einstmals geweihtem Boden. Nicholas Bracewell, der einen etwas philosophischeren Standpunkt einnahm, betrachtete es als eine heitere Mixtur aus Heiligem und Profanem, kurz der Stoff, aus dem das Theater war.

An einem seiner seltenen freien Nachmittage war Nicholas zum *Curtain* gekommen, um eine Aufführung der Gruppe Earl of Banbury's Men zu sehen. Ihm ging es weniger um diese rivalisierende Theatergruppe als um ihr neuestes Stück »Gott unterstützt die Flotte«. Das war schon wieder eine Verherrlichung der englischen Flotte, nur schwach getarnt durch die zeitliche Verlagerung in das vorige Jahrhundert und eine geographische Versetzung nach Venedig. Nicholas wollte sehen, wie sie die Seeschlacht arrangierten, um vielleicht einige brauchbare Ideen für die Aufführung der »Gloriana Triumphant« mit nach Hause zu nehmen.

Herrliches Wetter brachte dem *Curtain* ein volles Haus, die Galerien und Stehplätze waren überfüllt. Das Schauspielhaus war ein großes, kreisförmiges Gebäude aus Holz, das an eine Stierkampfarena erinnerte. Von den äußeren Mauern ragten auf drei Ebenen Galerien in den Kreis, die mit Strohdächern bedeckt waren, so daß nur die Mitte der Arena unter freiem Himmel lag.

Die Bühne ragte wie eine Vorbühne ins Parkett. Sie war hoch und rechtwinklig und enthielt eine große Falltür. Über einem Teil der Bühne befand sich ein großer Baldachin auf vier mächtigen Säulen, die durch den Bühnenboden bis auf die Erde reichten. Eine glatte Wand hinter der Bühne unterbrach die sanften inneren Kurven der Arena. An beiden Seiten der Wand befanden sich Türen, durch die man die Bühne betreten und verlassen konnte. Direkt hinter der Mauer lag die Garderobe.

In halber Höhe dieser Wand war eine Nische, in der sich weitere Plätze befanden. Dieser Raum war mit Vorhängen versehen, um in die Spielfläche einbezogen werden zu können; Nicholas vermutete, daß dies das Deck eines Kriegsschiffes sein sollte. Oberhalb der Garderoben befanden sich die Plätze des Orchesters, und darüber gab es einen Balkon, von dem aus der Trompeter die Vorstellung eröffnen konnte und wo die Flagge gehißt wurde zum Zeichen, daß das Stück im Gange war.

Nach all den Provisorien im *Queen's Head* war es ein gutes Gefühl, in einem »richtigen« Theater zu sein; Nicholas fühlte sich beschwingt. Er zahlte zwei Pence für einen ungepolsterten Sitzplatz auf der zweiten Galerie und machte es sich bequem, um die Vorstellung zu genießen. Speisen und Getränke wurden von lärmenden und allgegenwärtigen Händlern verhökert. Das Publikum auf den Stehplätzen wurde bereits unruhig. Das ganze Theater vibrierte in gespannter Erwartung.

Nicholas bemerkte, daß der Earl of Banbury anwesend war. Umgeben von Hofschranzen und schönen Damen befand er sich in einem der »Lord's Rooms« dicht bei der Bühne. Der Earl war ein korrupter alter Lüstling mit rosigem Gesicht und einem büscheligen Bart, der gut zu seinen Ziegenbockeigenschaften paßte. Als modebewußter Dandy war er stark korsettiert und mit Wams und Hosen in den schreiendsten Farben bekleidet. Sein hoher gekrönter Hut war mit Federn geschmückt, die von Diamanten festgehalten wurden. In seiner behandschuhten Hand hielt er einen Spazierstock mit silbernem Knauf, mit dem er je nach Laune deutete oder anstachelte.

»Gott unterstützt die Flotte« war kein langweiliges Stück. Es hatte eine Menge guter Ideen, die jedoch schlecht miteinander verknüpft waren; alles machte den Eindruck leichtfertiger Verschwendung. Banbury's Men spielten mit einer gehörigen Portion Energie, doch bereits vor dem Ende des ersten Aktes kam es auf den Stehplätzen zu Rüpeleien. Nur Duelle und Tänze interessierten die Leute noch.

Giles Randolph beherrschte den Ablauf mit müheloser Gelassenheit. Er war groß und schlank und mäßig hübsch, ein Mann mit auffallender Präsenz, der sich seiner schönen Stimme etwas zu gut bewußt war. Seine Kleidung war großartig und brauchte den Vergleich mit der Kleidung seines Patrons nicht zu scheuen. Doch als englischer Seekapitän unter venezianischer Flagge vermochte er nicht so recht zu überzeugen.

Giles Randolph hatte etwas unbestimmt Drohendes an sich. Vielleicht lag es an seinen italienisch wirkenden Gesichtszügen oder auch an seinem verschlagenen Gehabe;

jedenfalls brachte er keinen wirklich heroischen Eindruck zustande. Verschlagene Kardinäle und doppelzüngige Politiker waren seine Stärke. In einem kürzlich aufgeführten Stück war er als bärtiger Rächer hervorragend gewesen. Heute war das völlig anders. Obwohl er die brüllende Autorität eines Seebären hatte, wirkte er wie jemand, der eher in der Lage war, seine Feinde zu vergiften, als sie mit Breitseiten unter Feuer zu nehmen.

Doch die Damen im Publikum bewunderten ihn ganz eindeutig. Die Frauen in seiner Gefolgschaft waren von seiner brütenden Großartigkeit angetan und fielen fast in Ohnmacht, sobald er seine Selbstgespräche an sie richtete. Nicholas Bracewell war nicht ganz so begeistert. Er war der Meinung, daß Randolph eine Fehlbesetzung war. Dem Schauspieler fehlte Lawrence Firethorns stürmische Leidenschaft – aber genau das verlangte die Rolle.

Die Seeschlacht klappte beinahe. Unter der fähigen Kontrolle des Impresarios agierte eine kleine Armee von Bühnenarbeitern und Handwerksgesellen. Giles Randolph stand auf dem Achterdeck – dem Balkon über der Bühne –, hielt ein Fernrohr ans Auge und gab Kommentare zu den Kampfhandlungen seiner Flotte ab. Die Bühne diente als Kanonendeck, auf das eine kleine Kanone gerollt wurde.

Alarmsignale und Befehlsschreie nahmen kein Ende, während Trommeln geschlagen, Zimbeln gerührt, Trompeten geblasen wurden, Explosionen hochgingen und Feuerwerkskörper krachten. Die Seeleute auf dem Kanonendeck wurden vom Seegang hin- und hergeworfen, während ihr Schiff auf den Wellen tanzte und die Breitseiten des Gegners einsteckte. Hinter der Bühne wurden Geräusche mit Wasser produziert, um eine stürmische See vorzugaukeln, und jemand hämmerte mit einem Vorschlaghammer gegen mächtige Stützbalken.

Nicholas gefielen vor allem drei Effekte gegen Schluß des Stückes. Kanonenkugeln wurden mit donnerndem Krach auf die Bühne geworfen, als seien sie geradewegs durch die Takelage gefeuert worden. Der kleine Mast, der von einem kräftig gebauten Seemann am vorderen Rand der Bühne in aufrechter Stellung gehalten wurde, krachte plötzlich zusammen und begrub einige Seeleute auf dem Deck unter sich. Und dann – zum größten Vergnügen des Publikums – wurde die Kanone abgefeuert, um das Publikum taub zu machen und die Seeschlacht zu Ende zu bringen.

Es gab lebhaften Applaus, als Randolph seine Truppe nach vorne brachte, um sich vor dem Publikum zu verbeugen, doch es kamen auch einige Pfiffe von den Stehplätzen. Die gemischte Reaktion brachte den Hauptdarsteller nicht aus dem Gleichgewicht. Er bedankte sich gestenreich, doch einige seiner Kollegen blickten beunruhigt zu den murrenden billigen Plätzen. »Gott unterstützt die Flotte« würde gewiß nicht zum ständigen Repertoire von Banbury's Men gehören.

Es dauerte lange, bis sich das Publikum verlaufen hatte; Nicholas blieb zurück, um das Gedränge zu vermeiden. Während er auf einer freien Bank saß, blickte er zur Bühne und ließ das Stück noch mal vor seinem inneren Auge vorbeiziehen. Er merkte sich einige Tricks und nahm sich vor, die Falltür bei seiner Version der Schlacht gegen die Armada ebenfalls einzusetzen.

Plötzlich wurde seine Aufmerksamkeit von etwas anderem in Anspruch genommen, und das Stück war sofort vergessen. Bühnenarbeiter waren damit beschäftigt, die Trümmer der Seeschlacht fortzuräumen und die Bühne zu kehren. Einer von ihnen unterhielt sich mit einem untersetzten Mann aus dem Publikum, und zwar auf eine Weise, wie es bei alten Freunden üblich ist. Nicholas erkannte den Mann aus dem Publikum sofort. Es war Benjamin Creech, einer von Lord Westfield's Men.

Nicholas hatte sich zum Besuch dieses Stückes entschlossen, weil es im *Queen's Head* an diesem Nachmittag eine Kostümprobe gab. Äußerliche Pracht war bei jeder Aufführung absolut unverzichtbar, und man scheute keine Mühe, Kostüme zu schneidern, die das Volk überwältigten und mit den Kleidern des eleganten Publikums wetteifern konnten. In der derzeitigen Produktion sollte Creech in drei verschiedenen Kostümen auftreten, von denen zwei noch eine Menge Arbeit verlangten. Seine Anwesenheit im *Queen's Head* war deshalb unverzichtbar.

Nicholas war überrascht und befremdet, daß der Schauspieler die Kostümprobe ignoriert hatte. Es war nicht das erste Mal, daß Creech Grund zur Klage gab. Seine Vorliebe für Gastwirtschaften war hinlänglich bekannt, und er war schon des öfteren zu spät zu den Proben gekommen, weil er seinen Rausch ausschlafen mußte. Ab und zu mußte Nicholas ihn für seine Unpünktlichkeit bestrafen, was ihn bei dem Schauspieler nicht gerade beliebt gemacht hatte.

Üblicherweise kamen und gingen die bezahlten Mitglieder jeder Theatertruppe nach eigenem Gutdünken, doch Nicholas hatte Firethorn dazu überredet, einer kleinen Truppe von Schauspielern ein festes Engagement zu geben. Das war gut für den Zusammenhalt und die Stabilität der Truppe. Dieser Kern konnte für einzelne Stücke jederzeit vergrößert werden, wenn man eine größere Besetzung benötigte. Firethorn hatte das eingesehen. Eine Reihe von Mitarbeitern mit mittelfristigen Arbeitsverträgen würde sich gerne in einer Truppe engagieren, die ihnen eine etwas längerfristige Perspektive bot, und – und das war für Firethorn das ausschlaggebende Argument – sie würden sich für die gebotene Sicherheit mit geringeren Löhnen zufriedengeben.

Benjamin Creech gehörte zu diesem inneren Kern. Er war ein großer, stämmiger Typ von ziemlich säuerlichem Temperament, doch er war ein guter Schauspieler mit zwei Pluspunkten. Er hatte eine schöne Singstimme und konnte fast jedes Saiteninstrument spielen. Ein Schauspieler, der zugleich Musiker war, war eine wichtige Person, besonders auf Tourneen, wo die Truppe nur mit den absolut unverzichtbaren Mitgliedern reiste. Creech war mehr wert als sein Gehalt; das war auch der Grund, daß Nicholas gelegentlich bei seinen Trinkexzessen ein Auge zudrückte.

Das Publikum hatte sich inzwischen fast vollständig entfernt, und der Impresario von Banbury's Men kam heraus, um zu schauen, wie weit die Bühnenarbeiter mit der Arbeit waren. Als er Creech sah, ging er auf ihn zu und schüttelte ihm herzlich die Hand. Sie führten eine angeregte Unterhaltung. Einer von ihnen erzählte einen Witz, und der Schauspieler stieß den anderen lachend von sich. Es war nur kurzer Moment, doch in Nicholas Bracewell wurde plötzlich eine Erinnerung wach.

Als er letztesmal Creech jemand zurückstoßen sah, war das nicht im Scherz gewesen. Eine Rauferei war ausgebrochen.

Nicholas mußte dazwischenspringen und die Kampfhähne auseinanderbringen. Die Erinnerung daran bekam urplötzlich eine ganz neue Bedeutung.

Benjamin Creech hatte sich mit Will Fowler geprügelt.

Lady Rosamund Varley machte es sich in ihrem Sessel am Fenster bequem und las erneut das Sonett. Es war angenehm übertrieben und hatte witzige Wortspiele. Das Gedicht war unsigniert, doch jemand mit kühner Handschrift hatte die Worte »Liebe und Freundschaft« darunter geschrieben. Weil die Buchstaben L und F vergrößert und verziert waren, hatte sie keine Probleme, Lawrence Firethorn als Absender des Gedichtes zu identifizieren. Sie lächelte spröde.

Das Glück war ihr stets hold gewesen. Ein reicher, verliebter Gatte hatte sie den Unterschied von dreißig Jahren für eine Weile vergessen lassen, danach hatte er sich dankenswerterweise auf seine Gicht, seine Krätze und seine nachlassende Fleischeslust zurückgezogen. Lady Rosamund konnte sich ihre Vergnügungen anderswo suchen. Sie tat dies ohne jede Gewissensbisse und entwickelte sich zu einer erfahrenen Kokotte. Ihre Schönheit und ihr Charme konnten jedem Mann den Kopf verdrehen und ihn erbarmungslos zu ihrem Spielzeug machen.

Die anstößigen Gerüchte um sie kamen nie zum Schweigen.

Die meisten ihrer Verehrer stammten vom Königshof –

Earls, Lords, Ritter, sogar gelegentlich Botschafter fremder Länder –, doch am besten gefielen ihr Schauspieler. Deren Lebensart faszinierte sie. In ihr verband sich Gefahr und Exzeß in hohem Maße. Sie waren Bürgerliche, die für einen Nachmittag zu Königen wurden, zu Männern mit großem Mut, die ein paar Stunden mit stolzgeschwellter Brust auf der Bühne paradierten und sich in die Herzen ihres Publikums spielten. Lady Rosamund ließ sich vom billigen Glanz des Theaters in Bann schlagen.

Wieder sah sie auf das Sonett. Sie glaubte keine Sekunde, daß Firethorn es persönlich geschrieben habe, doch das machte nichts. Dadurch, daß er es in Auftrag gegeben und ihr zugeschickt hatte, war es zu seinem Werk geworden, und sie fühlte sich geschmeichelt. Er war ein außergewöhnlicher Mann, dessen Ansehen mit jeder neuen Rolle stieg. Keine Rolle war zu groß für ihn, nicht einmal die, die sie für ihn vorgesehen hatte.

Sie trat an einen kleinen Tisch, öffnete eine Schublade und legte das Gedicht hinein. Dort lag es neben zahllosen anderen Gedichten, Briefen, Geschenken und Andenken. Lawrence Firethorn befand sich in bester Gesellschaft.

Lady Rosamund trat ans Fenster und blickte auf die Themse hinunter. Ihr luxuriöses Haus stand an einem Uferstreifen, der »The Strand« genannt wurde. Vor der Auflösung der Klöster war es das Stadthaus eines Bischofs gewesen, und sie sann des öfteren darüber nach, wie er wohl reagieren würde, wenn er wüßte, was sich in seinem Schlafzimmer abspielte. In ihrem spitzbübischen Sinn sagte sie sich, sie helfe damit, das Haus vom Katholizismus zu reinigen.

Leises Klopfen an der Tür unterbrach ihre Gedanken.

»Kommt herein«, rief sie.

Ihre Kammerzofe trat ein und blieb mit einem Knicks stehen.

»Euer Schneider ist unten, Lady Varley.«

»Bring ihn sofort hierher«, befahl sie.

Er war genau zum richtigen Zeitpunkt gekommen. Lady

Rosamund hatte den Wunsch, ein spezielles Kleidungsstück in Auftrag zu geben. Sie war davon überzeugt, daß es dazu beitragen würde, Lawrence Firethorn fest an sie zu binden.

Richard Honeydew war zu unerfahren, um zu ahnen, was ihm bevorstand. Als die anderen Schauspielschüler anfingen, freundlich zu ihm zu sein, hielt er das für ein Zeichen echter Freundschaft und keineswegs für einen Trick, um ihn einzulullen. Ungeachtet all der Streiche, die sie ihm gespielt hatten, legte er Wert darauf, gut mit ihnen auszukommen und die Vergangenheit zu vergessen. Daß ihm die Ehre zuteil geworden war, eine Rolle wie die der Gloriana zu spielen, hatte ihn weder arrogant noch zum Angeber werden lassen. Er war sich seiner Unzulänglichkeiten bewußt und hätte sich um den Rat seiner Altersgenossen bemüht, wenn er besser mit ihnen ausgekommen wäre. Vielleicht war jetzt die Zeit reif. Sie bemühten sich jedenfalls um ihn.

»Gute Nacht, Dick.«

»Gute Nacht, Martin.«

»Willst du dir meine Kerze leihen, um auf der Treppe zu leuchten?« bot der ältere Junge an.

»Nein, danke. Ich komme schon zurecht.«

»Also schlaf gut.«

»Danke, das werde ich.«

»Morgen kommt ein harter Tag auf dich zu.«

Richard ging, um auch Margery Firethorn gute Nacht zu sagen, die neben dem Herd in ihrem Schaukelstuhl saß und mit Vergnügen an ihren Anhänger dachte. Kaum war der Junge gegangen, als Martin Yeo die anderen Jungen ansah. John Tallis neigte sein hohlwangiges Gesicht in einem breitmäuligen Grinsen, während Stephen Judd wissend blinzelte. Die drei Jungen waren glückliche Komplizen.

»Bist du sicher, daß es funktioniert?« fragte Tallis.

»Natürlich«, sagte Yeo. »Das Schönste daran ist, daß uns niemand beschuldigen kann. Wir sitzen hier in diesem Zimmer, während es passiert.«

»Alle außer mir«, fügte Judd hinzu.

»Ja, aber du warst doch die ganze Zeit hier«, meinte Yeo.

»Das stimmt, Stephen«, sekundierte Tallis. »Wir beide haben dich genau gesehen.«

»Darauf schwören wir!«

»Ich habe schon immer mal an zwei Orten zur gleichen Zeit sein wollen.«

»Dann wirst du das jetzt sein«, versprach Yeo.

Sie verstummten, als sie Richards leichte Schritte auf der Treppe hörten, und grinsten, als er nach oben zu seinem Verhängnis ging. Alles war nur noch eine Frage der Zeit.

Vollkommen ahnungslos ging Richard Honeydew in seine Dachstube, durch deren Fenster die Strahlen des Mondes hereinfielen. Bisher hatte er jeden Abend den Riegel von innen vorgeschoben, um Missetaten außen vor zu lassen. Doch jetzt, eingelullt in Vertrauensseligkeit, tat er nichts dergleichen. Er fühlte sich in Sicherheit.

Die kalte Nachtluft ließ ihn frösteln, deshalb zog er sich rasch aus und schlüpfte ins Bett. Durch das kleine Fenster direkt über seinem Kopfende zeichnete der Mond komplizierte Muster an die Wand. Richard schaffte es, sie ein paar Minuten lang zu betrachten, bevor er einschlief, doch sein Schlaf wurde schon bald gestört. Unter dem Strohdach raschelte etwas, ängstlich riß er die Augen auf. Das wäre nicht die erste Ratte, die durch sein Dachfenster huschte.

Rasch setzte er sich auf – in der letzten Sekunde. In einer Wolke von Lehm, Spinnweben und Dreck krachte irgend etwas auf sein Kopfkissen. Richard hustete, als der Staub in seine Lunge drang, dann drehte er sich um, um zu sehen, was passiert war.

Das Giebelfenster befand sich in dem spitzen Dach, kleine, solide Balken formten ein Rechteck darum herum, um das Stroh davon fernzuhalten. Richard hatte schon oft bemerkt, daß der untere Balken locker war. Alle vier waren mit voller Wucht heruntergekommen. Wie versteinert starrte er die ganze Bescherung an.

»Was ist los, Junge? Was ist passiert?«

Margery Firethorn rannte im Nachthemd die Treppe hoch. Ihre Stimme war ihr weit voraus.

»Bist du da, Dick? Was ist hier los?«

Sekunden später stürmte sie mit einer Kerze in der Hand in die Dachkammer. Sie stieß einen Entsetzensschrei aus, dann riß sie Richard an sich.

»Der Herr helfe uns! Du hättest tot sein können!«

Martin Yeo, John Tallis und Stephen Judd kamen jetzt nach oben gerannt, um zu sehen, was den fürchterlichen Lärm verursacht hatte.

»Was ist das?«

»Ist etwas runtergefallen?«

»Bist du in Ordnung, Dick?«

Die drei kamen in das Zimmer und blieben wie angewurzelt stehen. Als sie das Ausmaß des Schadens erkannten, waren sie sehr erstaunt. Rasch betrachteten sie Dick, um zu sehen, ob er etwas abgekriegt hatte.

»Habt ihr das getan?« beschuldigte Margery sie.

»Nein, Mistreß!« antwortete Yeo.

»Dieser Balken war schon immer locker«, fügte Tallis hinzu.

»Das werden wir später herausfinden«, warnte sie. »Inzwischen muß ich für diese arme Kreatur einen anderen Platz zum Schlafen finden. Komm, Dick. Jetzt ist alles vorbei.«

Voller Sorge führte sie den Jungen hinaus.

Kaum hatten die beiden den Raum verlassen, als Martin Yeo sich auch schon bückte und die Schnur losmachte, die sie an dem unteren Balken befestigt hatten. Durch ein Loch in den Bodenbrettern hatten sie die Schnur in ihr eigenes Zimmer geführt, so daß sie den Unfall durch heftiges Rucken an der Schnur auslösen konnten. Doch sie hatten lediglich den unteren Balken lösen wollen. Ein Schlag auf Richards Kopf hätte genügt, ihn für das Stück außer Gefecht zu setzen. Etwas Schlimmeres hatten sie nicht geplant.

Stephen Judd untersuchte das Giebelfenster sehr sorgfältig.

»Diese anderen Balken waren vorher ganz in Ordnung«, sagte er. »Irgend jemand muß sie gelockert haben. Sonst hätten sie niemals runterkommen können.«

»Wer würde denn so etwas machen?« fragte Tallis.

»Ich weiß nicht«, sagte Yeo unbehaglich. »Aber wenn Dick drunter gewesen wäre, als das Ganze runterkam, wäre er nie mehr in irgendeinem Stück aufgetreten.«

Die drei Schauspielschüler waren vollkommen entnervt.

Sie standen mitten in dem ganzen Unrat und versuchten, eine Erklärung dafür zu finden. Der kleine Unfall, den sie inszeniert hatten, war von einem Unbekannten in eine viel gefährlichere Sache verwandelt worden.

Offensichtlich wußte jemand über ihre Pläne Bescheid.

Susan Fowler war als verängstigte junge Ehefrau auf der Suche nach ihrem Mann nach London gekommen und kehrte nach St. Albans zurück als Witwe, deren Leben in Scherben lag. Die verstreichende Zeit schien nicht dazu beizutragen, ihr den Verlust erträglicher zu machen. Wie eine gewaltige Beule, die sich noch nicht geöffnet hatte, verursachte jeder Tag neue Schmerzen und Schwierigkeiten.

Ihre Mutter überschüttete sie mit Zärtlichkeit, ihre ältere Schwester saß stundenlang bei ihr, und freundliche Nachbarn waren voller Verständnis für ihre Notlage. Doch niemand konnte ihren Schmerz lindern. Nicht einmal der Priester konnte ihr Trost spenden. Er erinnerte Susan lediglich an den Tag, an dem er sie mit Will Fowler vermählt hatte.

Der Schmerz verfolgte sie auch im Schlaf und war während der Nacht am schlimmsten. Es war ein immerwährendes Martyrium.

»Guten Morgen, Vater.«

»Um Himmels willen, Mädchen! Wieso bist du schon auf zu dieser frühen Stunde?«

»Ich konnte nicht mehr schlafen.«

»Geh wieder ins Bett, Susan. Du brauchst Ruhe.«

»Für mich gibt es keine Ruhe, Vater.«

»Denk an das Baby, Mädchen!«

Nach einer Nacht voller Qualen war sie früh aufgestanden und in der kleinen Hütte ihrer Eltern nach unten gegangen, in der sie und ihre Schwester mit den Eltern lebten. Ihr Vater war Stellmacher und mußte selber früh aufstehen. Am Vortag war auf einem Feld ein Fuhrwerk umgekippt, ein Rad war gebrochen und konnte nicht mehr repariert werden. Der Stellmacher hatte versprochen, sich als erstes darum zu kümmern, weil der Wagen dringend für die Ernte gebraucht wurde.

Nach einem hastigen Frühstück mit Brot und Milch machte er einen weiteren vergeblichen Versuch, seine Tochter wieder ins Bett zu bringen. Susan schüttelte den Kopf und setzte sich in ihrem Holzsessel zurecht. Ihre Schwangerschaft war jetzt schon weit fortgeschritten, oft spürte sie, wie das Baby sich bewegte.

Ihr Vater ging über die welligen Fußbodenplatten zur Tür und schob den schweren eisernen Riegel zurück. Er blickte zu Susan zurück und warf ihr einen aufmunternden Blick zu, der jedoch nicht erwidert wurde. Er konnte nicht länger bleiben. Der Wagen wartete draußen vor den Arbeitsschuppen.

Doch als er die Tür öffnete, versperrte ihm etwas den Weg, so daß er fast gestolpert wäre.

»Was ist das?« rief er.

Susan sah nur mit geringem Interesse auf.

»Der Himmel sei mir gnädig!«

Er betrachtete den Gegenstand mit dem Mißtrauen des Landmannes. Es konnte ein Geschenk des Teufels sein oder das Werk einer guten Fee. Er brauchte einige Zeit, bis er sich überwunden, das Ding aufgehoben und in die Hütte gebracht hatte. Er stellte es vor seiner Tochter auf den Tisch.

Es war ein Kinderbett. Klein, einfach und aus solidem Eichenholz. Auf den gebogenen Kufen bewegte es sich vor und zurück. Susan Fowler starrte es sekundenlang ohne Verständnis an, dann bildete sich ein zartes Lächeln auf ihren Zügen.

»Es ist ein Geschenk für das Baby«, sagte sie.

8. Kapitel

Nicholas Bracewell stellte ihn als erstes am nächsten Morgen zur Rede.

»Ihr müßt Euch irren«, sagte Creech knallhart.

»Nein, Ben.«

»Ich bin gestern nicht zum *Curtain* gegangen.«

»Aber ich habe Euch mit eigenen Augen gesehen.«

»Ihr habt jemand gesehen, der nur so aussah wie ich.«

»Hört auf zu schwindeln.«

»Ich schwindele nicht«, behauptete der Schauspieler hitzig. »Gestern nachmittag war ich nicht einmal in der Nähe von Shoreditch.«

»Wo wart Ihr dann?«

Creech zog sich in verbissenes Schweigen zurück. Er hatte den Mund fest zusammengepreßt und das Kinn gereckt. Nicholas drängte ihn weiter.

»Ihr hättet eigentlich hier sein müssen, Ben.«

»Das hat mir niemand gesagt«, meinte Creech.

»Ich hab' es Euch gesagt – und zwar vor Zeugen. Tut nicht so, als sei auch das nicht geschehen. Die Garderobenleute haben auf Euch gewartet, aber Ihr seid nicht erschienen.«

»Ich... ich konnte gestern nicht kommen.«

»Ich weiß – weil ihr statt dessen im *Curtain* wart.«

»Nein!« leugnete Creech. »Ich war...« Er starrte Nicholas wütend an, dann bekam er sein Märchen zusammen. »Ich war im *Lamb and Flag*. Ich bin mittags nur für einen einzigen Drink reingegangen, aber dann habe ich ein paar alte Freunde getroffen. Wir kamen ins Erzählen und tranken noch etwas. Die Zeit verging rasch. Bevor ich wußte, was passierte, fiel ich auf meinem Stuhl in Schlaf.«

»Ich glaube Euch kein einziges Wort«, sagte Nicholas unerschüttert.

»Das ist Euer gutes Recht, Sir.«

»Wir müssen Euch dafür eine Strafe aufbrummen, Ben.«

»Macht das«, forderte ihn der Schauspieler heraus.

»Ein Schilling.«

Creechs Trotz wandelte sich in Schock. Ein Schilling war eine empfindliche Strafe für einen Mann, der in der Woche gerade siebenmal so viel verdiente. Er hatte viele Schulden und konnte es sich nicht leisten, auf einen solchen Betrag zu verzichten. Nicholas konnte seine Gedanken lesen, spürte jedoch kein Bedauern.

»Das habt Ihr Euch selber zuzuschreiben«, sagte er. »Wann werdet Ihr endlich lernen? Ich habe in der Vergangenheit oft genug ein Auge zugedrückt, aber das muß jetzt aufhören. Ihr müßt einfach mehr Verantwortungsgefühl beweisen. Es gibt Dutzende von Schauspielern, die wir einstellen könnten. Wenn das so weitergeht, könnte einer von denen bald Euren Platz übernehmen.«

»Das hängt nicht von Euch ab, Nicholas«, murrte der andere.

»Möchtet Ihr die Sache lieber mit Master Firethorn diskutieren?«

»Nein«, sagte Creech nach einer Pause.

»Der hätte Euch schon vor ein paar Monaten rausgeworfen.«

»Ich verdiene mein Gehalt.«

»Ja – wenn Ihr anwesend seid«, pflichtete Nicholas bei. »Aber nicht, wenn Ihr im betrunkenen Zustand irgendwo herumliegt oder heimlich zum *Curtain* schleicht.«

»Das war ich nicht!«

»Ich bin nicht blind, Ben.»

»Hört auf, mich einen Lügner zu nennen!«

Creech ballte die Fäuste und atmete heftig durch die Nase. Doch langsam kam er wieder zu Verstand. Der Impresario wirkte gelassen und würde sich nicht einschüchtern lassen. Wenn es sein mußte, konnte Nicholas Bracewell so gut kämpfen wie jeder andere, sein Körperbau war beeindruckend. Nichts war gewonnen, wenn er jetzt zuschlug.

»Ein Schilling, Ben.«

»Wie Ihr meint.«

»Und keinen weiteren Unsinn mehr, Sir.«

Benjamin Creech riskierte noch einen wütenden Blick und zog sich auf die andere Seite der Garderobe zurück. Das Gespräch hatte ihn total ernüchtert. Samuel Ruff hatte den Wortwechsel von der anderen Seite des Raumes beobachtet und kam jetzt auf den Impresario zu.

»Worum ging's denn, Nick?«

»Das Übliche.«

»Zu viel Ale?«

»Und zu wenig Ehrlichkeit, Samuel. Gestern nachmittag habe ich den Kerl am hellichten Tage im *Curtain* gesehen – trotzdem leugnet er es!«

»Dafür wird er gute Gründe haben.«

»Wieso?«

»Wo habt Ihr ihn gesehen, Nick?«

»Ich sah, wie er mit ein paar der Angestellten sprach.«

»Da habt Ihr schon die Antwort. Er will es nicht zugeben.«

»Was zugeben?«

»Ich hatte nicht die Absicht, das zu erwähnen, weil ich annahm, daß Ihr Bescheid wüßtet. Offensichtlich tut Ihr das aber nicht.« Ruff blickte zu Creech hinüber. »Ben Creech hat eine Weile für Banbury's Men gearbeitet.«

»Ist das wirklich wahr?« fragte Nicholas erstaunt.

»Aber ja! Ich war ja auch damals dort.«

Während die Zukunft des einen in der Garderobe diskutiert wurde, geriet die Zukunft eines anderen in einem Zimmer des Obergeschosses in arge Bedrängnis. Keine Probe von Westfield's Men ging vorbei, ohne daß Barnaby Gill den üblichen Ärger vom Zaun brach, und gerade lieferte er sein Meisterstück ab. Edmund Hoode ertrug alles mit Gleichmut, aber Lawrence Firethorn wurde zusehends ärgerlich. Während er wie verrückt im Raum hin- und hermarschierte, steigerte sich der wütende Teilhaber richtig in Rage.

»Er paßt einfach nicht zu Westfield's Men!«

»Wieso nicht?« fragte Hoode.

»Weil ich es sage, Sir!«

»Da brauchen wir schon etwas mehr, Barnaby.«

»Der Mann hat die falsche Einstellung.«

»Einspruch«, sagte Hoode. »Samuel Ruff ist vielleicht der einzige Angestellte mit der richtigen Einstellung, den wir überhaupt haben. Er nimmt die Arbeit ernst und paßt bestens in die Gruppe.«

»Aber nicht zu mir, Edmund.«

»Er ist ein erfahrener Schauspieler.«

»London ist voll von erfahrenen Schauspielern.«

»Nicht alle davon sind so zuverlässig wie Ruff.«

»Er muß weg.«

»Mit welcher Begründung?«

»Weil ich den Mann nicht ausstehen kann!«

»Da wird er aber froh sein, das zu hören«, sagte Firethorn mit listigem Lächeln. »Kommt, Barnaby, die Sache ist zu lächerlich, als daß man noch länger darüber reden müßte.«

»Ich will, daß er entlassen wird«, sagte Gill halsstarrig.

»Das ist doch nur eine fixe Idee.«

»Ich meine es ernst, Lawrence. Er ist mir in die Quere gekommen und muß dafür büßen.«

»Warum fordert Ihr ihn nicht zum Duell?« schlug Hoode vor.

Gill unterbrach ihr Grinsen, indem er einen Stuhl hochhob und krachend auf den Boden knallte. Seine Nasenflügel blähten sich, und die Augen rollten wie bei einem Pferd, das im brennenden Stall gefangen ist.

»Ich möchte Euch daran erinnern, wieviel diese Truppe mir zu verdanken hat«, begann er. »Trotz ununterbrochener Versuchungen bin ich Lord Westfield's Men treu geblieben. Immer wieder haben mir andere Truppen lukrative Angebote gemacht, aber ich habe sie jedesmal abgelehnt, weil ich glaubte – fälschlicherweise, muß ich jetzt annehmen –, daß ich hier gebraucht und anerkannt würde.«

»Diese Sprüche haben wir schon früher gehört«, sagte Firethorn gereizt, »aber davon werden sie auch nicht besser.«

»Es ist mir Ernst, Lawrence. Er muß verschwinden.«

»Aber warum denn? Weil er Euch mit dem Florett besiegt hat?«

»Weil er mich nervös macht.«

»Das tut jeder einzelne von uns, Barnaby«, witzelte Hoode. »Müssen wir deshalb jetzt auch verschwinden?«

»Keine Witze, Sir. Dies ist ernst.«

»Dann will ich genauso ernst sein«, entschied Firethorn und stemmte die Fäuste in die Seiten, während er den kleineren Mann fixierte. »Wir wissen beide, was hinter der ganzen Sache steckt. Der junge Dicky Honeydew.«

»Achtet auf Eure Worte, Lawrence.«

»Das tue ich – im Interesse des Jungen.« Warnend winkte er mit dem Finger. »Ich bin niemand, der im Privatleben anderer Leute herumschnüffelt. Leben und leben lassen, sage ich immer. Aber es gibt eine Regel, die in dieser Gesellschaft beachtet werden muß, Barnaby, und die kennt Ihr genau so gut wie ich. Versteht Ihr mich?«

»Ja.«

»Keinesfalls mit den Lehrlingen.«

»Das hat mit der Sache überhaupt nichts zu tun, Lawrence.«

»Ich habe gesagt, was ich zu sagen hatte, Sir.«

»Und ich muß das voll und ganz unterstützen«, sagte Hoode. »Was Samuel Ruff betrifft, so steht Ihr völlig alleine. Alle anderen sind mit dem Mann sehr zufrieden. Wir haben schon viel schlechtere Erfahrungen mit Angestellten gemacht.«

Barnaby Gill war zutiefst beleidigt. Langsam ging er zur Tür, öffnete sie, richtete sich zu voller Größe auf und legte alle Verachtung, der er mächtig war, in seine Stimme.

»Ich werde nicht länger darüber diskutieren.«

»Was habt Ihr denn die ganze Zeit gemacht?« fragte Firethorn. »Ihr habt Euch um des Argumentierens willen mit uns gestritten.«

»Die Wahl ist ganz einfach, Gentlemen«, sagte Gill.

»Wahl?«

»Entweder er geht – oder ich!«

Dramatisch knallte er die Tür hinter sich zu.

George Dart überließ sich seinen trüben Gedanken über die Erbärmlichkeit seines Schicksals. Weil er der jüngste und kleinste der Bühnenarbeiter war, bekam er immer die miesesten Arbeiten zugeschoben, und jeder in der Truppe konnte ihn herumkommandieren. Aber am meisten haßte er es, wenn er mit einem Packen Theaterplakate losgeschickt wurde, die er in der Stadt anbringen sollte. Eine erschöpfende Arbeit. Hunde jagten hinter ihm her, Kinder lachten ihn aus, Fußgänger rempelten ihn an, Geschäftsleute zeterten, Puritaner rümpften die Nase, Diebe bedrängten ihn, Ganoven quatschten ihn an – er fühlte sich vollständig ausgeliefert.

Sein letzter Job machte ihn mit einem neuen Problem vertraut. Mit einem Stapel Plakate für »Gloriana Triumphant«, frisch vom Drucker, machte er sich auf seinen dornenvollen Weg durch Cheapside und benutzte jeden Mast und jeden Zaun, den er finden konnte, um die Plakate anzubringen. Buchstäblich jeden Zentimeter des Weges mußte er sich durch die wimmelnde Menge des Marktes schieben, was durch seine geringe Größe zusätzlich erschwert wurde. Doch schließlich befestigte er das letzte seiner Plakate außerhalb des *Maid and Magpie*.

George Dart machte sich auf den Rückweg und fragte sich, ob irgend jemand so bedauernswert war wie er. Fortwährend schickte man ihn irgendwohin. Ständig war er unterwegs, wanderte zwischen diesem und jenem Ort hin und her, war auf dem Weg nach irgendwo oder kam von irgendwo zurück, niemals an ein und derselben Stelle, und keiner erlaubte ihm, im Zentrum des Geschehens zu bleiben. Er war der geborene Zwischenträger. Jede Ankunft war ein Abschied, jeder Stop diente dazu, Anweisungen für die nächste Reise zu erhalten. Er war nichts als eine Brieftaube, dazu verurteilt, in alle Ewigkeit zu fliegen.

Sein Selbstmitleid wurde jäh unterbrochen, als er in eine Straße einbog, in der er eine Menge Plakate angebracht hatte. Die meisten waren verschwunden, und die verbliebenen waren beschmiert worden. Er zitterte bei der Aussicht, mit einem neuen Packen Plakate losgeschickt zu werden.

Als er auf der belebten Straße um sich blickte, sah er Dutzende von Verdächtigen. Jeder von diesen konnte seine ganze Arbeit ruiniert haben. Als er ein Plakat studierte, auf dem jemand herumgekritzelt hatte, entschied er, daß dies das Werk eines Betrunkenen sein mußte, der sich ein Morgenvergnügen gönnte.

George Dart weinte ausgiebig. Von der anderen Seite der Straße beobachtete ihn ein junger Mann. Der Mann lächelte zufrieden. Es war Roger Bartholomew.

Die Lehrlinge waren immer noch irritiert. Sie hatten keine Ahnung, wer die Balken im Dachzimmer gelöst haben konnte, und sie hatten auch keine Ahnung, wieso. War das nur ein dummer Scherz? Oder war es Absicht gewesen, Richard Honeydew zum Krüppel zu machen? Oder waren sie selber vielleicht das Ziel? Versuchte jemand, sie in eine viel schlimmere Sache hineinzuziehen, als sie selber geplant hatten? Wenn Richard schwer verwundet – oder sogar getötet – worden wäre, wäre der Verdacht auf sie gefallen.

So, wie die Dinge lagen, arbeitete das Glück, das den Jungen gerettet hatte, auch zu ihren Gunsten. Margery Firethorn schimpfte mit ihnen, doch sie waren in der Lage, mit dem Ausdruck der reinsten Wahrheit in den Augen zu schwören, daß sie die Balken rings um das Giebelfenster nicht gelockert hatten. Martin Yeo, John Tallis und Stephen Judd waren somit von der Liste der Verdächtigen gestrichen, doch ein Problem existierte nach wie vor. Richard Honeydew war immer noch für die Rolle der Gloriana vorgesehen.

Sie vergossen Krokodilstränen über die Person, die ihren ersten Plan ausgenutzt hatte und heckten statt dessen einen neuen aus. Dieser war absolut narrensicher. Er sollte am nächsten Tag in die Tat umgesetzt werden, Tatort sollte der Hof des *Queen's Head* sein.

»Das ist ein schöner Brauner«, sagte Yeo bewundernd und lehnte sich an die Stalltür. »Komm und sieh ihn dir an, Dick.«

»Ja«, sagte Richard und betrachtete das Pferd. »Wirklich ein schönes Tier. Sieh mal, wie sein Fell glänzt.«

»Möchtest du gerne darauf reiten?« fragte Tallis.

»Würde ich schon gerne, John, aber ich bin kein Reiter. Wem gehört er?«

»Keine Ahnung«, sagte Tallis mit einem schnellen Blick zu Yeo. »Er muß gestern abend angekommen sein.«

Sie waren in den Hof gegangen, nachdem die Bühne abgebaut worden war, um einer Kutsche und ein paar Fuhrwerken Platz zu machen. Die Pferde standen in den Stallungen. Weil sie Richards Freude an Tieren kannten, hatten Yeo und Tallis ihn eingeladen, sie anzuschauen; wie zufällig blieben sie bei der letzten Box stehen, um den Braunen zu betrachten. Er war ein feuriges Pferd von etwa einem Meter siebzig Schulterhöhe; Yeo hatte beobachtet, wie es am gestrigen Nachmittag in den Hof gekommen war. Er hatte auch gehört, welche Anweisungen der Reiter dem Stallknecht gegeben hatte.

Die zweite Falle konnte zuschnappen. Am Fenster des Probensaals stand Stephen Judd. Er winkte ihnen, um zu melden, daß Nicholas Bracewell und Samuel Ruff anderswo beschäftigt waren. Richard stand jetzt ohne seine Schutzengel da.

»Er sieht hungrig aus«, bemerkte Yeo.

»Hier ist ein Apfel, den kann er haben«, sagte Tallis und holte einen aus der Jackentasche. »Hier, Dick, gib ihn dem Pferd.«

»Ich nicht, Stephen.«

»Der beißt dich nicht, Junge«, sagte Yeo. »Leg ihn auf die offene Handfläche. So.« Er zeigte ihm, wie er den Apfel halten sollte. »Mach schon.«

»Ich habe Angst, Martin.«

»Pferde lieben Äpfel. Füttere ihn.«

Sie drängten ihn so lange, bis er endlich nachgab. Yeo öffnete die Boxentür und ging mit Richard ein paar Schritte hinein. Der Braune stand am anderen Ende der Box, zupfte an einer leeren Futterkrippe und drehte ihnen die Flanke zu.

Richard hielt den Apfel auf der flachen Hand und näherte sich mit zögernden Schritten. Der Braune scharrte leicht mit den Hufen im raschelnden Stroh. Richard merkte nicht, daß Yeo die Box verließ und die Tür zumachte. Jetzt war er mit dem riesigen Pferd allein in der Box.

»Gib ihm den Apfel, Dick«, drängte Yeo.

»Halt ihn unter seine Nase«, fügte Tallis hinzu.

»Beeil' dich, Junge.«

Als Richard langsam die Hand ausstreckte, hob das Pferd plötzlich den Kopf, zeigte das Weiße in seinen Augen, legte die Ohren zurück und bewegte sich mit lautem Wiehern zur Seite. Mit der glänzenden Flanke erwischte es den Jungen so hart, daß er kopfüber ins Stroh purzelte. Als das Tier sich wild aufbäumte und ausschlug, war Richard nur eine Handbreit von den wirbelnden Hufen entfernt.

Martin Yeo war enttäuscht, doch Stephen Judd gingen eigenartige Gedanken durch den Kopf. Sosehr er wünschte, daß sein Freund an Richards Stelle die Rolle der Gloriana bekäme, so wenig war ihm allerdings auch daran gelegen, daß Richard von einem Pferd zu Tode getreten wurde.

»Hey!« schrie ein Stallbursche, der herangelaufen kam.

»Dick wollte ihm einen Apfel geben«, erklärte Yeo.

Der Stallknecht warf die Boxentür auf, packte Richard und riß ihn ins Freie. Dann hob er den Jungen in die Luft und schüttelte ihn kräftig.

»Warum hast du das getan, du Narr?« schrie er. »Dieses Pferd läßt sich nur von seinem Herrn füttern. Willst du dich umbringen lassen?«

Richard Honeydew bekam einen roten Kopf und fiel in Ohnmacht.

Lady Rosamund Varley verlangte das Unmögliche und gab sich erst zufrieden, wenn sie es bekommen hatte. Als sie dem Schneidermeister ihren Auftrag gab, hatte der Mann protestiert und mehr Zeit verlangt, doch sie gab nicht nach. Falls er den Wunsch habe, sie als Kundin zu behalten, müsse er schon ihren Anweisungen folgen. Wieder einmal wurde das Unmögliche möglich gemacht; der Schneider erschien mit seinem Gehilfen zum festgesetzten Termin im Varley House. Sie war begeistert von der Arbeit, doch sie hatte gelernt, Lakaien nicht allzusehr zu loben. Statt dessen entdeckte sie allerhand Fehler.

»Ich habe Bänder von drei Inches Länge bestellt.«

»Vier Inches, Lady Varley«, korrigierte er ehrerbietig. »Doch wir können selbstverständlich kürzen.«

»Ich wollte einen Batistkragen.«

»Aus Cambric, Lady Varley. Wir können das natürlich noch ändern.«

»Das Gewand ist zu weit geschnitten.«

»Meine Näherinnen stehen zu Ihrer Verfügung, Lady Varley.«

Der Schneider war ein großer, fast liebenswürdiger Mann, der sich durch sein ewiges Verneigen und Verbeugen kleiner und gemeiner machte. Sein öliges Verhalten wurde noch durch seine Angewohnheit, sich die Hände zu reiben, verstärkt. Er akzeptierte alle Kritik und versprach, alle Fehler sofort in Ordnung zu bringen.

»Ich will es noch anprobieren«, verkündete sie.

»Wenn es aber Euren Wünschen nicht entspricht, Lady Varley.«

»Ihr wartet hier.«

Mit zwei Kammerzofen zog sie sich in ihr Schlafzimmer zurück, ließ sich auskleiden und in das neue Kleid helfen. Über das Chemisett aus Leinen kam ein Korsett aus Walfischknochen und eine Krinoline, die um die Hüften gebunden wurde, um das Kleid in einem hübschen Halbkreis am Rükken hochzuhalten. Dann folgten verschiedene Petticoats, die zu einem reizenden Leibchen aus königsblauem Samt mit Stickereien von goldenen Figuren getragen wurden. Ein Gewand aus dem gleichen Material, wegen des Kontrasts ein wenig dunkler, hatte weite Ärmel aus Batist.

Lady Rosamunds Haar war nach der aktuellen Frisurenmode gewellt und gekräuselt und goldrot gefärbt. Es war hoch über die Stirn frisiert und an den Seiten gesichtsfern gehalten. Ein steifgestärkter kreisrunder Kragen rahmte ihre bleichen lieblichen Gesichtszüge ein. Juwelen, Parfüm, ein Hut, Handschuhe und feine Schuhe vervollständigten eine Erscheinung von überwältigender Schönheit. Jedes Teil paßte perfekt.

Bodenlange Spiegel erlaubten ihr, sich von allen Seiten zu betrachten. Sie gab noch ein paar kleine Änderungen in Auftrag, dann war sie zufrieden. Als sie durch ihr Schlafzimmer stolzierte, kam ihr der frühere Besitzer des Hauses in den Sinn.

»Selbst ein Bischof wäre vor mir in diesem Kleid nicht sicher!«

Sie schwebte nach unten, erlaubte dem Schneider und seinem Gehilfen, sie mit Komplimenten zu überhäufen, klatschte sodann in die Hände und entließ sie.

»Laßt Eure Rechnung hier.«

»Ja, Lady Varley.«

»Mein Gatte wird Euch bezahlen, wenn ihm danach zumute ist.«

Wieder allein, stürzte sie zum nächsten Spiegel. Das Kleid war ein Meisterwerk der Schneiderkunst. Sie konnte es kaum erwarten, es im *Curtain* zum ersten Mal zu tragen – Lawrence Firethorn zum Wohlgefallen.

Edmund Hoode stand am Fenster des Probensaals und starrte trübselig auf den Innenhof. Die Anstrengungen des Schreibens hatten bei ihm die übliche Erschöpfung hervorgerufen; jetzt fühlte er sich deprimiert. »Gloriana Triumphant« war gewiß ein ausgezeichnetes Drama, aber es war auch zu dem

Zweck geschrieben, Lawrence Firethorns Ruf als Schauspieler zu festigen und sein Liebesleben zu fördern. Für Hoode blieb nur ein wenig überschwenglicher Dank und eine kleine Rolle im vierten Akt.

In solcher Stimmung fühlte er sich ausgenutzt. Seine Talente waren im Interesse anderer Leute eingesetzt worden. Das beste Sonett, das er seit Jahren geschrieben hatte, hatte sich ein anderer angeeignet, und das schmerzte ihn. Leise sprach er die Zeilen und wünschte sich, dieses Gedicht könnte auch für ihn eine Romanze entfachen. Ihm wurde klar, daß er seit Monaten nicht mehr verliebt gewesen war. Er vermißte die süßen Schmerzen der Liebe. Seine Seele verwelkte.

Für Edmund Hoode waren die Aufregungen des Liebeswerbens das Höchste. Er war ein wahrer Idealist, der nichts mehr liebte, als sich aus ganzem Herzen einer Dame zu widmen, und der allen Genuß darin fand, verliebt zu sein. Ganz anders Lawrence Firethorn. Für einen alten Lüstling wie ihn war die Eroberung das wahre Ziel, und da waren seine Erwartungen sehr hoch. Hoode war zu Kompromissen bereit. Er würde auch eine nehmen, die nicht den adligen Stand der Lady Varley hatte. In seiner augenblicklichen Mutlosigkeit hätte er fast jede genommen.

Während er so vor sich hin brütete, kam ihm etwas unter die Augen, das ihn zusammenzucken ließ. Es war die Tochter des Hauswirts, die leichtfüßig über den Hof trippelte, während ihr dunkles Haar im Wind wehte. Hoode hatte sie schon mehrmals bemerkt, jedesmal mit besonderem Vergnügen. Mit ihren kaum zwanzig Jahren hatte sie glücklicherweise überhaupt keine Ähnlichkeit mit ihrem Vater; ihre dralle Offenherzigkeit war ein erfrischender Anblick.

Als er sie genauer betrachtete, entdeckte er an ihr Eigenschaften, die ihm vorher entgangen waren. Sie war geschmeidig, graziös und lebhaft. Sie war weniger die Tochter eines Kneipenwirts, sondern eine Prinzessin, die von einem Holzfäller großgezogen wurde. Hoode holte überrascht tief Luft, als er noch etwas anderes an ihr entdeckte.

Ihr Name war Rose Marwood.

Leise sprach er sein Gedicht vor sich hin.

Nicholas Bracewells Besuch im *Curtain* war sehr klug gewesen. Er hatte ein paar vernünftige Ideen für die Aufführung von »Gloriana Triumphant« entwickelt und brannte darauf, sie in die Tat umzusetzen. Der Luxus eines vollen Probentages verschaffte ihm die Gelegenheit, die er brauchte. Einige seiner Gedanken mußten verworfen werden, doch die meisten – einschließlich die krönende Seeschlacht – ließen sich hervorragend verwenden. Er konnte sich entspannen. Nachdem er die technischen Probleme gelöst hatte, konnte das Spiel beginnen. Er war überzeugt, daß es bei ihm kein Füßescharren geben würde.

Obwohl er den ganzen Tag intensiv beschäftigt war, versuchte er, Richard Honeydew nicht aus den Augen zu lassen. Die Sache mit dem Pferd hatte ihn aufgerüttelt; er war davon überzeugt, daß die anderen Lehrlinge alles eingefädelt hatten. Seitdem waren sie in Ungnade gefallen, und es hatte auch keine weiteren Attacken gegen Richard gegeben. Mit Samuel Ruffs Hilfe und Margery Firethorns Aufmerksamkeit war Nicholas sich sicher, daß er den Jungen vor Unheil bewahren konnte.

»Wir wollen den Schluß der Kampfszene versuchen!« befahl Firethorn.

»Positionen einnehmen!« rief Nicholas.

»Wir werden die Kanone nicht abfeuern«, entschied der Schauspieler. »Wir wollen unser Pulver trockenhalten.«

»Und das Segel, Master?«

»Oh, das brauchen wir.«

Wo Banbury's Men lediglich einen dicken Holzstamm benutzt hatten, um einen Mast anzudeuten, hatten Lord Westfield's Men eine komplizierte Vorrichtung konstruiert, bei der man ein volles Segel hochziehen und niederlassen konnte. Der Mast stand in einer freistehenden Halterung. Als der Wind auffrischte, begann sich das Segel zu blähen.

»Halt's fest, Ben!« befahl Nicholas.

»Wird gemacht.«

»Stell dich vorsichtshalber zu ihm, Gregory.«

»Jawohl, Master Bracewell«, sagte ein strammer Bursche.

Edmund Hoodes Bühnenkunst war größer als die des Autors von »Gott unterstützt die Flotte«. Während dieses Stück sich mit der Seeschlacht erschöpfte, endete »Gloriana Triumphant« mit einer Szene auf dem Deck des Flaggschiffs, die alle wichtigen Personen des Dramas vereinte. Die Königin von Albion höchstpersönlich erschien an Bord, wo sie in einer spontanen Geste der Dankbarkeit ein Schwert ergriff, um ihren großartigen Seebären zum Ritter zu schlagen.

Jeder nahm seine Position ein, dann gab Nicholas den Musikern das Zeichen. Peter Digby führte seine Männer in einen prächtigen Marsch, während die königliche Hoheit ihren Fuß an Bord setzte. Mit strammem Rücken und ausdrucksstarker Stimme hielt Richard Honeydew seine längste Rede des ganzen Stückes, wobei er versuchte, das windige Flattern seiner Kleider zu ignorieren. Firethorn sank auf ein Knie, um den Ritterschlag zu empfangen, dann küßte er die Hand seiner Monarchin und setzte zu einem eigenen Monolog an.

Er sollte nicht damit zu Ende kommen. Ein plötzlicher Windstoß traf das Segel und riß es Benjamin Creech aus der Hand. Bevor Gregory zupacken konnte, krachte der Mast mitten auf die Bühne.

»Achtung!«

»Hilfe!«

»Spring, Dick!«

Die Königin von Albion hatte nur den Bruchteil einer Sekunde Zeit, Samuel Ruffs Warnschrei zu befolgen. Als der Mast schon fast über ihm war, sprang Richard instinktiv von der Bühne herunter. Es gab einen ohrenbetäubenden Lärm, als er auf das Deck schlug, doch war wenigstens niemand getroffen. Die Schauspieler waren im Schock erstarrt, doch niemand schien verletzt zu sein.

»Auh!«

»Bist du verletzt, Dick?«

»Ich glaube, ja.«

»Bleib, wo du bist«, rief Nicholas.

Er stürmte über die Bühne und sprang neben der am Boden liegenden Gestalt auf die Erde. Richard hatte Schmerzen. Bei seinem Sprung war er so unglücklich gelandet, daß er sich den Knöchel verletzt hatte und den Fuß nicht belasten konnte. Während Nicholas den Fuß untersuchte, begann der Knöchel bereits anzuschwellen.

Es war ein Wunder, daß der Junge dem niederstürzenden Mast entkommen war. Hätte er sich in seinem Kostüm verheddert, wäre er niemals rechtzeitig vom Fleck gekommen, und die extravagante Schönheit der Königin von Albion läge jetzt zerschmettert unter dem Mast. So aber war Richard vom Deck des Flaggschiffes in Sicherheit gesprungen. Doch würde er am nächsten Tag keinesfalls auftreten können.

Das war Ironie des Schicksals. Die anderen Jungen hatten versucht ihn unschädlich zu machen, und waren gescheitert. Der Zufall schaffte, was alle Planung nicht vermocht hatte. Ein simpler Windstoß hatte soeben die Rolle der Gloriana neu besetzt.

Nicholas Bracewell nahm den Jungen auf den Arm, hob ihn hoch und wandte sich der Bühne zu. Benjamin Creech, der den Mast gehalten hatte, als er niederstürzte, schaute auf sie hinunter. Der Miesling schien unbewegt, doch seine Augen waren vor Freude zu Schlitzen verengt.

9. Kapitel

Die Ablehnung hatte bei Master Roger Bartholomew einen tiefen Gesinnungswandel bewirkt. Er fühlte sich in den Schmutz gezogen. Als er die Aufführung seines Stückes über Richard Löwenherz im *Queen's Head* sah, hatte er geglaubt, mit dem Theater sei er für alle Zeiten fertig, doch seine Muse hatte andere Vorstellungen. Nach der erneuten Zurückweisung schwindelte ihm der Kopf. Er entdeckte an sich einen Drang nach Rache, wovon er bisher keine Ahnung gehabt hatte. Sie hatten ihn verletzt, jetzt wollte er zurückschlagen.

Lord Westfield's Men wurden zum Ziel seines Hasses. Auch andere Truppen hatten seine Stücke abgelehnt, doch Lawrence Firethorn hatte noch viel mehr getan. Er hatte ein Stück des jungen Dichters ruiniert, ein anderes besudelt. Um alles noch schlimmer zu machen, spielte er auch noch die Hauptrolle in einem neuen Drama, das genau das gleiche Thema behandelte wie sein »Ein geschlagener Feind«. In seiner fiebergeschüttelten Verfassung überlegte Bartholomew, ob sein Stück ausgeschlachtet worden war, um das andere zu verbessern. Es wäre nicht das erste Mal, daß das Werk eines Autors geplündert wurde.

Während er vor dem *Curtain* stand, hörte er die lauten Stimmen bei der Probe. Er konnte weder die Worte verstehen noch erkennen, wer sie sprach, doch er wußte eines ganz sicher: »Gloriana Triumphant« hatte ihn befreit. Er streckte die Hand aus und riß ein Plakat ab. Wenn Talent und Gerechtigkeit noch irgend etwas im Theater bedeuteten, hätte es sein Stück sein müssen, das man in ganz London ankündigte, und es hätten seine Worte sein müssen, die hinter den Mauern des Theaters erschallten.

Bartholomew war ein starker Verfechter des Wortes und der natürlichen Überlegenheit des Dichters. Doch Firethorn und seine Truppe arbeiteten nach anderen Regeln. Sie stellten den Schauspieler als die zentrale Gestalt des Theaters dar. Für sie war ein Stück nur ein feiner Anzug, den man ein- oder zweimal trug, bevor man ihn wegwarf. »Ein geschlagener Feind« war ohne Anprobe weggeworfen worden. Für die Gefühle des Autors zeigte niemand das geringste Interesse.

Lord Westfield's Men hatten es verdient, für ihre Arroganz bestraft zu werden. Er bestimmte sich selbst zum Vollstrekker und mußte nur noch entscheiden, was die gerechte Strafe wäre.

Das Unglück schweißte sie noch enger zusammen. Angesichts ihres Mißgeschicks reagierten Westfield's Men mit rascher Entschlossenheit. Der verletzte Lehrling wurde nach Hause gebracht, sein Stellvertreter, Martin Yeo, begann sofort mit den Proben. Noch während er auf der Bühne arbeitete, waren die Kostümschneider bereits mit den Änderungen an Glorianas Garderobe beschäftigt, einschließlich der roten Perücke, die er tragen sollte. Yeo hatte die Rolle bereits vorsichtshalber gelernt; deshalb war dieser Spielerwechsel fünf vor zwölf auch nicht das Problem, das man hätte erwarten können. Doch es galt noch, Bewegungen einzustudieren, Auftritte und Abgänge auswendig zu lernen und das Spiel der Künstler in der Nähe der Königin zu beobachten, so daß er vor ihnen glänzen konnte.

Nicholas Bracewell hatte inzwischen Vorkehrungen getroffen, um Mast und Segel zu sichern. Als der Mast wieder aufgerichtet wurde, führten Seile von der Spitze zu verschiedenen Punkten der Bühne, wo sie mit Haken und Klampen befestigt wurden. Der Mast stand jetzt so fest, daß jemand an ihm hochklettern konnte. Firethorn, der geborene Opportunist, setzte den kleinsten Hilfsarbeiter als Schiffsjungen ein und befahl ihm raufzuklettern. Das würde sich bei der Aufführung gut machen.

Die unterschiedlichsten Aufgaben hielten George Dart im ganzen Stück in Bewegung. Nicholas schlug vor, ihm noch eine weitere Rolle zu geben. Weil niemand garantieren konnte, daß der Wind am nächsten Nachmittag wehen würde, bekam Dart das Ende eines Seiles in die Hand gedrückt, das im Mittelpunkt eines Segels befestigt war. Er mußte sich auf einem der Balkone oberhalb der Bühne verstecken und auf Stichwort heftig an dem Seil ziehen, damit es so aussah, als werde das Schiff von einem heftigen Sturm gepackt. Dies war das erste Mal in seiner jungen Karriere, daß er den Westwind spielen mußte.

Selbst Barnaby Gill packte mit an. Er setzte sein Ultimatum wegen Samuel Ruff bis nach der Vorstellung aus und tat, was er konnte, um die Leute bei Laune zu halten. Trotz aller Schwierigkeiten nahm das Stück Form und Gestalt an. Hektisches Umschreiben von Edmund Hoode eliminierte die Rolle, die Martin Yeo eigentlich hätte spielen sollen, und glättete noch ein paar holprige Stellen. Am Ende einer endlos langen Probe waren alle in bester Laune.

»Nun, Nick, was meint Ihr?«

»Ich denke, wir schaffen es.«

»Wir tun mehr als das, mein Lieber. Dicky mag ausgefallen sein, doch es gibt ja noch ein paar andere wunderbare Vorstellungen. Ich wette, wir kriegen sie fest in Griff.«

»Es ist nicht gut, das Schicksal herauszufordern«, warnte Nicholas.

Sie standen auf der inzwischen leeren Bühne des *Curtain* und ließen den Tag und seine Wechselfälle Revue passieren. Plötzlich rezitierte Firethorn seine erste Rede, richtete sie zu den Galerien und probierte verschiedene Positionen aus. Nicholas wußte schnell, warum. Der Schauspieler versuchte herauszufinden, wo Lady Rosamund Varley sitzen würde.

»Wir zeigen es ihnen, Nick.«

»Wem, Master?«

»Giles Randolph und seinesgleichen.«

»Ah.«

»Ihr habt den Burschen hier kürzlich gesehen. Wie war er?«

»Unwesentlich. Es war ein miserables Stück.«

»Ein schlechtes Stück mit einem schlechten Schauspieler. Ich werde ihn von der Bühne spielen, Sir.«

»Ihr seid mit ihm nicht zu vergleichen«, sagte Nicholas voller Taktgefühl.

»Morgen ist ein wichtiger Tag für uns«, fuhr der andere fort. »Wir müssen ein für allemal beweisen, wie gut wir sind. Unser geschätzter Brotherr verläßt sich auf uns, um seinen Ruhm und Glanz zu mehren. Die Aufführung muß so gut sein, daß wir damit unseren Anspruch auf die höchste aller Ehren erneuern – eine Einladung, am Hofe zu spielen.«

»Die ist längst überfällig.«

Firethorn machte eine tiefe Verbeugung zum Dank für nicht gehörten Applaus, der in seinen Ohren erklang. Er befand sich bereits am Hofe, spielte vor der Königin und ihrem Gefolge und genoß das königliche Wohlwollen – und erzielte noch einen weiteren Erfolg bei dem Publikum vor seinem inneren Auge. Nicholas kannte das andere Ziel. Am Hofe zu spielen bedeutete ein kleines Publikum, exklusiv und privat, dem auch Lady Rosamund Varley angehören würde. Sie war es, die im Moment auf dem Thron seines Herzens saß.

»Es wäre wie im Elysium«, gestand er Nicholas.

»So wird es sein.«

»Wir wollen alles tun, damit es so wird.«

Als alles aufgeräumt und verschlossen war, ging man auseinander. Für Richard Honeydew war es traurig, daß die erste Chance des Starruhms vertan war, doch die Vorstellung mußte stattfinden; jeder strengte sich dafür an. Die Rivalität zwischen den Truppen war von höchster Bedeutung. Banbury's Men hatten im *Curtain* kein besonders strahlendes Bild abgegeben. Lawrence Firethorn und seine Mannen konnten im Vergleich dazu nur glänzen.

Es war ein langer, einsamer Weg nach Bishopsgate, und Nicholas hatte noch mehr als eine Meile vor sich, als er die Stadt betrat. Doch er war so tief in Gedanken versunken, daß er die Länge des Weges und die steife Brise in der dunklen

Nacht nicht bemerkte. Will Fowler und seine junge Witwe beschäftigten ihn nach wie vor. Zwei zusammengeschlagene Prostituierte, eine davon anschließend ermordet, wollten ihm ebenfalls nicht aus dem Sinn. Er machte sich Sorgen um Samuel Ruff, dessen Stellung in der Gruppe jetzt gefährdet war. Sogar um Roger Bartholomew machte er sich Sorgen, der aus dem Theater geflogen war, kaum daß er einen Fuß hineingesetzt hatte. Der Impresario dachte über die abgerissenen Theaterplakate nach, von denen George Dart voller Bestürzung berichtet hatte. Sie hatten schon genügend Feinde.

Doch am meisten beschäftigte ihn die saure Miene des Benjamin Creech. Warum hatte der Mann abgestritten, im *Curtain* gewesen zu sein, und warum versteckte er seine alte Verbindung zu Banbury's Men? Was war der wirkliche Grund für seinen Kampf mit Will Fowler gewesen? War Richard Honeydews Verletzung wirklich nur ein Unfall gewesen? Hatte Nicholas tatsächlich in Creechs Augen das Glitzern der Schadenfreude gesehen, oder hatte er sich das nur eingebildet?

Beschuldigungen und Gegenbeschuldigungen beschäftigten ihn den ganzen Weg bis Bankside. Er war schon fast zu Hause, als der Trouble begann. Als er in eine Seitenstraße abbog, hatte er plötzlich das Gefühl, er werde verfolgt. Seine Jahre auf See hatten ihm geholfen, eine Art sechsten Sinn der Selbsterhaltung zu entwickeln, und seine Hand bewegte sich vorsichtig zu seinem Dolch. Er horchte auf Schritte hinter sich, konnte jedoch nichts hören. Als er herumwirbelte, war niemand zu sehen. Er ging weiter, hielt alles für Einbildung – da trat eine große, bullige Gestalt aus der Straße vor ihm und blockierte seinen Weg. Der Mann war etwa zwölf Meter von ihm entfernt und in der Dunkelheit nur undeutlich zu sehen, doch Nicholas wußte sofort, wen er vor sich hatte. Sie waren bereits im *Hope and Anchor* aufeinander getroffen, als ein Freund ermordet wurde. Und im *Cardinal's Hat* hatte es einen weiteren Beweis seiner Fähigkeiten gegeben.

Nicholas riß seinen Dolch hervor und duckte sich, um

anzugreifen, doch er kam nicht weit. Kaum hatte er einen oder zwei Schritte getan, spürte er einen harten Schlag auf dem Hinterkopf, der ihn in einem schwarzen Wirbel von Schmerzen niederstürzen ließ. Das letzte, an das er sich erinnern konnte, war das Geräusch weglaufender Schritte. Der Rest war eisige Leere.

In Krisen zeigte Lawrence Firethorn seine größten Fähigkeiten. Die Rücktrittsdrohung von Barnaby Gill und der plötzliche Ausfall von Richard Honeydew stellten ihn vor Probleme, die er mit Bravour meisterte. In dieser Stunde der Bedrängnis hielt er die Truppe zusammen, feuerte sie an mit den besten Aussichten auf die Zukunft und beflügelte sie mit seinem unüberwindlichen Selbstvertrauen. Für ihn würde das Stück ein weiterer Nachmittag des Triumphes werden, gefolgt – die Zeit war reif – von einer zauberhaften Nacht. »Gloriana Triumphant« und vierzehn Zeilen eines Gedichtes würden ihm die Gunst der Lady Rosamund Varley schenken.

Nach all den Schwierigkeiten dieses Tages kehrte er beschwingten Schrittes nach Hause zurück und erwartete einen Willkommenskuß seiner vertrauensvollen Gattin. Doch der Kuß kam nicht, und das Vertrauen schien verschwunden zu sein. Etwas Frostiges schien sich auf Margerys schönen Brauen niedergelassen zu haben.

»Was bedrückt dich, meine Liebe?« fragte er munter.

»Ich habe mit Dicky gesprochen.«

»Der arme Junge! Wo steckt er?«

»Er ist zu Bett gegangen, um den geschwollenen Knöchel zu pflegen.«

»Es war ein schrecklicher Unfall«, sagte Firethorn. »Wir müssen Gott danken, daß niemand ernsthaft verletzt wurde.«

»Es gibt eine viel ernsthaftere Verletzung«, erwiderte sie grimmig.

»Was sagst du da, meine Süße?«

»Setz dich, Lawrence.«

»Warum?«

»Setz dich hin.«

Dieser dringlichen Bitte konnte er sich nicht entziehen und sank auf einen Stuhl. Margery Firethorn stand dicht vor ihm, so daß er nicht entkommen konnte. Ihr Zorn hatte sich etwas gelegt, konnte jedoch jeden Moment wieder ausbrechen.

»Das Herz des Jungen ist gebrochen«, begann sie.

»Wessen Herz würde nicht gebrochen sein? Es ist seine erste Hauptrolle – und was für eine Rolle! All seine harte Arbeit ist nun vergebens.«

»Er sprach von dir, Lawrence.«

»So? Wirklich?«

»Er sagte mir, wie wunderbar es sei, an der Seite eines solch großartigen Schauspielers wie dir zu spielen.« Sie hielt inne, als er wegwerfend auflachte. »Der Junge verehrt dich.«

»Jeder Schauspielschüler sollte sich ein exzellentes Vorbild suchen.«

»Oh, ich bin sicher, daß Ihr ein exzellentes Vorbild seid, Sir«, sagte sie schnippisch. »Als Schauspieler, meine ich. Als Ehegatte habt Ihr natürlich Eure Fehler, und da ist es gar nicht so wunderbar, an der Seite eines solchen Menschen zu spielen.«

»Margery...«, besänftigte er sie.

»Erspar mir deine Tricks, Lawrence.«

»Was für Tricks?«

»Ich habe Stunden damit verbracht, Richard Honeydew zuzuhören«, sagte sie. »Der Unfall im Theater ist für ihn ein schwerer Verlust. Für mich ist es ebenfalls ein schwerer Verlust.«

»Für dich, mein Engel?«

»Er hat eine Rolle in einem Theaterstück verloren, aber ich habe viel mehr verloren.«

»Ich verstehe überhaupt nichts, Liebling.«

»Dann laßt mich etwas deutlicher werden, Sir«, sagte sie mit einem scharfen Unterton. »Dicky hat mir alles erzählt. Er redete von seinen Texten und Tänzen und von seinem wunderbaren Kostüm. Er sprach auch von den Juwelen, die er als

Gloriana tragen sollte – einschließlich eines wunderschönen Anhängers, bei dem nichts kaputt war an der Befestigung…«

Lawrence Firethorn war ertappt. Der Mast, der auf der Bühne des *Curtain* niedergestürzt war, landete jetzt direkt auf ihm. Margery hatte die unerfreuliche Wahrheit erfahren. Nichts da von einem Geschenk, das ausdrücklich für sie gekauft worden war; das Ding war ein Requisit, das benutzt wurde, um sie einzulullen. Die Versöhnung war nur noch eine vage Erinnerung. Anstatt zu einer liebenden Frau nach Hause zu kommen, starrte er jetzt in die Augen einer Medusa.

Margery ahnte sofort, was hinter seinen Ausflüchten lag. Sie bändigte ihren Zorn und fragte mit gekünstelter Freundlichkeit:

»Wie lautet ihr Name, Lawrence?«

»Halt still«, sagte Anne Hendrik. »Ich muß es richtig auswaschen.«

»Ich bin schon in Ordnung. Binde die Bandage fest.«

»Um diese Wunde muß sich ein Arzt kümmern.«

»So lange kann ich nicht hierbleiben.«

»Laß mich einen Arzt holen, Nick.«

»Der Schmerz läßt ja schon nach«, schwindelte er.

Sie waren in dem Haus in Bankside. Nicholas Bracewell saß auf einem Stuhl, während die Hauswirtin die Wunde an seinem Hinterkopf verband. Als er auf der Straße das Bewußtsein wiedererlangt hatte, war er mühselig auf die Beine gekommen und bis zu seiner Haustür gewankt. Sein Hut war blutgetränkt, in seinem Kopf drehte sich alles, und sein ganzer Körper war ein einziger hämmernder Schmerz.

Als das Hausmädchen auf sein Klopfen die Tür öffnete und seinen Zustand sah, stieß sie vor lauter Angst einen Schrei aus. Anne Hendrik kam herbeigestürzt. Zusammen trugen die beiden Frauen Nicholas zu einem Stuhl. Jetzt kümmerte sich Anne allein um ihn und behandelte seine Wunden mit äußerster Sorgfalt. Sie war außer sich vor Befürchtungen.

»Und du glaubst, es war der gleiche Mann?« fragte sie.

»Ich weiß, daß er es war.«

»Es war dunkel, Nick. Wie kannst du so sicher sein?«

»Ich würde ihn jederzeit erkennen. Es war Rotbart.«

»Ein mordlüsterner Verbrecher, der im Hinterhalt auf dich wartet«, sagte sie mit vor Angst zitternder Stimme. »Ich halte den Gedanken daran nicht aus!«

»Ich habe ja überlebt, Anne«, erinnerte er sie.

»Aber nur durch Gottes Hilfe! Du hast Glück, überhaupt noch am Leben zu sein!«

»Die waren nicht hinter mir her«, entschied Nicholas, der sich bemühte, hinter all dem einen Sinn zu entdecken. »Ich wäre tot in der Straße liegengeblieben, wenn sie mich hätten umbringen wollen. Nein, sie waren hinter etwas anderem her.«

»Hinter deinem Geldbeutel?«

»Den haben sie nicht angerührt, Anne. Meine Tasche haben sie gestohlen.«

»Mit dem Textbuch drin?« fragte sie atemlos.

»Ja. Das ist es, was sie haben wollten – ›Gloriana Triumphant‹.«

Anne Hendrik wußte sofort, was das bedeutete, und erbleichte. Das einzige komplette Textbuch des Stückes war verschwunden; es gab keine Möglichkeit, das Stück ohne Textbuch aufzuführen.

»Das ist ja schrecklich!« rief sie. »Du mußt die Aufführung für morgen absagen.«

»Das ist die Absicht, die dahintersteckt, Anne.«

»Aber warum bloß?«

»Ich kann nur Vermutungen anstellen«, sagte er. »Böse Absicht, Gehässigkeit, Neid, Rache ... Es gibt mehrere denkbare Gründe. Wir arbeiten in einem Beruf voller Eifersucht.«

»Wer würde denn so etwas machen?«

»Ich werde nicht ruhen, bis ich das herausgefunden habe«, schwor er. »Eines ist klar: Rotbart hat einen Komplizen. Ich konnte damals schon nicht verstehen, wie er sich Zutritt zum *Cardinal's Hat* verschaffen konnte, ohne erkannt zu werden.

Die Antwort darauf kann nur lauten, daß nicht er es war, sondern der andere Mann, der Alice die Kehle durchschnitt.«

»Um zu verhindern, daß sie dir hilft?«

»Ich nehme es an. Rotbart weiß, daß ich hinter ihm her bin.«

Anne Hendrik schüttelte sich leicht, während sie den Verband um seinen Kopf befestigte. Das Blut hatte sein blondes Haar rotgefärbt, und an der Schläfe, wo er mit dem Kopf auf die Pflastersteine aufgeschlagen war, hatte er eine üble Beule. Tränen der Liebe und des Mitgefühls rannen ihr über die Wangen. Sie packte ihn am Arm, als er aufstand.

»Du bist nicht in der Verfassung, wieder nach draußen zu gehen, Nick«, sagte sie.

»Ich habe keine andere Wahl.«

»Dann laß mich mit dir kommen«, bat sie.

»Nein, Anne. Ich schaffe das schon allein. Außerdem wird es eine lange Nacht werden. Erwarte mich nicht vor morgen früh zurück.«

»Wo wirst du denn sein?« fragte sie und begleitete ihn zur Tür.

»Ich muß ein Stück schreiben.«

Edmund Hoode besaß die glückliche Erfindungsgabe eines Autors. In seinem verzweifelten Wunsch, sich zu verlieben, konzentrierte er sich ganz auf Rose Marwood und redete sich ein, sie sei das vollkommenste Geschöpf ihres Geschlechtes. Ihre Nachteile wurden rasch von seiner blühenden Phantasie beiseite geschoben, und hervor trat das Mädchen seiner Träume – eine magische Mischung aus Schönheit, Witz, Charme und Verständnis. Ohne etwas davon zu ahnen, war Rose Marwood über den Hof getrippelt und verwandelt worden. Hoode störte es wenig, daß er kaum einmal mit ihr gesprochen hatte. Er war verliebt, da zählten Vernunftgründe nicht.

Eine Stunde des Nachdenkens über ihre Tugenden bestärkten ihn in dem Entschluß, ihr das Sonett zu schicken. Nachdem er es in schöner Handschrift noch einmal abgeschrieben hatte, fügte er die Worte »Every Happiness« hinzu und hob die Buchstaben E und H so kunstvoll hervor, daß er sicher war, sie werde die Initialen ihres Verehrers schon erkennen.

Weitere Schwärmerei wurde durch ein Klopfen an der Tür jäh unterbrochen. Nicholas Bracewell wurde hereingebeten, um seinen bandagierten Kopf zu erklären und seine Geschichte zu erzählen. Hoode wurde fast panisch, als er erfuhr, daß sein Stück gestohlen worden war. Es war, als habe man ein Kind verloren.

»Was sollen wir denn jetzt machen, Nicholas?« jammerte er.

»Von vorne anfangen.«

»Womit? Ihr hattet das einzige vollständige Exemplar.«

»Wir werden es schon zusammenkriegen«, versprach der andere. »Ich habe George Dart losgeschickt, alle Einzelblätter von den Schauspielern einzusammeln. Ich bin zum *Curtain* gegangen und habe mein Exemplar des Handlungsverlaufs geholt. Dann haben wir noch Eure Kenntnis des Stückes und meine Erinnerungen an die einzelnen Proben. Wenn wir das alles zusammenpacken, haben wir schon die halbe Arbeit für ein neues Textbuch geschafft.«

»Das kostet uns die ganze Nacht, Nicholas!«

»Würdet Ihr die Aufführung lieber absagen?«

Daran auch nur zu denken ließ Hoode zittern. Er benötigte nur ein paar Sekunden, um zu einer Entscheidung zu kommen. Vierzehn Zeilen an Rose Marwood wurden zur Seite geschoben, um ein paar Tausend für das Publikum im *Curtain* zu schreiben.

Kaum war der Schreiber eingetroffen, machten sie sich an die Arbeit, so schnell und genau wie möglich. Die vielen Einzelheiten, die Nicholas sich in seinem Handlungsverlauf notiert hatte, waren eine große Hilfe und belebten Hoodes Erinnerungsvermögen augenblicklich.

Lawrence Firethorn war der nächste, der erschien und gegen die Truppe des Earls von Banbury wetterte, die er bereits als die Missetäter identifiziert hatte. Doch sein donnernder Zorn hatte auch Aspekte der Erleichterung. So schlimm der Diebstahl des Textbuches auch war, er hatte ihn vor einer peinlichen Befragung durch Margery gerettet.

Da er die tragende Rolle hatte, gaben seine Einzelseiten dem Schreiber jede Menge Material, mit dem er arbeiten konnte. Die meisten noch fehlenden Passagen konnten ausgefüllt werden, als der keuchende George Dart eintraf und weitere Einzelblätter der verschiedenen Schauspieler mitbrachte. Während der Laufbursche langsam wieder zu Atem kam, sichtete Nicholas die Blätter und brachte sie in die richtige Reihenfolge. Ein Blatt fehlte jedoch.

»Habt Ihr auch Creech besucht?« fragte Nicholas.

»Er war nicht zu Hause, Master Bracewell«, sagte Dart.

»Die nächste Kneipe ist sein Zuhause«, stöhnte Firethorn.

»Dort habe ich es auch versucht, Sir.«

»Ich danke Euch, George«, sagte Nicholas.

»Kann ich jetzt gehen?«

»Jawohl!« befahl Firethorn. »Findet Creech. Die Szene, die ihn und zwei Seeleute betrifft, haben wir nicht. Holt ihn aus seinen Sauflöchern raus, George.«

»Muß ich wirklich, Sir?« stöhnte George.

»Jawohl, Ihr müßt!«

»Aber ich renne schon seit Stunden durch die Gegend.«

»Dann rennt noch etwas länger, Sir. So ist das Theater eben!«

Zur Unterwerfung verdammt, begab George Dart sich erneut in die Nacht, um den Miesling zu suchen. Hoode, Firethorn und Nicholas fuhren mit der Zusammenstellung des Stückes fort, während die Feder des Schreibers übers Papier flog. Kurz vor Mitternacht wurde ein erster Becher Wein serviert. Sie sollten noch mehr davon brauchen, um sich für ihre anstrengende Arbeit zu stärken.

Die Morgendämmerung zeigte sich am Fenster, als ein annehmbares Exemplar fertig war. Matthew Lipton, der Schreiber, stöhnte vor Erschöpfung; seine Schreibhand lag lahm in seinem Schoß. Nicholas löste ihn ab. Mit seinem Handlungsablauf und mit Hilfe seines hervorragenden Gedächtnisses für Einzelheiten ergänzte er das Textbuch, bis sie jedes Wort, jeden Auftritt, jeden Abgang und jedes Requisit an der exakten Stelle vermerkt hatten. Sieben Stunden hektischer Arbeit hatten ihnen den Text wiedergegeben, doch ihren Kräften das Äußerste abverlangt.

»Ich brauche etwas Schlaf«, sagte Hoode gähnend.

»Dazu ist es jetzt zu spät«, entschied Firethorn. »Wir sollten jetzt zusammen frühstücken und dann rechtzeitig zum *Curtain* rausfahren.« Er wandte sich an Nicholas. »Wir werden jeden Eurer Schritte als Leibwächter begleiten, lieber Mann.«

»Das braucht Ihr keineswegs, Master Firethorn. Ich bin jetzt viel vorsichtiger. In Bankside haben sie mich ahnungslos erwischt.«

»Banburys Leute!« sagte Firethorn. »Ich weiß es.«

»Würden die sich zu so was mißbrauchen lassen?« fragte Hoode.

»Wenn sie damit Randolph beschäftigen, lassen sie sich zu allem mißbrauchen!«

»Sie haben sich genau den richtigen Zeitpunkt ausgesucht«, mußte Nicholas zugeben.

»Am Vorabend der Erstaufführung«, bemerkte Hoode. »Jede andere Truppe wäre darunter zusammengebrochen.«

»Aber nicht Westfield's Men«, sagte Firethorn voller Stolz.

»Wir haben in dieser Nacht hervorragend gearbeitet, Gentlemen – damit seid auch Ihr gemeint, Master Lipton. Wir haben der Niederlage in die Fratze gestarrt und sie bezwungen. Nick hat große Geistesgegenwart bewiesen, indem er uns so rasch alarmierte. Dafür bin ich auf immer dankbar.«

»Ich auch«, echote Hoode.

»Das war wohl das mindeste, was ich tun konnte«, sagte Nicholas mit rotem Kopf. »Ich fühlte mich für den Diebstahl des Textbuches verantwortlich und mußte einfach etwas unternehmen.«

»Ihr habt Euch nichts vorzuwerfen«, sagte Firethorn in freundlichem Ton.

»Es war meine Pflicht, auf das Buch aufzupassen.«

»Wenn sich zwei Raufbolde ohne Vorwarnung auf einen Mann stürzen, dann sollte er zornig werden, aber keine Schuldgefühle bekommen.« Er stand auf und machte eine ausholende Bewegung. »Es ist einfach monströs! Piraterie ist etwas, an das wir uns in diesem Beruf bereits gewöhnt haben, aber dies ist ein Verbrechen ganz anderen Kalibers. Es ist ein Verbrechen gegen den Geist des Theaters. Banbury's Men müssen dafür bezahlen!«

»Wenn sie wirklich dahinterstecken«, sagte Nicholas skeptisch.

»Das steht außer Frage, Sir! Wer sonst hätte viel durch diese Demütigung zu gewinnen? Giles Randolph und sein Sklavenpack, das er eine Schauspieltruppe nennt! Sie stecken unter Garantie dahinter.«

»Wollt Ihr sie dieser Sache bezichtigen, Lawrence?« fragte Hoode.

»O nein. Wir müssen zunächst verdeckte Ermittlungen führen.«

»Und mein Stück?«

»Wir verhalten uns so, als sei überhaupt nichts passiert, Edmund. Wir beweisen diesem Auswurf, daß mehr als Verbrechen und Diebstahl dazugehören, Westfield's Men zu bremsen. Wir sind dafür der lebende Beweis!«

In diesem Moment wurde pathetisch an die Tür geklopft. Nicholas öffnete sie. Ein fast zusammenbrechender George Dart kroch in den Raum, völlig erschöpft, doch mit den Papieren in der Hand, die er besorgen sollte. Er hielt sie Firethorn entgegen und wartete auf ein Wort des Dankes, das jedoch nicht kam.

»Ihr kommt spät, Sir«, beschwerte sich der andere.

»Das tut mir leid, Master Firethorn.«

»Wo habt Ihr gesteckt?«

»Ich bin gerannt, Sir. Hierhin und dorthin.«

»Und habt Ihr Creech gefunden?«

»Kurz nach Mitternacht«, sagte der Laufbursche gähnend.

»Was hat Euch dann so lange aufgehalten?«

»Er wollte einfach nicht wach werden, Master. Als er dann schließlich aufwachte, gingen wir sofort zu seinem Haus, und da gab er mir das, was ich brauchte.« Er wartete auf ein Wort der Anerkennung für seine Mühen. »Habe ich es richtig gemacht, Sir?«

»Nein«, sagte Firethorn.

»Sehr gut, George«, korrigierte Nicholas.

»Dem kann ich nur zustimmen«, pflichtete Hoode bei.

George Dart lächelte zum ersten Mal seit einer Woche. Er gab Firethorn die Blätter und schloß fest die Augen.

»Gute Nacht, Sirs!«

Nicholas fing ihn auf, als er nach vorne kippte.

Am nächsten Morgen war es in Shoreditch so lebhaft wie immer, die heiße Sonne setzte den Leuten ordentlich zu. Um die Mittagszeit kamen bereits die ersten Besucher für die Aufführung am Nachmittag. Einer der ersten war ein kleiner, eifriger junger Mann mit Hut und schwarzen Kleidern. Er zahlte einen Penny Eintritt und weitere zwei Pennies für das Privileg eines gepolsterten Sitzes in der ersten Reihe der zweiten Galerie. Das war der ideale Platz für seine Zwecke.

Während er auf die noch leere Bühne starrte, war er zur gleichen Zeit erregt und abgestoßen. Sein Werk gehörte hierher, doch es war gedankenlos beiseite geworfen worden. Die Zeit seines Protestes war gekommen, und er würde diesen Protest so dramatisch vorbringen, wie er nur konnte.

Roger Bartholomew wollte Rache.

10. Kapitel

Die Atmosphäre hinter der Bühne des *Curtain* war gespannt wie eine Lautensaite. Nicht nur wegen der bevorstehenden Aufführung, sondern auch, weil die Mitglieder des Ensembles die ganze Geschichte des gestohlenen Textbuches erfahren hatten. Der Gedanke an eine direkte und gemeine Attacke gegen Westfield's Men war im höchsten Maße unangenehm, und Spekulationen über die Verbrecher schwirrten durch die Luft. Es war nicht gerade die beste Einstimmung auf das Stück, das sie spielen sollten.

Aberglaube lastete schwer auf einigen Leuten, und Barnaby Gill war es, der die Ängste nicht weniger Leute aussprach.

»Was kommt als nächstes, frage ich mich?«

»Was sagt Ihr da?« fragte Hoode, der durch die Strapazen der vergangenen Nacht zum zitternden Wrack geworden war.

»Unglücke kommen immer dreifach, Edmund.«

»Wirklich?«

»Wir hatten Dick Honeydews Unfall. Dann den Diebstahl des Buches.« Seine Stimme senkte sich um eine Oktave. »Und jetzt – was wird die dritte Katastrophe sein?«

»Euer Spiel«, murmelte Samuel Ruff leise vor sich hin und löste leises Kichern damit aus.

Bei seinem Versuch, die Spannung zu lösen, erhöhte Lawrence Firethorn sie nur noch mehr. Er versammelte die gesamte Truppe in der Garderobe und hielt eine kurze Rede über die Notwendigkeit, ihre Feinde mit einer brillanten Vorstellung zu schlagen. Seine Ermahnungen vereinten sie zwar alle in dem guten Zweck, doch gleichzeitig förderten sie das Lampenfieber. Nur die etwas erfahreneren Schauspieler waren dagegen immun.

»Samuel…«

»Ja, mein Junge?«

»Mir ist schlecht.«

»Hol ein paarmal tief Luft, Martin.«

»Dieses Kostüm erstickt mich.«

»Trink etwas Wasser.«

»Ich schaff' es einfach nicht, auf der Bühne stillzustehen.«

»Natürlich schaffst du das«, sagte Samuel Ruff. »Sobald du die Bühne betrittst, sind sämtliche Ängste verschwunden. Das ist wie vor einer Schlacht, wenn jeder – egal wie tapfer er sein mag – Angst hat und sich hilflos fühlt. Sobald die Sache läuft, werden sie von der Erregung und den Gefühlen gepackt. Das Theater ist auch eine Art Schlacht, Martin. Und du wirst tapfer kämpfen, das weiß ich.«

Allein die Tatsache, daß Martin Yeo sich an Samuel Ruff wandte, zeigte schon, wie unbehaglich sich der Junge fühlte. Drei volle Jahre bei der Gruppe hatten ihm ein Selbstbewußtsein gegeben, das manchmal an Arroganz grenzte, doch jetzt war davon nichts zu merken. Unter all den langen Gesichtern und trockenen Kehlen um sich herum hatte Martin Yeo sich den Mann ausgesucht, den er nie gemocht hatte. Ruffs Ruhe unterschied ihn von den anderen, und das gab dem Jungen Sicherheit. Er war sogar bereit, ein Geheimnis zu verraten.

»Soll ich Euch etwas sagen, Samuel?«

»Was denn?«

»Ich hätte es nie für möglich gehalten, es auszusprechen...«

»Du wünschst dir, Dick wäre hier und spielte die Gloriana.«

»Ja! Woher wißt Ihr das?«

»Das war nicht schwer, Junge«, sagte Ruff sanft amüsiert. »Soll ich dir auch etwas sagen?«

»Was denn?«

»Wenn Dick jetzt in dem Kostüm steckte, würde er sich wünschen, daß du an seiner Stelle wärst.«

Nicholas Bracewell war dankbar, daß Samuel Ruff einen beruhigenden Einfluß ausübte. Kalte Panik schimmerte in vielen Augen, und Edmund Hoode war ihr erstes Opfer. Nach seiner anstrengenden Nachtarbeit war er jetzt kurz davor, vollständig die Nerven zu verlieren. Zweifel an seinem Stück wurden zu Zweifeln an sich selber und blähten sich auf zu grundsätzlichen Fragen über den Wert des Theaters. Diese Art kreativen Leidens verstand keiner. Deshalb wanderte Hoode einsam und allein um das Kostümhaus herum, immer stärker von Phantomen bedrängt.

Es war Nicholas selber, der ein Gegengewicht zu der allgemeinen Hysterie darstellte. Mit seinem bandagierten Kopf übte er die gewohnte Kontrolle aus, die zur Beruhigung der Gemüter beitrug. Solange der Impresario in der Nähe war, hatte die Truppe einen soliden Rahmen, in dem sie agieren konnte. Nicholas hatte keine Mühe, besonders zu denen ein beruhigendes Wort zu sprechen, die am dringendsten der moralischen Unterstützung bedurften. Während die Leute im Kostümhaus hin- und herwieselten, war er mit freundlichen Worten zur Stelle.

»Die Musik war gestern ganz ausgezeichnet, Peter.«

»Danke sehr.«

»Man hätte es nicht besser machen können... Thomas...«

»Ja, Master?«

»Heute müssen wir uns ganz auf Euch verlassen können.«

»Um Himmels willen«, murmelte der alte Bühnenarbeiter.

»Eure Erfahrung ist wie ein Fels in der Brandung.«

»Ich will es hoffen.«

»Hugh...«

»Hier«, rief der Kostümmeister und schüttelte Petticoats für John Tallis aus.

»Die Kostümwechsel müssen sehr rasch erfolgen.«

»Das schaffen wir schon.«

»Besonders bei Gloriana im letzten Akt.«

»Zwei von uns werden bereitstehen.«

»George...«

»Hier, Master«, sagte Dart mit einem gewaltigen Gähnen.

»Ihr wart ein Mordskerl letzte Nacht.«

»Haben sich die echten Trojaner auch die Beine abgerannt, damals?«

»Versucht, nicht allzuoft einzuschlafen.«

»Wie soll ich es denn anstellen, wach zu bleiben, Master Bracewell?«

»Gregory ...«

»Nicht anwesend!«

»Wo steckt er?«

»Was glaubt Ihr wohl, wo er steckt?«

»Schon wieder?«

Das allgemeine Gelächter löste die Spannung. Jeder wußte, wo der arme Gregory war, dies war sein vierter Besuch. Wie jeder andere Teil des Schauspielhauses, so leistete auch die Toilette ihren bedeutenden Beitrag zur Aufführung.

Nicholas kämpfte seine Erschöpfung nieder und blickte sich in der Truppe um. Nervenenden lagen frei, Münder waren trocken und die Gesichter glanzlos, doch er spürte, daß das Schlimmste überstanden war. Dies waren Profis. Die Qual des Wartens verwandelte sich in die Erregung vor der Aufführung, und keiner erlaubte sich nachzulassen. Lord Westfield's Men würden ehrenhaft überleben. Tatsächlich begann er, sich auf das Stück zu freuen.

Prächtig in ein italienisches Wams und einen spanischen Umhang gekleidet, trat Lawrence Firethorn an seine Seite und flüsterte ihm ins Ohr.

»Soll ich es noch mal wiederholen, Nick?«

»Was wiederholen?«

»Zu der Truppe sprechen.«

»Oh, nein.«

»Habe ich genug getan, um ihre Kampfmoral zu stärken?«

»Mehr als genug«, sagte Nicholas taktvoll.

»Gut, gut.«

»Führt jetzt durch Euer Beispiel.«

Wie üblich war dies ein vernünftiger Vorschlag, den Firethorn auch annahm. Er ging weg und wiederholte seine erste Rede in einem zischenden Geschnatter. Sein Impresario hatte ihn gerade davon abgehalten, noch mehr Durcheinander zu veranstalten. Die zerbrechliche Ruhe, die sich auf die Leute im Kostümhaus gesenkt hatte, blieb bewahrt.

Die Sonne vergoldete die hohe, zylindrische Form des Schauspielhauses und verwandelte die Arena in ein Gewirr aus Licht und Schatten. Die Wärme der Sonnenstrahlen ließ die Stinker auf den billigen Stehplätzen noch mehr schwitzen und riechen und steigerte den Verkauf von Wein, Bier und Wasser. Gleichzeitig bewirkte die Sonne leichtes Unbehagen auf den Galerien bei den übertrieben gekleideten, feinen Herren und den korsettierten Damen. Dort wehte kein Lüftchen, das die Hitze mildern konnte. George Dart war als Westwind unabkömmlich.

Es war ein glanzvolles Ereignis. Was Lärm, Betrieb, Geschäftigkeit, Vulgarität, Stil, Farben, Typen und elegante Mode betraf, wurde sogar »Gott unterstützt die Flotte« übertroffen. An einem strahlenden Nachmittag eines englischen Sommers wurde *The Curtain* wirklich zum Mikrokosmos der Hauptstadt. Alle Gesellschaftsschichten waren vertreten, alle Geschmäcker anwesend. Höflinge stellten sich oben zur Schau, während kleine Verbrecher sich in der Masse versteckten. Das Mittelmaß war stark vertreten. Akzente und Stimmen der unterschiedlichsten Art waren zu hören. Witze, Erwiderungen, Neckereien und üble Streiche, hohe Intelligenz und stupide Dummheit teilten sich den Platz. Der hölzerne Zaun umschloß eine richtige Stadt.

Lord Westfield war persönlich anwesend, um sich im Glanz seiner Theatertruppe zu sonnen und väterliches Lächeln und Winken auf die Schauspieler niederregnen zu lassen. Dunkel, untersetzt und von mittlerer Größe, trug er ein Wams, das seinen dicken Bauch deutlich hervorhob, und einen Hut, der allen Leuten hinter ihm den Blick auf die Bühne verstellte. Westfield umgab sich mit gewollter Extravaganz, was sich in seiner übertriebenen Garderobe und dem Umfang seines Hofstaates ausdrückte. Stets schien er ein Glas

Wein in der Hand zu haben und ein Lächeln auf den Lippen. Er war ein Genußmensch von mittlerem Alter mit allen Nachteilen, die damit einhergingen, doch seine Liebe zum Theater war echt und sein Wissen über die Arbeit am Theater präzise.

In einer anderen Galerie, ihm schräg gegenüber, saß der Earl von Banbury, der hauptsächlich gekommen war, um zu meckern und zu kritisieren, weniger, um sich zu amüsieren. Er zupfte affektiert an seinem Ziegenbart und machte verächtliche Bemerkungen über die Schauspieler. Seine Theatertruppe durchlief gerade eine vergleichsweise magere Zeit; Neid war nicht weit entfernt. Als er Lord Westfield an der anderen Seite des Theaters bemerkte, winkte er kurz mit den Fingern und wandte sich dann ab, wodurch er die ausdrucksstarke Grimasse auf dem Gesicht des anderen nicht bemerkte.

Lady Rosamund Varley zelebrierte einen glänzenden Auftritt. Kaum hatte sie Platz genommen, verrenkten sich alle nach ihr, Augen verdrehten sich. Sie war in eine bunte Mischung von Blau und Weiß und Gelb gekleidet; kein Kleid hätte es mit ihrem aufnehmen können. Während sie die Aufmerksamkeit genoß, gewährte sie der Welt ein strahlendes Lächeln.

Inmitten all des Tumultes bewahrte Roger Bartholomew eisern Ruhe. Alles, was er sah, steigerte seinen Haß, alles, was er hörte, vergrößerte seinen Zorn. Anstatt ein gefeierter Dichter zu sein, der den verdienten Applaus erhielt, war er ein unbekanntes Nichts mit grausamen, unverdienten Wunden. Etwas Dunkleres als Neid und etwas Finstereres als Rachsucht hatte sich in sein Gehirn geschlichen. Es bewirkte ein anhaltendes Hämmern hinter seiner Stirn.

Er, den man von der ersehnten Bühne verjagt hatte, würde schon dafür sorgen, daß man auf ihn aufmerksam wurde. Diesmal würde niemand ihn übersehen. Sein Plan hatte die festgefahrene Einfachheit seiner eigenen Verzweiflung. Es war ein glühendes Drama von einer, allerdings unvergeßlichen Zeile. Das Hämmern hinter seiner Stirn wurde schlimmer. Bartholomew würde sich bald davon befreien.

Die Ankunft des Trompeters und das Hissen der Flagge wurden mit Applaus begrüßt. Dies war keine gewöhnliche Aufführung. Gerüchte waren in Umlauf. Gefahr lauerte in der Umgebung dieses Stückes. Lord Westfield's Men waren vom Schicksal geschlagen worden. Ein Mann war getötet, ein Lehrling verletzt, der Impresario überfallen worden, wertvolles Gut war Dieben in die Hände gefallen. All das trug zu dem unterschwelligen Gefühl der Gefahr bei, der Ahnung, daß etwas Außergewöhnliches passieren würde.

Als der Prologsprecher das Stück vorgestellt hatte, packte »Gloriana Triumphant« sein Publikum und ließ es nicht mehr los. Das Geheimnis lag in seiner Relevanz. Jeder im Publikum konnte sich und sein Leben darin wiederfinden. Das alte Reich Albions war ein so genaues Abbild des Englands, das sie kannten, daß einige der Worte und Darstellungen sie erschreckten. Edmund Hoode war eine sehr seltene Mischung gelungen. Sein Stück hatte einen erhabenen Zweck und einen alltäglichen Ton.

Nicholas Bracewells Leistung war unverkennbar, nicht nur im reibungslosen Bühnenmanagement dieses Nachmittages. Er war beim Entstehen des Dramas beteiligt gewesen und hatte Hoode endlose Details über Schiffe, die Marine, ihre Sprache, ihre Traditionen geliefert. Und auch hier hatte Nicholas dafür gesorgt, daß einige Szenen eingebaut wurden, die sich um einfache englische Seeleute drehten und die Entbehrungen, die sie zu erdulden hatten. Das verschaffte Hoode nicht nur die Gelegenheit, einen komödienhaften Ton in sein Stück einzubauen, es warf auch die Welt der Admiräle und Kapitäne in ein grelles Licht.

Einer der Mythen war, daß kaum hundert englische Seeleute bei der Schlacht ihr Leben verloren hatten. Das stimmte zwar, doch ließ diese Aussage die direkten Konsequenzen der Schlacht außer acht. Trotz erheblicher Krankheitsfälle durch rauhe See und schlechtes Bier kämpften die englischen Seeleute mit großer Tapferkeit. Dann gingen ihre Wasservorräte zu Ende, und sie waren gezwungen, ihren eigenen Urin zu trinken. Typhus brachte sie um wie die Fliegen; einige Schiffe hatten so wenig Leute, daß sie den Anker nicht bewegen konnten.

»Gloriana Triumphant« erwähnte das alles nicht, doch es wurde auch nicht ignoriert. Ein rundes und ehrliches Bild vom Leben auf See begann sich zu entwickeln. Samuel Ruff und Benjamin Creech waren ideale Seeleute, hart, komisch, langmütig und von immerwährender Loyalität. Das Publikum auf den Stehplätzen schloß die beiden sofort ins Herz.

Doch der wahre Held des Stückes und des Nachmittags war Lawrence Firethorn in einem Stück, das ihm die Möglichkeit gab, all seine wölfische Energie und technischen Tricks voll auszuspielen. Er war abwechselnd grob, romantisch, vorlaut, wortkarg, gemein und ehrenhaft. Die Schmeicheleien, mit denen er die Königin umwarb, waren eine Mischung aus raffinierter Komödie und flammender Leidenschaft. Dies war die Stelle, an der er sein Spiel an die Adresse von Lady Rosamund Varley richtete. Es wirkte in der Tat stark hypnotisch.

Lady Rosamund war bezaubert, Lord Westfield entzückt. Sogar der Earl of Banbury war zu ohnmächtigem Schweigen gezwungen. Roger Bartholomew war auf ganz andere Weise gefangen. Firethorns Anblick verstärkte in ihm den Wunsch zu handeln, gleichzeitig ließ er den Augenblick verstreichen. Es war, als wolle Bartholomew ein Höchstmaß an Zorn in sich aufbauen, bevor er handelte. Seine Chance kam im fünften Akt.

Nicholas Bracewell hatte viel Zeit dafür verwandt, die Seeschlacht zu gestalten, denn sie enthielt eine ganze Menge schwieriger Effekte. Flinke Bühnenarbeiter mußten dauernd hin- und herrennen, um bestimmte Effekte zu erzielen. George Dart war der Westwind an einem stürmischen Tag. Firethorn stand auf dem Achterdeck und brüllte seine Befehle. Ruff, Creech und weitere Seeleute schwitzten unten auf dem Kanonendeck. Der Mast war durch Taue gesichert. Die Kanonen waren zu beiden Seiten des Schiffes aufgestellt.

Durch die offene Falltür in der Mitte der Bühne konnte man das Rauschen des Wassers hören. Als der Kampf hitziger wurde, spritzte man Wasser auf die Bühne, das dort platschend verlief. Einer der Seeleute wurde von einer Kanonenkugel getroffen und durch die offene Falltür ins Meer geschleudert. Es war ein einfacher Trick, aber er gefiel dem Publikum.

Die Handlung wurde immer hektischer, während sich das Stück seinem Höhepunkt näherte. Firethorn schrie und brüllte, als sein Schiff unter heftiges Feuer geriet. Ein Zug an einem Seil, und die halbe Takelage am Mast löste sich und stürzte auf die Bühne. Explosionen, Feuerwerk, Trommeln, Zimbeln, Gongs und Trompeten wurden eingesetzt, um das Schlachtgetümmel zu zeigen und die Ohren zu betäuben. Eiserne Gitter mit brennendem Feuer demonstrierten, daß das Schiff an einigen Stellen getroffen worden war. Eimer wurden in der Falltür mit Wasser gefüllt und über die Flammen geschüttet.

Firethorn gab das Kommando, die Kanone wurde abgefeuert – nicht nur eine wie in dem anderen Stück, sondern vier mit zunehmendem Getöse. Aber das war noch nicht das Ende. Während der Knall der Kanonen im Theater verhallte, kletterte ein kleiner Mann in Schwarz auf den Balkon der zweiten Galerie und stürzte sich mit einem wilden Verzweiflungsschrei hinab.

Doch er hatte den Sprung falsch berechnet und landete in den Falten des Segels, das seinen Fall abbremste. So schlug er nur mit halber Wucht auf der Bühne auf und wurde ohnmächtig. Es war ein atemberaubender Moment, noch nie hatte das Publikum Derartiges zu Gesicht bekommen. Auch Lawrence Firethorn nicht, doch er wurde mit der Situation meisterlich fertig. Alle glaubten, das gehöre zum Stück, und er ließ sie in diesem Glauben. Mit zwei spontanen Sätzen befahl er seinen Leuten, den spanischen Hundesohn aufzusammeln und über Bord zu werfen. Roger Bartholomew wurde völlig unzeremoniell durch die Falltür geschoben.

Bei dem Versuch, das Stück zu ruinieren und durch seinen spektakulären öffentlichen Selbstmord unsterblichen Ruhm zu erlangen, hatte der gepeinigte Poet das Drama noch bereichert und sich selber heftige Kopfschmerzen zugezogen.

Martin Yeo trat herbei, um ihren treuen Seebären zum Ritter zu schlagen, dann endete die Vorstellung unter lang anhaltendem Applaus und Jubelrufen. Die gesamte Truppe war großartig gewesen und hatte alle ihre Probleme besiegt.

Niemand fiel es auf, daß Bartholomew sich nicht vor dem Publikum verbeugte.

Lady Rosamund Varley wartete mit Freunden in einem privaten Zimmer und äußerte sich anerkennend über die Aufführung, die sie soeben gesehen hatte. »Gloriana Triumphant« war die ideale Bezeichnung dafür. »Gott unterstützt die Flotte« war in einem nassen Grab untergegangen. Edmund Hoodes Stück würde die Meere beherrschen.

Erfrischungen wurden gereicht, während man sich angeregt unterhielt, dann führte Lord Westfield Lawrence Firethorn herein. Er begann mit einer eleganten Verbeugung vor Lady Rosamund, deren Lächeln nur ihm galt. Obwohl er den anderen Personen im Zimmer vorgestellt wurde, hörte er kaum ihre Namen. Für ihn existierte nur eine einzige Person.

Sie streckte eine behandschuhte Hand aus, die er küssen durfte.

»Ihr wart superb, Master Firethorn«, beglückwünschte sie ihn.

»Eure Anwesenheit hat mich beflügelt, Lady Varley.«

»Ihr wißt zu schmeicheln, Sir.«

»Die Wahrheit braucht keine Ausschmückungen.«

Ihr helles Lachen erklang, dann kam sie etwas näher.

»Was wird Euer nächstes Stück sein?« fragte sie.

»Was immer Ihr sehen möchtet, Lady Varley.«

»Ich, Sir?«

»Wir haben ein umfangreiches Repertoire. Als was möchtet Ihr mich sehen?«

»Als Hector.«

Ihre Augen trafen sich freimütig, sie sprachen mit angenehmer Direktheit. Firethorn war von ihrer koketten Art fasziniert, sie von seiner Kühnheit.

»Wann möchtet Ihr, daß ich für Euch spiele, Lady Varley?«

»Sobald es Euch paßt, Sir.«

»Die Aufführung wird Euch gewidmet sein.«

»Das würde ich als eine außerordentliche Ehre betrachten, Master Firethorn.«

»Darf ich Euch Nachricht geben, sobald ein Termin festgesetzt ist?«

»Ich würde sterben, wenn Ihr das nicht tätet.«

»Dann wird es schon bald sein, das kann ich versprechen.«

»Gut«, sagte sie leichthin. »Ich nehme Euch beim Wort, Sir.«

»Und ich Euch, Lady Varley.«

Das Stelldichein war verabredet. In einem überfüllten Raum und bei ihrem ersten Zusammentreffen hatten sie sich auf ein Rendezvous geeinigt. Er war außer sich vor Freude. Es war ein gesegneter Nachmittag. Nicht vielen Männern war es gegeben, innerhalb weniger Stunden die Spanische Armada zu vernichten und Lady Rosamund Varley zu erobern.

Benjamin Creech verließ das Theater mit einigen Kollegen, trennte sich aber bald von ihnen. Wie alle anderen Mitglieder der Truppe hatte er die Heiterkeit der Vorstellung genossen und war von einem Gefühl der Erleichterung erfüllt. Doch in seinem Fall wurde dieses Gefühl etwas gedämpft. Ein Mann mit geteilter Loyalität hat Probleme, sich über etwas zu freuen.

Niemand kannte die Kneipen Londons so genau und umfassend wie er, deshalb hatte er keine Schwierigkeiten, das Wirtshaus zu finden, in das man ihn zitiert hatte. Ein kurzes Stück durch Eastcheap, einmal nach links, dann nach rechts abbiegen, und schon war er an Ort und Stelle. Er sah das Zeichen der Kneipe *Beetle and Wedge.* Während sich sein Durst verstärkte, trat er ein und duckte sich unter dem niedrigen Firstbalken.

»Hallo, Ben. Danke, daß Ihr gekommen seid.«

»Ja.«

»Laßt mich Euch einen Drink bestellen, alter Junge. Wein oder Bier?«

»Bier.«

»Ihr habt Euch nicht geändert, wie ich sehe. Kommt und setzt Euch zu mir.«

Creech ließ sich auf einen Stuhl dem Mann gegenüber nieder und blickte in das dunkle Gesicht mit den satanischen Zügen. Als die Getränke serviert wurden, hoben sie ihre Becher und stießen an.

»Auf die Zukunft!« sagte sein Gastgeber.

»Die ist so, wie sie kommt, Sir.«

»Ihr seid in der Lage, uns sehr zu helfen, Ben.«

»Ja.«

»Wir sind dafür dankbar.«

Creech beobachtete ihn aufmerksam und wartete darauf, daß er den ersten Schritt tat. Sie kannten sich seit mehreren Jahren. Der Mann war clever, überredend und listenreich und hatte eine dunkle Seite in seinem Charakter, was für Creech wie eine Empfehlung war. Die beiden hatten etwas gemeinsam.

Er mochte Giles Randolph.

Anne Hendrik speiste zu Hause mit ihrem Mieter und ließ sich die außergewöhnlichen Ereignisse im *Curtain* berichten. Voller Überraschung legte sie ihr Besteck zur Seite, als sie von Roger Bartholomews Sprung vom Balkon der zweiten Galerie erfuhr.

»War er schwer verletzt?« fragte sie besorgt.

»Der Arzt versorgte ihn«, erklärte Nicholas. »Er wurde nach Hause gebracht, damit er sich wieder erholen kann.«

»Warum um alles in der Welt hat er das getan?«

»Aus Rache an der Theatergruppe.«

»Weil Ihr sein Stück abgelehnt habt?«

»Master Bartholomew wollte mit dieser Enttäuschung nicht leben. Es bohrte in seinem Kopf, bis sich sein Geist verwirrte. Manchmal kann das Theater die Leute zu solchen Exzessen treiben, Anne.«

»Das weiß ich«, sagte sie bedeutungsschwer.

»Er war völlig perplex, daß sein Selbstmordversuch fehlgeschlagen war«, fuhr Nicholas fort. »Nichts, was er im Theater anfing, geriet ihm zum Erfolg.«

»Ein armer Bursche! Er hatte Schweres durchzumachen.«

»Das stimmt, Anne. Aber für uns hat er ein Geheimnis gelüftet.«

»Geheimnis?«

»Diese Plakate, die George Dart für uns angebracht hatte.«

»Master Bartholomew hat sie abgerissen?« fragte sie überrascht.

»Verzweifelte Leute werden zu verzweifelten Taten getrieben.«

Anne seufzte und nahm ihr Besteck wieder zur Hand. Dann wanderte ihr Auge zu dem blutbefleckten Verband an seinem Kopf. Wieder einmal konzentrierten sich ihre Sorgen auf ihn.

»Wie geht es deiner Wunde, Nick?« fragte sie.

»Noch sitzt mir der Kopf auf den Schultern«, scherzte er.

»Hast du den Arzt gebeten, dich zu untersuchen?«

»Mach dir doch deshalb keine Sorgen. Anne. Ich bin bei guter Gesundheit.« Er hob die Hand und berührte den Verband. »Ich trage das Ding nur, um mir deine Sympathie zu erhalten.«

»Was ist mit dem Mann mit dem roten Bart?«

Sofort änderte sich sein Verhalten, er wurde wieder ernst.

»Jetzt habe ich noch viel mehr Gründe, den Gauner zu finden«, sagte er und biß die Zähne zusammen. »Rotbart und sein Komplize haben eine Menge Fragen zu beantworten, und ich bin fest entschlossen, sie dingfest zu machen.«

»Aber wie?« fragte sie. »In einer Stadt von mehr als hunderttausend Einwohnern können sich zwei Männer leicht verstecken. Wie willst du sie finden, Nick?«

»Vielleicht muß ich das überhaupt nicht«, schlug er vor.

»Was meinst du damit?«

»Anstatt hinter ihnen herzujagen, kann ich warten, bis sie zu mir kommen. Denn ganz gewiß werden sie nochmals zuschlagen.«

»Oh, Nick!« seufzte sie und bekam Angst um ihn.

»Ich bin nicht das Opfer, das sie wollen«, beruhigte er sie. »Mich hätten sie letzte Nacht erledigen können, doch sie haben die Chance nicht genutzt. Nein, Anne, die arbeiten an einem sehr komplizierten Plan.«

»Ich kann dir nicht folgen.«

»Alles begann mit dem Tod von Will Fowler.«

»Aber das war ein Unglück«, sagte sie. »Er verlor die Beherrschung und ließ sich in eine Schlägerei verwickeln. Das war doch zufällig.«

»Das habe ich auch gedacht«, gab Nicholas zu, »doch inzwischen sind mir Zweifel gekommen. Ich glaube, daß Will vorsätzlich ermordet wurde und daß alles, was seitdem passiert ist – einschließlich des Diebstahls unseres Textbuches – damit zusammenhängt.«

»Was willst du damit sagen, Nick?«

»Das wirkliche Ziel ist Lord Westfield's Theatertruppe«, sagte er voller Überzeugung. »Irgend jemand versucht, die ganze Truppe zu vernichten.«

11. Kapitel

Nachdem er nun endlich eine Rose in voller Blüte gefunden hatte, verlor Edmund Hoode sein Herz an sie vollständig. Er liebte sie glühend und völlig ungeachtet der Tatsache, daß sie für diese Ehre nicht die richtige Person war. Für ihn war Rose

Marwood die Göttin in einer Schürze. Ihre muntere Anwesenheit in seinem Leben gab ihm neue Hoffnungen und ein neues Ziel. Die Probleme bis zur Aufführung seines Stückes hatten ihm gezeigt, wie dringend er der berauschenden Tröstungen einer Romanze bedurfte, und er hatte nur noch einen Wunsch: Sie mußte die Seine werden.

Alexander Marwood war ein ernstes Hindernis für seine Wünsche. Seine Melancholie bezog viel von ihrer Kraft aus der Angst um seine Tochter. Er war besessen von dem Gedanken, daß sie jeden Moment verführt werden könnte, und ließ sie deshalb kaum aus den Augen. Eine der Strafen für das Vermieten an eine Theatergesellschaft war es, daß jede Frau im Haus ein erhebliches Risiko einging. Nach Meinung des gepeinigten Hauswirts waren alle Schauspieler schamlose Lüstlinge ohne jeden moralischen Skrupel, und die Tatsache, daß zwei seiner Dienstmädchen schwanger waren, bestätigte seine Auffassung.

Edmund Hoodes Pläne wurden deshalb immer wieder durchkreuzt. Wann immer er sich dem Mädchen näherte, tauchte plötzlich ihr Vater auf und schickte sie unter irgendeinem Vorwand weg. Bei der einzigen Gelegenheit, bei der Marwood ein zufälliges Zusammentreffen zwischen Liebhaber und Liebchen nicht verhindern konnte, kam ihre Mutter dazwischen. Sie war groß, von kräftigem Körperbau und insgesamt ziemlich umfangreich. Außerdem hatte sie scharfe, aufmerksame Augen, die Hoode innerhalb von Sekunden in die Flucht schlugen.

Doch er bekam seine Chance und ergriff sie. Vom Fenster des Probensaales beobachtete er, wie seine Angebetete mit ihrem Bruder über den Hof ging. Hoode hatte bereits einen der Bühnenarbeiter bestochen, ihm zu helfen, und den winkte er jetzt heran. George Dart – das unbeliebteste Mitglied der ganzen Truppe – war ausgewählt worden, Amors Pfeil zu tragen.

»Ja, Master?«

»Kommt mit, George.«

»Wohin gehen wir, Sir?« fragte der andere, als er aus dem Zimmer und ein paar Treppen hinuntergescheucht wurde. »Soll ich jetzt diese Sache für Euch erledigen?«

»Wenn der Himmel es will!«

Sie erreichten den Hof. Hoode warf einen Blick durch die offene Tür des Schankraumes und war froh zu sehen, daß die Eltern Marwood beschäftigt waren. Sofort gab er Dart seine Befehle.

»Sie spricht drüben mit ihrem Bruder.« Er gab Dart eine kleine Schriftrolle. »Gebt Ihr das unbemerkt.«

»Aber wie, Sir? Der junge Bursche wird mich sehen.«

»Dann lenkt ihn irgendwie ab.«

»Wie soll ich das machen?

»Erledige deinen Auftrag, und zwar schnell.«

»Ich versuche es, Sir.«

»Es muß dir gelingen, George«, warnte Hoode finster. »Das Papier ist nur für ihre Augen bestimmt. Fort jetzt!«

»Ja, Master.«

Hoode betrat den Schankraum und blieb in der Nähe der Tür stehen. Ohne die Eltern des Mädchens aus den Augen zu lassen, beobachtete er den kleinwüchsigen Bühnenarbeiter, der über den Hof schlenderte. George Dart übertraf sich selber. Er trat auf die beiden zu, schob sich zwischen sie und gab dem Jungen einen Auftrag, mit dem er ihn energisch fortschickte. Rose Marwood blieb allein zurück und fragte sich, wie die Rolle in ihre Hand gelangt war.

Als sie das Siegel prüfte, glitt ein Ausdruck freudiger Überraschung über ihr ganzes Gesicht. Edmund Hoode erglühte.

»Öffne es, meine Liebe«, flüsterte er. »Öffne es.«

Sie folgte seinem Befehl, als ob sie ihn gehört hätte, brach das Siegel und entrollte das Schriftstück. Der Ausdruck der Überraschung verwandelte sich in Verwirrung. Mit stirnrunzelnder Konzentration starrte sie das Sonett ein paar Sekunden an, dann drehte sie es um und betrachtete es aus einem anderen Blickwinkel.

Hoode war entsetzt. Er hatte erwartet, seine vierzehn Zeilen würden sofort den Weg zu ihrem Herzen finden und sie in Liebe entflammen. Es war ihm nie in den Sinn gekommen, daß diese ätherische Schönheit, dieses Abbild der Perfektion, auch nur den geringsten Makel haben könnte. Die Wahrheit brach mit brutaler Plötzlichkeit über ihn herein: Rose Marwood konnte nicht lesen.

Es ging schon eine Weile so, bevor ein bestimmtes Muster sichtbar wurde. Hugh Wegges bemerkte, daß ein paar Kleinigkeiten aus dem Kostümraum fehlten; Peter Digby stellte fest, daß ihm ein paar Notenblätter abhanden gekommen waren; Thomas Skillen verlor seinen besten Besen, und John Tallis konnte seine Mütze nicht mehr finden. Kleinere Diebstähle wurden erst gar nicht gemeldet. Das nächste Opfer war Samuel Ruff.

Nach einem Probentag hatten er und Nicholas Bracewell in *Queen's Head* ein Glas zusammen getrunken. Sie saßen im Schankraum, Ruff wollte zahlen. Doch als er seinen Geldbeutel öffnete, war er völlig leer.

»Mein Geld ist gestohlen worden!«

»Wieviel war in dem Geldbeutel?« fragte Nicholas.

»Nur ein paar Groschen, aber die waren ehrlich verdient.«

»Und unehrlich gestohlen, so wie es aussieht.«

»Wie konnte das passieren?« fragte Ruff überrascht und verärgert. »Ich war in keiner Menschenmenge, in der Taschendiebe sich an mich hätten heranmachen können. Ich habe den ganzen Tag mit meinen Kollegen verbracht.«

Nicholas seufzte. »Wir haben einen Dieb unter uns.«

»Hier?«

»Ihr seid nicht das einzige Opfer, Sam. Ich habe die ganze Woche lang Beschwerden bekommen. Irgend jemand hat eine unruhige Hand.«

»Bringt den Schuft zur Strecke!«

»Das werden wir. Macht Euch wegen der Rechnung keine Sorgen. Ich mach' das schon.«

»Aber nur, bis ich meinen Lohn bekomme«, beharrte Ruff.

»Bis dahin schulde ich Euch das Geld, Nick. Ich bezahle meine Schulden immer.«

»Es ist doch nur ein kleiner Betrag. Wohl kaum eine ›Schuld‹.«

»Ich habe nichts davon gemerkt«, sagte Ruff und blickte trübselig in seinen leeren Geldbeutel. »Wer immer es ist, der Bursche hat geschickte Finger.«

»Wann habt Ihr zum letzten Mal Geld aus dem Beutel genommen?«

»Heute mittag, um Essen und Trinken zu zahlen.«

»Und danach?«

»Danach ist der Geldbeutel immer an meinem Gürtel gewesen.« Da kam ihm eine Erinnerung. »Außer für ein paar Minuten, als ich für Hugh Wegges ein neues Kostüm anprobieren sollte. Da war ein Dutzend unserer Leute in der Garderobe.«

»Könnt Ihr Euch daran erinnern, wer das war?«

»Nein, ich hatte ja keinen Grund, besonders darauf zu achten. Warum?«

»Einer davon ist der Dieb.«

Samuel Ruff war sehr ärgerlich. Seit langer Zeit hatte er wieder ein reguläres Gehalt bezogen und gelernt, mit seinem Geld sorgfältig umzugehen. Der Gedanke, daß einer seiner Kollegen ihn bestohlen haben könnte, tat ihm sehr weh. Er versank in finstere Stimmung.

»Das ist ein böses Omen«, entschied er.

»Für was?«

»Das Schicksal wendet sich gegen mich. Es mußte ja so kommen.« Er seufzte voller Bedauern und zuckte hilflos mit den Schultern. »Bis heute war ich glücklich, zu dieser Truppe zu gehören.«

»Wir sind froh darüber, daß Ihr bei uns seid, Sam.«

»Es hat viel für mich bedeutet, Nick, und ich kann Euch nicht genug für das danken, was Ihr für mich getan habt.« Beschämt senkte er den Kopf. »Ihr traft mich in... einer schweren Zeit... als ich...«

»Ihr braucht mir nichts zu erklären«, sagte Nicholas freundlich, um ihm weiteres Unbehagen zu ersparen. »Ich verstehe schon.«

Als Schauspieler war Samuel Ruff von den Toten auferstanden. Nach seinem Entschluß, den Beruf aufzugeben, hatte er eine letzte Chance bekommen, und die hatte er bewundernswert genutzt. Der winzige Funken in seinem Inneren war zu einer lodernden Flamme geworden, und er schwelgte in der Welt, die er liebte. Nicholas hatte das mit Freude beobachtet. Samuel Ruff hatte seine Würde wiedergewonnen.

»Und jetzt ist alles vorbei«, sagte der Schauspieler traurig.

»Aber keineswegs, Sam.«

»Master Gill will mich hier nicht länger sehen.«

»Er ist nur einer der Teilhaber«, erklärte Nicholas. »Die anderen wissen Eure Qualitäten zu schätzen, Sam.«

»Sie würden aber mich eher entlassen als Master Gill.«

»Dazu wird es vielleicht überhaupt nicht kommen.«

»Bitte, versucht, mir zu helfen«, flehte Ruff und ergriff Nicholas' Hand. »Ich muß unbedingt bei Westfield's Men bleiben. Keine andere Truppe würde mich jetzt einstellen. Bitte, Nick, nutzt all Euren Einfluß für mich.«

»Das werde ich«, versprach Nicholas. »Faßt nur Mut.«

»Und was ist mit Master Gill?«

»Wir müssen uns bemühen, ihn zu überreden.«

»Wird er nachgeben, was glaubt Ihr?«

»Jeder kann dazu gebracht werden, seine Meinung zu ändern.«

»Ich hoffe es!« Er ließ Nicholas' Hand los und lehnte sich mit einem müden Lächeln zurück. »Welch eine Änderung in meinem Leben! Als wir uns das erste Mal in dem Wirtshaus trafen, war ich entschlossen, nach Hause zu gehen.«

»Ihr seid wirklich nach Hause gegangen, Sam.«

»Wirklich?«

»Nach Hause – zum Theater.«

Ruff nickte zustimmend mit dem Kopf, dann wurde sein Lächeln vertraulich. Er lehnte sich über den Tisch.

»Soll ich Euch ein Geständnis machen, Nick?«

»Das wäre?«

»Ich hasse Kühe. Ich kann die Biester nicht ausstehen.«

»Davor haben wir Euch gerettet«, sagte Nicholas grinsend.

»Oh, Ihr habt noch viel mehr getan, mein Freund!«

Nachdem das Ale bei Marwood bezahlt worden war, traten sie zusammen auf den Hof. Der Abend dämmerte nach einem schönen, klaren Tag. Unter der Toreinfahrt blieben sie stehen. Ruffs Gefühle brachen erneut durch.

»Ich könnte es nicht ertragen, all dies zu verlassen, Nick.«

Er schüttelte dem Impresario herzlich die Hand und wandte sich ab, um nach Hause zu gehen. Nicholas warf einen letzten Blick in den Hof und wäre selber zur Gracechurch Street gegangen, wenn ihm nicht eine Bewegung an einem der Fenster aufgefallen wäre. Es war der Kostümraum.

Nicholas war beunruhigt. Alle Mitglieder des Ensembles waren nach Hause gegangen und der Kostümraum verschlossen worden, um die wertvollen Garderoben sicher zu verwahren. Sein erster Gedanke war, an das Fenster zu schleichen und hineinzuspähen, doch das mochte die Person im Saal aufmerksam machen. Statt dessen beschloß er, in den Schankraum zurückzukehren und mit Marwood zu reden.

»Könnte ich bitte den Schlüssel zum Kostümraum haben?«

»Den habe ich noch nicht zurückbekommen, Master Bracewell.«

»Und wer hat ihn jetzt?«

»Ich habe keinen Schimmer, Sir.«

»Dann gebt mir den Schlüssel zum Nebenraum.«

»Was ist denn los?« fragte der besorgte Hauswirt.

»Ach, nichts«, sagte Nicholas leichthin, um die Sache nicht aufzubauschen. »Ich vermute, daß Hugh Wegges noch spät an einem Kostüm arbeitet.« Er nahm den Schlüssel und sagte: »Danke, Master Marwood. Ich gebe ihn Euch nachher wieder zurück.«

Nicholas hastete zur Garderobe und griff nach der Klinke. Die Tür war verschlossen. Er ging zur Tür des Nebenraumes weiter und öffnete geräuschlos. Vorsichtig bewegte er sich über den Bretterboden und legte sein Ohr an die Tür zum Kostümraum. Gedämpfte Geräusche drangen an sein Ohr. Er glaubte, das Rascheln eines Kostüms zu hören. Er hatte keinen Zweifel, was dort vor sich ging. Der Dieb war wieder bei der Arbeit.

Mit größter Vorsicht bewegte er den Schnappriegel und öffnete die Tür gerade so weit, daß er einen Blick ins Innere werfen konnte. Was er dort sah, überraschte ihn so sehr, daß er mit den Augen zwinkern mußte. Es war eine total unerwartete Entdeckung, er traute seinen eigenen Augen nicht.

In einer Ecke des Raumes küßte Barnaby Gill eine junge Frau. Sie umklammerten sich in zärtlicher Umarmung; der Schauspieler zeigte eine fast ritterliche Höflichkeit und großen Respekt vor der Dame. Wenn er nicht so überrascht gewesen wäre, hätte der Anblick Nicholas gerührt.

Als er die Tür weiter aufmachte, quietschte sie in den Angeln. Schuldbewußt riß das Pärchen sich los und drehte sich zur Tür. Eine weitere heftige Überraschung war die Folge. Die Frau trug das Kostüm und die kastanienbraune Perücke, die beim nächsten Stück benutzt werden sollte.

Es war Stephen Judd.

Der Lehrling bekam einen roten Kopf, Barnaby Gill fing an zu toben.

»Was habt Ihr hier verloren, Sir?« wollte er wissen.

»Ich sah etwas am Fenster.«

»Das ist nichts, was Euch etwas anginge. Ich habe dem Jungen ein paar Instruktionen gegeben, das ist alles. Wir sind jetzt fertig.«

»Ja, Master Gill«, sagte Nicholas ruhig.

»Ihr könnt jetzt gehen«, sagte der andere von oben herab.

»Erst bringe ich Stephen sicher nach Hause.«

»Raus hier!«

Der Befehl klang ausgesprochen gehässig, doch Nicholas blieb stehen und erwiderte den starren Blick. Langsam wich Barnaby Gill zurück. Falls der Impresario meldete, was er gerade gesehen hatte, geriete Gill in eine üble Lage. Firethorn und die anderen kannten Gills Vorliebe für Knaben, doch man hatte sich darauf geeinigt, daß er die Lehrlinge in Frieden ließ. Seine kurze Umarmung mit Stephen Judd konnte schlimme Folgen für ihn haben.

Nicholas starrte eisern zurück. In diesen langen, lautlosen Minuten schlossen die beiden Männer einen Handel ab. Als Gegenleistung für sein Schweigen würde Nicholas Samuel Ruff in der Gruppe behalten. Es war ein unbequemer Kompromiß, aber Gill gab klein bei.

Stephen Judd war immer noch rot vor Scham, woraus man schließen konnte, daß dies das erste Mal war, daß er den Verführungskünsten des Schauspielers nachgegeben hatte. Nicholas war entschlossen, dafür zu sorgen, daß dies auch das letzte Mal war. Es war Zeit für ein ernsthaftes Gespräch mit dem Jungen.

»Zieh dich um, Stephen«, sagte er.

Nervös und verwirrt wandte sich der Lehrling an Gill. Der Schauspieler machte einen vergeblichen Versuch, die Situation in den Griff zu bekommen, und wedelte mit der Hand, wie um den Impresario zu entlassen.

»Ihr braucht nicht auf ihn zu warten«, sagte er hektisch. »Ich werde den Jungen selber nach Hause bringen. Euch sagen wir adieu.«

»Zieh dich um«, wiederholte Nicholas ruhig.

Nach langem Zögern nickte Gill dem Jungen zu, Stephen Judd legte endlich Kostüm und Perücke ab. Nicholas öffnete die Tür weit und trat zur Seite. Barnaby Gill verstand den Wink. Ohne einen Blick zurück verließ er rasch den Ort seiner letzten Enttäuschung. Schon wieder war eine Eroberung gescheitert.

Der Sonntag morgen fand Lawrence Firethorn an seinem angestammten Platz in der Pfarrkirche St. Leonard in Shoreditch, zusammen mit seiner Frau, seinen Kindern, den Lehrlingen und Dienstboten. Er sang lebhaft, betete inbrünstig und blieb wach während der langen und langatmigen Predigt über einen Text aus dem Markusevangelium. Allem Anschein nach war er ein zufriedener Familienvater beim regelmäßigen Gottesdienst, und niemand in den dichtgedrängten Bänken hätte gedacht, daß die mütterliche Frau an seiner Seite mörderische Gedanken bezüglich ihres Gatten im Herzen bewegte.

Der Angriff der Armada hatte der protestantischen Kirche ungeheuer starken Zulauf beschert, sie konnte ihren Einfluß auf ihre weniger frommen Seelen ausdehnen. Invasionsangst trieb alle in die Andachten und Vespern, um für die Errettung zu beten, und der Sieg über die Armada wurde in den überfüllten Kirchen dankbar gefeiert. In diesem Sommer und Herbst des Jahres 1588 hatten die Kirchendiener in Stadt und Land keine Veranlassung, schwache Mitglieder ihrer Pfarren wegen zu seltenem Kirchenbesuch zu ermahnen. Das Armada-Fieber und seine Verbindung mit Rom ließ auch die Herde der unwürdigsten Seelenhirten anschwellen und verbannte jeden nostalgischen Gedanken an die Schönheiten der alten Religion.

Lawrence Firethorn war bei seinen religiösen Pflichten niemals nachlässig gewesen. Er war alt genug, um sich an die lateinische Liturgie zu erinnern, die während der Herrschaft Queen Marys eingeführt worden war, doch hatte er sich gefreut, als Elizabeth wieder den protestantischen Gottesdienst eingesetzt hatte. Schon bald war er dem Zauber des *Book of Common Prayer* erlegen, dessen Sprache für einen Schauspieler seiner Klasse ein Geschenk war. Die Farben und der Ritus der Kirche hatten etwas Theatralisches, was ihm sehr zusagte, und er war gerne bereit, von einem Priester zu lernen, der schauspielerische Fähigkeiten auf der Kanzel entwickelte.

Als er am Ende des Gottesdienstes wieder einmal auf die Knie sank, schloß er nicht die Augen im stillen Gebet. Sie waren auf den Altar gerichtet, ein beseligtes Lächeln erschien auf seinen Zügen. Margery Firethorn warf ihm einen langen

Seitenblick zu und überlegte, ob er verklärt worden sei, weil sein Gesicht so hell erstrahlte. Doch ihr Gatte war keineswegs vom christlichen Glauben übermannt. Was ihn so strahlen ließ, war die Farbe des Altartuches – ein königliches Blau mit Goldstickereien. Es paßte exakt zur Farbe des Mieders, welches Lady Rosamund Varley im *Curtain* getragen hatte.

Der Text der Predigt klang in seinen Ohren:

»Wahrlich, ich sende meinen Boten vor dein Antlitz...«

Nicholas Bracewell verlor keine Zeit, die guten Nachrichten an Samuel Ruff weiterzuleiten. Er ließ die Umstände unerwähnt, die zu Gills Meinungsumschwung geführt hatten, und informierte den Schauspieler nur über die neue Situation. Ruff war so erfreut, daß er den Impresario spontan umarmte, so herzlich, daß diesem fast der Atem wegblieb.

»Das freut mich von ganzem Herzen, Nick!«

»Eine glückliche Wendung für uns alle.«

»Ihr müßt große Überredungskünste haben.«

»Ich setzte Vernunft und Kunstfertigkeit ein. Mehr nicht.«

»Soll ich mit Master Gill über die Sache sprechen?«

»Das wäre nicht besonders klug«, sagte Nicholas hastig. »Vergeßt die früheren Differenzen, Sam. Ich bin sicher, daß Master Gill kein Interesse daran hat, die Sache nochmals aufleben zu lassen.«

Sie waren beim *Queen's Head* angekommen, um an der morgendlichen Probe teilzunehmen, und standen vor dem Kostümhaus. Nicholas hätte seinem Freund kein schöneres Geschenk machen können als die Nachricht seines Verbleibs in der Theatertruppe. Ruffs normalerweise ernstes Gesicht strahlte vor Freude.

Eine donnernde Stimme unterbrach ihr Gespräch.

»Nicholas, mein Lieber!«

»Guten Morgen, Master.«

»Guten Morgen, Sir«, murmelte Ruff und zog sich ein paar Schritte zurück.

Lawrence Firethorn bedachte den Angestellten mit einem

freundlichen Grinsen und wandte sich an Nicholas. Der wußte nur zu gut, was ihn erwartete.

»Ihr wünscht, daß ich eine Botschaft für Euch überbringe?«

»Ohne jede Verzögerung, Nick.«

»Könnte George Dart das nicht für Euch erledigen?«

»Nein!« dröhnte Firethorn. »Ich könnte den Empfänger meiner Botschaft doch nicht beleidigen, indem ich einen so niedrigen Boten schicke! Das ist Männerarbeit. Sie kann keinem kaninchengesichtigen Bürschchen übertragen werden.«

»Aber ich werde hier gebraucht«, argumentierte der andere.

»Ein anderer wird Eure Pflichten in der Zwischenzeit übernehmen, lieber Mann. Ihr habt jetzt eine größere Aufgabe.«

Firethorn zog einen Brief aus seinem Wams, drückte einen geräuschvollen Kuß darauf und reichte ihn Nicholas.

»Liefert das ab.«

»Ja, Master.«

»Wartet auf die Antwort.«

»Das werde ich.«

Der Schauspieler nahm die Pose ein, in der der Vikar von St. Leonard gestern von der Kanzel gepredigt hatte, und sprach in feierlicher Form:

»Wahrlich, ich sende meinen Boten vor dein Antlitz...«

Er brach in respektloses Gelächter aus, schlug Nicholas auf den Rücken und betrat das Kostümhaus, um die ganze Truppe an seinen freudigen Gefühlen teilhaben zu lassen.

Samuel Ruff trat mit hochgezogenen Augenbrauen näher.

»Liege ich richtig mit meiner Vermutung, wer die Dame ist?« fragte er.

»Ja, Sam.«

»Kennt Master Firethorn ihren Ruf?«

»Das ist einer der Punkte, die ihn so locken.«

»Vielleicht wäre er weniger begeistert, wenn er wüßte, was ich weiß, Nick. Lady Rosamund Varley hat ihre Gunst sehr großzügig gewährt.«

»Das ist kein Geheimnis.«

»Das mag stimmen«, sagte Ruff und senkte die Stimme. »Ist ihm klar, daß sie seinerzeit die Mätresse von Lord Banbury war?«

Cheapside war der größte und lauteste der Londoner Märkte, auf dem hinter endlosen Tischreihen das Landvolk Waren in Körben feilbot oder in der Hand hielt. Frühmorgens wurde er mit einem Glockenschlag eröffnet und wurde sogleich zu einem menschlichen Hexenkessel aus Lärm und Gerüchen. Das beste Geflügel und die beste Milch kaufte man in Leadenhall Street, Fisch fand man am Fish Street Hill oder an den Quais von Queenshythe und Billingsgate, doch Cheapside bot die größte Auswahl und zog die meisten Menschen an.

Während er an den Verkaufsständen vorbeiging, zogen Nicholas Bracewell viele Gedanken durch den Kopf. Er fühlte sich unbehaglich in der Rolle des Zwischenträgers. Abgesehen davon, daß er die Frau des Schauspielers schätzte, ließ er sich nur ungern dazu benutzen, etwas für das Privatleben seines Chefs zu arrangieren. Außerdem war ein neues und verwirrendes Element hinzugekommen. Wenn Lady Rosamund Varley tatsächlich eine intime Beziehung zu Lord Banbury gehabt hatte, war es vorstellbar, daß sie von diesem benutzt wurde, eine rivalisierende Theatertruppe anzugreifen. Wenn sie Lawrence Firethorn ablenkte, konnte sie Westfield's Men großen Schaden zufügen.

Nicholas näherte sich dem gotischen Bauwerk der St. Pauls Kathedrale. Obwohl der Blitz ihren Turm zerstört hatte, beherrschte das Bauwerk die Silhouette der Stadt und wirkte auf die Bürger Londons wie ein Magnet. Häuser und Geschäfte drängten sich auf dem Kirchengelände zusammen, eine Armee von Kriminellen und Taschendieben fand hier ein lohnendes Betätigungsfeld, innerhalb und außerhalb der Kirche. Obwohl er so gedankenverloren war, achtete er auf Taschendiebe, die es auf seinen Geldbeutel abgesehen hatten.

Als er Ludgate erreichte, wurde seine Abneigung, eine Liebesaffäre zu fördern, die der Theatertruppe großen Schaden zufügen konnte, immer größer. Der Anblick des nahen *Bel Savage Inn* bewegte Nicholas. Dieses Gasthaus war ein wichtiger Ort in seinem Leben. Hier war er zum ersten Mal dem Zauber des Theaters erlegen, als The Queen's Men eine begeisternde Freilichtaufführung gaben. An einem kalten Aprilnachmittag hatte das *Bel Savage* seine Zukunft bestimmt und ihn zu Lord Westfield's Men geführt. Trotz all ihrer Fehler liebte er diese Truppe und war entschlossen, jede Bedrohung von ihr fernzuhalten. Während er das Gasthaus gerührt betrachtete, kam er zu einer Entscheidung. Er würde diese neue Romanze im Keim ersticken. Im Interesse der Truppe mußte Lawrence Firethorn vor den Konsequenzen seiner Lüsternheit gerettet werden.

Nicholas eilte an den Stadtmauern entlang in Richtung Fleet Street und Strand. Als er das bombastische Varley House erreichte, übergab er die Botschaft, hörte jedoch von einer Dienstmagd, daß ihre Herrschaft nicht zu Hause sei. Nicholas war froh, daß er keine Antwort zurückbringen konnte.

Auf dem Weg in die Stadt wandten sich seine Gedanken wieder anderen Dingen zu. Will Fowler hatte ihn angefleht, seinen Mörder zu verfolgen, und es war kein Tag seitdem vergangen, an dem Nicholas seinen Schwur nicht wiederholt hätte. Rotbart mußte gefunden werden.

In der Fleet Street ließ ein plötzlicher Gedanke ihn wie angewurzelt stehenbleiben. Im *Hope and Anchor* hatte ihm das verprügelte Mädchen von den Wunden auf dem Rücken ihres Besuchers erzählt, und Nicholas hatte überlegt, ob der Mann an einem Strick durch die Straßen geschleift und ausgepeitscht worden war. Jetzt kam ihm der Gedanke, daß Rotbart seine Wunden auch anderswo bekommen haben könnte.

Rasch wandte er sich nach rechts und ging schnellen Schrittes in Richtung Bridewell. Heinrich VIII. hatte es als königlichen Palast am Ufer des Fleet River errichtet. Es war ein gewaltiges, verwirrendes Bauwerk aus dunkelrotem Ziegelstein mit drei Innenhöfen. Hier hatten Mitglieder der königlichen Familie gelebt, reisende Würdenträger aus dem Ausland übernachtet; dann war die Anlage dem französischen Botschafter für acht Jahre vermietet worden. Doch seit Edwards Zeiten waren die Bewohner von etwas niedrigerer Herkunft.

Bridewell war jetzt Krankenhaus und Gefängnis.

Waisen, Landstreicher, kleine Verbrecher und Herumtreiberinnen hausten jetzt im früheren Palast, in dem ein strenges Regiment geführt wurde. Als Nicholas das Gebäude erreichte, sah er ein beredtes Beispiel für die hier herrschende disziplinarische Ordnung. Eine Gruppe Landstreicher war soeben in Bridewell eingeliefert worden und wurde von den städtischen Bütteln öffentlich ausgepeitscht. Die Erwachsenen erhielten ein Dutzend Peitschenhiebe, die Kinder und Jugendlichen die Hälfte. Ihre Rücken waren nackt. Sie winselten und heulten unter der brutalen Züchtigung.

Zahlreiche Zuschauer hatten sich eingefunden, um dieses Spektakel menschlichen Leidens zu betrachten, aber Nicholas mußte sich abwenden. Ihm machte es keinen Spaß zu sehen, wie Haut aufgeschlitzt wurde und das Blut spritzte. Während seiner Seefahrerzeit war er häufig gezwungen worden zuzuschauen, wie jemand ausgepeitscht wurde; die Grausamkeit hatte ihm jedesmal den Magen umgedreht. Der kleine, drahtige Mann neben ihm teilte seine Schwäche nicht. Er feuerte die Büttel an und begleitete jeden Peitschenschlag mit freudigem Gebrüll.

»Denen hier sollten sie auch mal die Peitsche zu schmecken geben«, meinte er. »Hundert Schläge für jeden von ihnen!«

»Wen meint Ihr, Sir?« fragte Nicholas.

»Die da!« gab der Mann zurück. »Die spanischen Gefangenen. Gefangene der Armada. Die sollten jeden Morgen ausgepeitscht werden!«

»Warum, Sir?«

»Weil sie eine so hundsgemeine Sprache sprechen!«

Der Mann stieß ein rauhes Gelächter aus und widmete sich wieder seinem Sport. Schon bald beschimpfte er die Gefangenen, feuerte die Büttel an, fester zuzuschlagen, und bejubelte jeden Schmerzensschrei, den die Geprügelten ausstießen. Nicholas verachtete ihn mit jeder Faser seines Herzens, dennoch war er ihm dankbar. Der Mann hatte ihn daran erinnert, daß in Bridewell spanische und katholische Gefangene untergebracht waren.

Ohne genau zu wissen, warum, hatte Nicholas Bracewell das Gefühl, daß er soeben eine wichtige Entdeckung gemacht hatte.

In steigender Erregung ging er seines Weges.

12. Kapitel

Energische Zielstrebigkeit war immer ein Kennzeichen Margery Firethorns gewesen. Wenn sie sich auf ein bestimmtes Verhalten festlegte, hielt sie mit eiserner Entschlossenheit daran fest. Ihr Mann tat alles, was in seiner Macht stand, um sie zu beschwichtigen und zu besänftigen, doch die raffiniertesten Tricks brachten keinerlei Ergebnis. Er wurde mit kalter Verachtung gestraft oder mit so scharfen Worten abgekanzelt, daß sein häusliches Leben nur noch aus Feuer und Eis zu bestehen schien. Margery würde nicht nachgeben, bevor er nicht die Wahrheit gebeichtet hatte. Doch er sah keinen Weg, wie er sich selber dazu bringen sollte. Die Situation im Haus in Shoreditch schien ausweglos.

»Guten Morgen für dich, mein Engel.«

»Schweigt, Sir.«

»Hör doch mit diesen Sticheleien auf, Margery. Laß uns Freunde sein.«

»Ist das Euer Wunsch?«

»Nichts wäre mir lieber, meine Liebe.«

»Dann erfülle meine Wünsche, Lawrence.«

»Ich werfe mich vor dir zu Boden.«

»Wer ist sie?«

Er verfiel in sein übliches Schweigen, und sie kletterte aus dem vierpfostigen Bett, um ihre Bitterkeit durch den ganzen Tag zu schleppen. Es hatte Zeiten gegeben, da waren Martin Yeo, John Tallis und Stephen Judd an die Schlafzimmertür ihres Gastgebers geschlichen und hatten kichernd die rhythmischen Geräusche aus dem Zimmer belauscht. Für das Ehepaar gehörten solche nächtlichen Vergnügungen der Vergangenheit an – für die Lehrlinge auch –, und Firethorn war sich darüber im klaren, daß es einer bewaffneten Eskorte und einer Meute scharfer Hunde bedurft hätte, seine Frau in ihrer gegenwärtigen Stimmung zu besteigen. Nur der Gedanke an Lady Rosamund Varley hielt ihn aufrecht.

Während dieser Entfremdung von ihrem Gatten konzentrierte Margery sich mit ganzer Kraft auf die Leitung ihres Haushaltes. Sie packte ihre Arbeit eifriger an, fütterte ihre Kinder liebevoller, schimpfte häufiger mit ihren Dienstmädchen und behielt die Lehrlinge unter noch schärferer Beobachtung.

»Was macht dein Knöchel, Dick?«

»Ich bin wieder in Ordnung, Mistress.«

»Hast du keine Schmerzen mehr?«

»Nicht am Fuß«, antwortete Richard Honeydew. »Aber es schmerzt mich immer noch, wenn ich daran denke, was ich im *Curtain* verpaßt habe.«

»Das war ein Hinweis Gottes.«

»Mein Unfall?«

»Ein perfekter Fall göttlicher Einwirkung, behaupte ich.«

»Zu welchem Zweck, Mistress?« fragte er. »War Gott mit meiner Darstellung der Gloriana so unzufrieden, daß er sie verhindern wollte?«

»Nein, mein Kind. Er wollte mich auf etwas aufmerksam machen.«

»Auf was?«

»Ein kleines Stückchen Schmuck.«

Sie waren im Garten, Margery sammelte Kräuter, um sie in

einen Steintopf zu legen. Der herbstliche Himmel war voller dunkler, tiefhängender Wolken. Margery nahm etwas Fenchel zwischen die Finger, zerrieb ihn und roch daran. Während sie weiter Kräuter einsammelte, sprach sie über die Schulter mit dem Jungen.

»Hast du mir etwas zu berichten?«

»Worüber, Mistress?«

»Über diese drei Schlingel. Haben sie dich wieder zu triezen versucht?«

»Nein.«

»Hab nur keine Angst, mir etwas zu erzählen, Dick. Sie werden dir nichts anhaben.«

»Es gibt nichts zu erzählen.«

Das war die Wahrheit. Die anderen ließen ihn jetzt in Ruhe. Martin Yeo sah seine Stellung durch Gloriana gefestigt, Stephen Judd hatte sich zurückgezogen, und John Tallis, der hohlwangige Jugendliche, hatte weder die Klugheit noch den Mumm, ohne Unterstützung seiner Kumpel etwas zu unternehmen. Sie waren zwar nicht mit Richard befreundet, doch hatten ihre Nachstellungen aufgehört.

»Sie sind eifersüchtig auf dich«, sagte Margery.

»Im Vergleich mit ihnen habe ich nur wenig getan.«

»Mit der Zeit wirst du noch viel mehr tun«, prophezeite sie. »Das ist es, was sie befürchten. Dein Talent.« Sie wandte sich um, um ihn anzuschauen. »Hast du Ambitionen, Dick?«

»Ja, Mistress.«

»Und das wäre?«

»Ein guter Schauspieler zu sein.«

»Kein großer?«

»Ich könnte nie so groß werden wie Master Firethorn«, sagte er voller Bescheidenheit, ohne zu bemerken, wie ihr Gesicht zur Maske erstarrte, als er ihren Mann erwähnte. »Aber ich kann mich anstrengen, gut zu werden. Meine zweite Ambition ist es, einmal am Hofe zu spielen.«

»Vielleicht ist das gar nicht so weit entfernt, Dick.«

»Damit ließe sich überhaupt nichts vergleichen«, verkündete er mit freudiger Ernsthaftigkeit. »Die Chance, die Rolle Ihrer Majestät zu spielen, wurde mir verdorben. Ich könnte mir keine größere Wiedergutmachung vorstellen, als vor ihr zu spielen. Das ist genug Ehrgeiz für jeden Menschen.«

Sein junges Gesicht leuchtete in unschuldiger Hoffnung.

Anne Hendrik war für seine Begleitung zum Southwark Market dankbar. Nicht nur trug Nicholas alle Einkäufe, seine muskulöse Anwesenheit machte ihr auch den Weg durch das Gewimmel frei und ersparte ihr die Aufmerksamkeit zahlreicher unsympathischer Typen. Sie war gerne mit ihm in der Öffentlichkeit und spürte, daß ihre Freundschaft eine neue Bedeutung bekam, wenn sie simple Dinge zusammen erledigten. Anne betrachtete mit fachmännischem Auge einige Früchte, doch mit den Gedanken war sie ganz woanders.

»Es ist ein Segen, daß das Kind gesund geboren wurde«, sagte sie. »Ich hatte schon Sorge, sie würde eine Fehlgeburt haben.«

»Wegen des Schocks über Wills Tod?«

»Geringere Tragödien haben den Lauf der Natur schon verändert.«

»Nicht in Susans Fall, Gott sei Dank«, sagte er mit einem Lächeln.

»Nein, Mutter und Tochter sind wohlauf.«

Nicholas seufzte. »Das Schlimme ist nur, daß Will Fowler sein niedliches Kind niemals zu sehen bekommt.«

Am gestrigen Tag war ein Brief aus St. Alban eingetroffen, in dem ihnen die Geburt von Susan Fowlers Tochter angezeigt wurde. Da weder sie selber noch ihre Eltern schreiben konnten, war der Brief von einem Priester der Pfarre geschrieben worden. Nicholas und Anne hatten sich über den Brief sehr gefreut, doch ein Punkt gab ihnen ein Rätsel auf. Susan Fowler hatte ihnen für das Geschenk eines Kinderbettchens gedankt.

»Wir haben kein Kinderbett geschickt«, sagte Anne. »Wie kommt sie auf den Gedanken, wir hätten das getan?«

»Irgend jemand muß es so eingerichtet haben, daß sie es finden konnte«, vermutete er. »Ein geheimnisvolles Geschenk von einem unbekannten Absender. Wir sollten uns geschmeichelt fühlen, Anne, daß sie dabei an uns dachte. Susan hält uns einer solchen Freundlichkeit für fähig.«

»Wären wir es nur gewesen. Ich schicke ihr etwas anderes für das Kind. Ich bin sicher, sie braucht noch viele Sachen, und kaum einer von uns kümmert sich um sie.«

Sie kaufte Äpfel, Birnen und Pflaumen und packte alles in den übervollen Korb, den Nicholas trug. Es war Zeit heimzugehen. Auf dem Weg nach Hause hakte Anne sich bei ihm ein und überlegte.

»Nick...«

»Ja?«

»Wenn wir ihr das Geschenk nicht geschickt haben – wer hat es dann geschickt?«

Das war eine Frage, die sie auf dem ganzen Weg beschäftigte.

Weil sie so früh losgegangen waren, war es noch nicht einmal acht Uhr, als sie beim Haus eintrafen. Nicholas brachte den Korb hinein und half, alles zu verstauen, dann nahm er ein bescheidenes Frühstück zu sich und machte sich auf den Weg. Er hatte einen langen Arbeitstag vor sich.

Er nahm ein Boot über den Fluß, ließ sich am Nordufer absetzen und wandte sich zur Gracechurch Street. Für den Nachmittag war die Aufführung eines Stückes im *Queen's Head* angesetzt, und sie mußten »Vom Unheil der Ehe« nochmals proben – ein älteres Stück aus ihrem Repertoire. Barnaby Gill hatte die tragende Rolle eines eifersüchtigen Ehemannes übernommen, der durch die offenkundige Untreue seiner Frau in wilde Raserei versetzt wurde. Stephen Judd spielte die Rolle der Ehefrau.

Angesichts dessen, was er in der Garderobe beobachtet hatte, besaß das Stück für ihn eine besondere Pikanterie. Der Schauspieler und der Lehrling sollten in der Öffentlichkeit Intimitäten austauschen, die im Privatleben verabscheuungswürdig waren. Das Publikum, das sich lachend über die Mühen des alten Ehemannes amüsierte, hatte keine Ahnung, was dahintersteckte.

Nicholas dachte über die vielschichtige Ironie der Sache nach, als plötzlich etwas anderes seine Aufmerksamkeit fesselte. Benjamin Creech stand im Eingang eines Geschäftes in der Nähe des Gasthauses und unterhielt sich angeregt mit einem großen, kräftigen Mann.

Das war Rotbart.

»Haltet den Verbrecher!«

Der Schrei brach aus ihm heraus, als er auch schon losrannte.

»Haltet ihn!«

Erschreckt blickte Rotbart auf und sah Nicholas, der auf ihn zustürmte. Er reagierte blitzschnell, drehte sich auf dem Absatz um und rannte in wilder Panik in Richtung Fenchurch Street. Käufer wurden umgerannt, Händler beiseite gestoßen, Tische umgeworfen und Hunde winselnd vertrieben, als die große Gestalt rücksichtslos durch die Menge stürmte. Nicholas folgte ihm und kümmerte sich nicht um die wütenden Schreie und lauten Proteste, die er hinter sich auslöste. Die ganze Straße befand sich in Aufruhr.

Rotbart war schnell, doch Nicholas war schneller und kam ihm näher. Er war nur noch etwa zehn Meter von ihm entfernt, bevor es geschah. Rotbart spürte, daß sein Verfolger immer näher kam, blieb plötzlich stehen, ergriff einen Handkarren und schleuderte ihn Nicholas vor die Füße. Bevor der Impresario bremsen konnte, war er bereits Hals über Kopf über das Hindernis gestürzt und landete mitten in einer riesigen Pfütze aus geplatzten Eiern. Sofort packte ihn der Besitzer des Wagens und verlangte Entschädigung für seine zertrümmerte Ware. Bis Nicholas ihn abschütteln konnte, war es zu spät. Rotbart war in der Menge verschwunden.

Voller Enttäuschung machte sich Nicholas auf den Weg zum *Queen's Head* und warf rechts und links Entschuldigungen in die schreiende Menge. Erst im Gasthaus erinnerte er sich an Benjamin Creech. Er richtete sich auf und betrat den Hof. Creech stand auf der anderen Seite und plauderte mit einem der Hilfsarbeiter. Nicholas rannte hin, zog ihn zur Seite und schob ihn an die Wand.

»Wer war der Mann?« verlangte er zu wissen.

»Nehmt die Hände weg!« knurrte Creech.

»Wer war das?« drängte Nicholas und verstärkte seinen Griff.

»Ich hab' den Burschen noch nie zuvor gesehen.«

»Das ist eine abgefeimte Lüge, Ben!«

»Ihr tut mir unrecht, Master Bracewell.«

»Ich habe gesehen, wie Ihr eben mit dem Mann gesprochen habt.«

»Er sprach mich auf der Straße an und fragte nach dem Weg nach Islington.« Creech versuchte sich zu befreien. »Laßt mich los!«

»Ihr kennt ihn!« beschuldigte ihn Nicholas.

»Bis heute war er mir völlig unbekannt.«

»Nun, für mich ist er kein Unbekannter, Ben. Ich habe den Burschen schon einmal gesehen. Das ist der Mann, der Will Fowler umgebracht hat.«

»Dafür hätte ich ihm gerne die Hand geschüttelt.«

Das schmierige Grinsen auf Creechs Gesicht ließ Nicholas vor Zorn explodieren. Er knallte den Schauspieler hart gegen die Wand und schleuderte ihn zu Boden. Langsam rappelte Creech sich wieder hoch. All sein Haß und seine Wut kamen jetzt zum Vorschein, sein Gesicht verzerrte sich. Mit der Schulter rannte er gegen Nicholas und warf ihn mehrere Meter rückwärts. Creech war ein kräftiger Bursche und würde bis zum Ende kämpfen.

Doch Nicholas wurde immer wütender. Die Beleidigung Will Fowlers hatte etwas in ihm zerbrechen lassen. Er sprang Creech an und rang heftig mit ihm, während sich eine kleine Gruppe Zuschauer versammelte. Creech packte seinen Gegner in einer bärenhaften Umarmung, doch Nicholas hatte genug Kraft, um sie zu sprengen und Creech nach hinten taumeln zu lassen. Als Creech ausholte, prasselte ein Regen von Fausthieben auf ihn nieder, der ihn auf der Stelle stoppte. Er schüttelte sich, um den Kopf freizubekommen, und ging mit erhobenen Fäusten auf seinen Gegner los, doch Nicholas wich ihm geschickt aus.

Außer Atem blieb der Schauspieler einen Moment stehen, um seine Kräfte zu sammeln, dann ging er wieder auf Nicholas los. Doch der war vorbereitet. Mit einer geschickten Finte warf er Creech aus dem Gleichgewicht und landete einen so harten Schlag gegen Creechs Magengrube, daß diesem der Atem wegblieb. Als er sich voller Schmerzen zusammenkrümmte, ließ Nicholas einen gewaltigen Kinnhaken folgen. Creech ging wie ein Sack zu Boden. Von den Zuschauern kamen vereinzelte Rufe.

Nicholas rieb die schmerzenden Knöchel seiner rechten Faust und schaute auf Creech. Der Mann hatte die Tracht Prügel für seine gemeine Bemerkung über Will Fowler verdient, aber es war eindeutig, daß er Rotbart nicht kannte. Zornig über sich, daß sein Temperament mit ihm durchgegangen war, beugte sich Nicholas nieder, um ihm aufzuhelfen.

»Faßt mich nicht an«, zischte Creech und stieß ihn weg.

Schwankend kam der Schauspieler auf die Füße, wischte einen Teil des Blutes von seinem Mund und warf Nicholas einen haßerfüllten, wütenden Blick zu. Dann verließ er hinkend den Innenhof. Lord Westfield's Men hatten soeben ein Mitglied der Truppe verloren.

Die Nachmittagsaufführung verlief für Nicholas wie hinter einem Schleier. Obwohl er »Vom Unheil der Ehe« mit gewohnter Genauigkeit leitete und den Handlungsverlauf fest im Griff hatte, waren seine Gedanken irgendwo anders. Rotbarts Erscheinung stand vor seinem inneren Auge. Er war verbittert, daß er so dicht an den Mann herangekommen war und ihn dennoch hatte entwischen lassen.

Creechs Abwesenheit verursachte keine größeren Probleme, denn er hatte in dem Stück nur zwei kleine Rollen.

Eine davon übernahm Samuel Ruff, die andere wurde gestrichen. Barnaby Gill hielt die Leute am Lachen durch seine komischen Anfälle, und Stephen Judd spielte die Rolle der Ehefrau mit großer Überzeugung. In der kleinen, aber wichtigen Rolle eines Dienstmädchens zeigte Richard Honeydew echte Begabung, seine kecken Schäkereien kamen glänzend an. Edmund Hoode, ein tattriger alter Mann, gab seiner Rolle Gicht, Taubheit und ausgeprägtes Stottern, damit die Leute etwas zum Amüsieren hatten.

Lawrence Firethorn spielte die romantische Hauptrolle. Obwohl sie nicht so umfangreich war wie die von Gill, war sie mindestens genauso gut und überstrahlte den ganzen Nachmittag. Barnaby Gill bediente den handfesten Appetit der Stehplätze, Firethorn kam bei den ausgesuchteren Geschmäckern auf den Galerien besser an. Er legte Leidenschaft in seine Texte und brachte sie mit versteckten Anspielungen zum Schwingen. Als er den Epilog in Versen vortrug, adressierte er jedes einzelne honigsüße Wort an Lady Rosamund Varley, die die Gelegenheit für einen spektakulären Auftritt nutzte. Wieder einmal war sie von seiner Darstellung begeistert und warf ihm etwas zu, als er nach der Vorstellung seine Verbeugungen machte.

Nicholas war erleichtert, daß alles vorbei war und ihm aus Mangel an Konzentration keine Fehler unterlaufen waren. Jetzt richtete er sich innerlich auf eine Strafpredigt ein. Seinetwegen hatte Benjamin Creech am Tage der Aufführung die Truppe verlassen. Es war Teil seiner, des Impresarios, Aufgabe, Auseinandersetzungen zu vermeiden, nicht, sie zu provozieren. Firethorn würde ihn gewiß zur Verantwortung ziehen, jetzt, wo »Vom Unheil der Ehe« wieder in die Spielekiste gelegt werden konnte. Auseinandersetzungen in der Truppe würde Firethorn nicht hinnehmen. Es war nicht auszuschließen, daß jetzt auch Nicholas' Zukunft bei der Truppe auf dem Spiel stand.

»Ah! Da seid Ihr, Schuft!«

Lawrence Firethorn stob in die Garderobe wie ein Racheengel. Er steuerte direkt auf den Impresario zu und zog ihn am Wams vom Stuhl hoch.

»Kommt mit, Nick!«

»Weshalb, Master?«

»Wir werden eine private Besprechung haben.«

Firethorn zerrte ihn in ein Nebenzimmer, scheuchte die Anwesenden mit Handbewegungen hinaus und warf die Tür hinter ihnen zu. Als er mit dem Impresario allein war, betrachtete er ihn ernsthaft unter zusammengezogenen Augenbrauen.

»Der Tag der Abrechnung ist gekommen, Sir«, fing er an.

»Es war mein Fehler«, begann Nicholas ehrlich. »Ich hätte mich von Creech nicht zu einem solchen Zornesausbruch hinreißen lassen dürfen.«

»Creech?«

»Sein Verlust könnte sogar ein Gewinn sein, Master. Ich bin davon überzeugt, daß Creech für die jüngsten Diebstähle verantwortlich ist.«

»Vergeßt Creech«, sagte Firethorn irritiert. »Ich bin gekommen, um mit Euch über ein viel wichtigeres Thema zu reden.«

Mit sinkendem Mut verstand Nicholas, was gemeint war.

»Lady Rosamund Varley?«

»Sie hat mein inständiges Flehen beantwortet, Nick.« Er zog die Rose hervor, die sie ihm auf die Bühne geworfen hatte.

»Hiermit.«

»Oh.«

Firethorn schnupperte an der Rose und sog ihren Duft ein. Ein gewaltiges Grinsen ließ sein Gesicht wie eine gespaltene Melone auseinandergehen. Triumphierend schlug er sich auf die Schenkel.

»Sie ist die Meine!« rief er aus. »Der Tag des Gerichtes ist gekommen, und ich wurde nicht zu leicht befunden. Heute ist der Termin für unser Rendezvous, Nick. Wir brauchen Eure Hilfe.«

»Was muß ich tun?« fragte der andere nach einem Zögern.

»Ebnet den steinigen Pfad zur Liebe, mein Freund.«

»Und wie, Master?«

Firethorn gab ihm seine Anweisungen. Er solle sich auf der Stelle zum *Bel Savage Inn* am Ludgate Hill begeben und dort das beste Zimmer für heute nacht mieten. Nach präzisen Anweisungen an die Küche sei das Abendessen zu einer bestimmten Stunde zu servieren. Selbst die Art der Beleuchtung wurde vorgeschrieben. Sobald all diese Einzelheiten arrangiert seien, solle er sofort zum *Queen's Head* zurückkommen und Lady Rosamund Varley, die sich noch bei Lord Westfield und seinem Hofstaat in privaten Räumen aufhalte, eine Botschaft zukommen lassen.

»Darf ich Euch eine Frage stellen?« fragte Nicholas.

»Immer doch, lieber Mann.«

»Warum habt Ihr das *Bel Savage* ausgesucht?«

»Weil«, begann der Schauspieler und warf sich in die Brust, »das der Ort war, an dem ich der Welt erstmals meinen Hector gab!«

Er verbeugte sich spielerisch vor einem imaginären Publikum und verließ schwungvoll den Raum. Nicholas lächelte dünn. Zu einer Zeit, in der es weit wichtigere Dinge zu tun gab, wurde er mal wieder dazu benutzt, Firethorns Ehebrecherei vorwärts zu bringen. Lady Varleys frühere Beziehung zu Lord Banbury hatte er nicht vergessen, seine kürzliche Entscheidung blieb bestehen. Er würde das Stück nachstellen, das sie heute nachmittag aufgeführt hatten.

Nicholas würde Zwietracht in eine Ehe bringen.

Die schiere Ungerechtigkeit nagte an Edmund Hoodes Eingeweiden. Ein Sonett, das einem anderen Mann den Weg zum Ziel seiner Wünsche geebnet hatte, war für den Autor zum Fiasko geworden. Die honigsüßen Verse, die Lady Rosamund Varley verzaubert hatten, waren an Rose Marwood verschwendet worden. Die Tochter des Hauswirtes war jenseits des Einflusses der Poesie.

Der Dichter war gebrochen, doch es sollte noch schlimmer kommen. Als er nach der Vorstellung das Kostüm ablegte, betrat er den Schankraum, um sich eine Erfrischung zu gönnen. Alexander Marwood fiel über ihn her. Sein nervöser Tick war nicht zu übersehen.

»Einen Moment mal, Master Hoode.«

»Was quält Euch, Sir?«

»Eine sehr ernste Angelegenheit. Unzucht liegt in der Luft.«

»Wirklich?«

»Lest dieses sündhafte Papier doch selber.«

Er stieß dem anderen eine kleine Schriftrolle hin, und Hoode entdeckte, daß er sein eigenes Sonett anstarrte. Es war nicht gerade sorgfältig behandelt worden. Das Papier war verschmiert und voller Fingerabdrücke. Sehr symbolisch.

»Nun, Sir?« verlangte Marwood.

»Es ist... mäßig gut geschrieben«, sagte Hoode, der so tat, als lese er die Zeilen zum ersten Mal. »Wie seid Ihr an das Papier gekommen, Sir?«

»Irgendein Schmutzfink hat es meiner Tochter gegeben.«

»Wer war das?«

»Rose kann es nicht sagen. Es sei alles so schnell gegangen.«

»Und wie soll ich Euch helfen?«

»Indem Ihr den Autor dieses geilen Zeugs findet«, sagte der Kneipier. »Ich versuchte, mit Master Firethorn darüber zu reden, aber er schob mich zur Seite. Jetzt wende ich mich an Euch. Wir müssen das Übel mit der Wurzel ausreißen.«

»Warum, Sir?«

»›Warum, Sir?‹ Weil die Unschuld meiner Tochter so lange in Gefahr ist, wie dieser Lustmolch sich in Eurer Truppe befindet. Mein Weib ist fest entschlossen, Master Hoode. Der Mann muß verschwinden.«

»Verschwinden?«

»Wir liegen nicht ruhig in unseren Betten und warten, bis er entdeckt wird. Der Schurke hat die Absicht, unsere Tochter zu schänden.«

»Davon kann ich aber nichts in diesem Sonett lesen.«

»Es steht zwischen den Zeilen«, zischte Marwood. Er bekam seinen nervösen Tick lange genug in den Griff, um ein Ultimatum zu stellen. »Meine Frau und ich sind uns einig. Wenn er nicht rausgeworfen wird, müssen wir unser Tor vor Westfield's Men verschließen.«

»Aber woher wollt Ihr wissen, daß er zu unserer Truppe gehört?«

»Wir wissen es einfach«, sagte der andere finster.

Edmund Hoode spürte, wie sich sein Herz zusammenzog. Anstatt ihm die Gunst der Rose Marwood zu gewinnen, hatte ihm das Sonett ihre Eltern mit ihrem ganzen Gewicht an den Hals gehängt. Die Beziehungen zwischen dem Hausbesitzer und der Theatertruppe waren schon immer kompliziert gewesen. Sein Gedicht hatte sie aufs höchste gefährdet.

»Rose hat uns das Ding gegeben«, erklärte Marwood. »Sie kann nicht lesen. Ich kann es auch nicht viel besser, aber meine Frau hat Erziehung. Sie verstand die schlimme Absicht rasch. Sie hat einen flotten Verstand, Sir. Das müßt Ihr bemerkt haben.«

»Ja, natürlich«, bemerkte Hoode.

»Sie glaubt, in dem Schriftstück gibt's einen Hinweis.«

»Hinweis?«

»Da, am Ende«, sagte der Hauswirt und zeigte mit einem knöchrigen Finger auf die Stelle. »Zwei Buchstaben sind besonders hervorgehoben, Sir. ›E‹ und ›H‹. Könnten das nicht seine Initialen sein?«

»Ach, das glaube ich nicht«, sagte der Dichter in dem Bemühen, ihn von dieser Spur abzubringen. »Das wäre ein viel zu offenkundiger Trick des Burschen. Der arbeitet mit viel feineren Methoden.« Er starrte das Sonett an – und hatte eine Idee. »Ich glaube, ich hab's, Master Marwood.«

»Ihr erkennt die Handschrift des Burschen?«

»Nein, aber ich kann mir seinen Namen denken. Da gibt es einen Hinweis, wenn wir ihn entziffern können. Lest die ersten Zeilen.«

»Tut Ihr das für mich, Sir. Ich bin kein Gelehrter.«

»›Bei mir, o Cara mia, kommst du zu deiner Liebe, O selt'ne Rose, verwittre nicht auf deinem Stamm...‹«

»Unzucht in jeder Silbe!« heulte der Kneipier.

»Seht Ihr, daß der erste Buchstabe groß geschrieben ist?« fragte Hoode und hielt ihm die Rolle unter die Nase. Dieses ›B‹ steht für Ben, behaupte ich.«

»Ben wer?«

»Seht Euch dieses ›Cara mia‹ an. Da ist unser Hinweis. Versteckt in dieser ›Cara‹, möchte ich wetten, ist ein gewisser Creech.«

»Ben Creech?«

»Einer der Angestellten der Truppe.«

»Den kenne ich. Ein mieser Typ, der sein Ale nicht halten kann.«

»Das ist unser Mann, Sir.«

»Könnte denn solch ein Mann so ein Gedicht schreiben?«

»Der hat irgendeinen Schreiber dafür bezahlt«, argumentierte Hoode. »Creech hat auf Eure Tochter ein Auge geworfen; das überrascht mich nicht. Wir hatten mit diesem Burschen schon Probleme, als wir im *Saracen's Head* in Islington spielten. Damals war's irgendein Dienstmädchen. Creech ist ein heißblütiger Wüstling.«

»Der muß hier rausgeschmissen werden!« kreischte Marwood rachsüchtig.

»Der ist schon draußen. Ben Creech ist nicht mehr in unserer Truppe.«

»Ist das wahr?«

»Das ist ein Zufall, den der Himmel geschickt hat«, sagte der andere. »Die Gefahr ist vorbei und Eure Tochter in Sicherheit.«

»Diese Nachricht ist mir eine große Erleichterung, Sir.«

»Mir genauso«, murmelte Hoode mit Inbrunst. »Sagt mir, Master Marwood, hat jemand Eurer Tochter das Sonett vorgelesen?«

»Meine Frau hat das getan«, sagte Marwood und tickte

lustig drauf los. »Das war einer der Gründe für unsere Sorge, Sir. Rose gefiel es. Das Mädchen hat viel Phantasie und läßt sich gerne ablenken. Das Gedicht ging ihr zu Herzen.«

Marwood ging in seinen Schankraum, Edmund Hoode wischte sich den Schweiß von der Stirn. Seine Geistesgegenwart hatte ihn und die Truppe gerettet. Benjamin Creech war als der tolle Liebhaber entlarvt worden. Hoodes eigene Hoffnungen waren zunichte gemacht, doch es gab wenigstens einen schwachen Trost: Rose Marwood reagierte auf die Schalmei des Dichters. Sie würde sicher gerne an ihren Bewunderer denken.

Hoode mußte nach dieser Begegnung mit dem Hauswirt frische Luft schnappen und ging in den Hof, wo die Bühne abgebaut wurde. Es war eine Szene, die er oft gesehen hatte, doch heute kam für ihn ein grausames Element hinzu. George Dart war beschäftigt wie immer und schleppte die Gestelle unter die vorspringenden Dachkanten. Der kleinwüchsige Bühnenarbeiter blieb stehen, um Luft zu schöpfen und bekam viel mehr als nur Luft. Rose Marwood sprang aus ihrem Versteck bei den Boxen, küßte ihn auf die Wange und rannte davon. Da er ihr das Gedicht gegeben hatte, hielt sie ihn für den Autor.

Edmund Hoodes Elend war vollkommen. Er ging nach Hause.

Das *Bel Savage Inn* erfüllte alle seine Wünsche. Er erhielt einen großen, niedrigen und sehr gut möblierten Raum mit angrenzendem Schlafzimmer, in dem ein reich behängtes vierpfostiges Bett stand. Nicholas Bracewell war wie üblich absolut zuverlässig gewesen. Während Lawrence Firethorn den Raum inspizierte, dankte er seinem Impresario im stillen. Alles war wie gewünscht, sogar die Anzahl und die Plazierung der Kerzen. Als die Nacht sich herniedersenkte, glühte der Raum in einem sanften, bezaubernden Licht.

Endlich wurde seine Geduld belohnt. Sobald Lady Rosamund eintraf, wollten sie ein exquisites Essen einnehmen und dazu den besten Kanarienwein trinken. Musikanten waren bestellt, für sie zu spielen. Dann würde er ihr ordentlich den Hof machen und mit ihr ins Schlafzimmer entschweben, wo sie ihre Liebe auf dem vierpfostigen Paradiesbett genießen würden. Das Leben hätte ihm nichts Schöneres bieten können.

Er hörte ein Geräusch draußen auf der Treppe, das ihn aus seinen Träumereien riß. Jemand klopfte an die Tür. Firethorn räusperte sich.

»Tretet ein!«

Die Tür öffnete sich, Nicholas Bracewell trat ins Zimmer.

»Die Lady ist unten, Master.«

»Geleitet sie nach oben, Sir.«

»Sie wird sofort bei Euch sein.«

Nicholas schloß hinter sich die Tür, Firethorn trat vor den Spiegel, um sein Äußeres zum letztenmal zu überprüfen. Da Lady Rosamund den Wunsch geäußert hatte, ihn als Hector zu sehen, hatte er überlegt, ob er das Kostüm anziehen sollte, das er bei der ersten Aufführung getragen hatte. Doch er kam zu der Entscheidung, dies sei zuviel des Guten. Da er in seinem Wams und der passenden Hose geschniegelt und elegant aussah, beschränkte er sich darauf, seinen Hut zurechtzurücken. Er lächelte sein Spiegelbild an.

Von draußen hörte man Schritte. Er stellte sich in Position und räusperte sich erneut. Wieder klopfte es an die Tür, sie wurde geöffnet – und sie wurde zu ihm ins Zimmer geleitet. Ihre Präsenz erfüllte den ganzen Raum, ihn schwindelte, als er ihr schweres Parfüm einatmete. Nicholas zog sich zurück, schloß die Tür und ließ die beiden zum ersten Mal in ihrem Leben allein zurück.

Lady Rosamund stand im Schatten und lächelte ihn zärtlich an. Ein langes Gewand verhüllte ihr Kleid, eine Kapuze verbarg ihr Gesicht. Sie war mit der gleichen Spannung zu diesem Treffen gekommen wie er. Firethorn spürte ihre atemlose Dringlichkeit.

Er hatte die richtigen Worte zur passenden Gelegenheit.

»Nun soll der große Hector nur sein Schwert beiseite legen,
des Kriegers Schmuck und Zierat von sich tun,
soll Liebesworte flüsternd sich geschlagen geben
sich seiner Herrin unterwerfen ganz und gar.«

Firethorn nahm den Hut ab, um seine Verbeugung zu machen. Ihre behandschuhten Hände klatschten sanften Beifall, während sie vortrat, damit das Licht auf sie fiel. Alles war so, wie er es sich vorgestellt hatte.

»Auf diesen Moment habe ich lange gewartet«, sagte er.

Mit liebenswürdiger Kühnheit näherte er sich ihr und schob langsam ihre Kapuze zurück, um die Honigsüße ihrer Lippen zu kosten. Der Kuß war kurz und flüchtig und kam ihm merkwürdig bekannt vor. Er trat zurück und blickte ihr ins Gesicht. Seine amourösen Absichten brachen in sich zusammen. Das war nicht Lady Rosamund Varley. Das war seine Frau.

»Und du hast dies alles nur für mich getan, Lawrence?« fragte sie.

»Für wen denn sonst, meine Taube?«

Seine schauspielerischen Fähigkeiten hatten ihn mal wieder gerettet.

Es war weit nach Mitternacht. Ein plötzlicher Wolkenbruch ergoß sich über Londons Straßen und wusch den Schmutz in kleinen Bächen davon. Benjamin Creech, von der Kneipe auf dem Heimweg, wankte durch die Pfützen und verfluchte das Wetter. Für ihn war der Tag übel verlaufen. Seine Wut hatte ihn dazu gebracht, Westfield's Men zu verlassen; inzwischen sah er ein, daß das ein Fehler gewesen war. Er war nutzlos geworden. Giles Randolph wollte ihn dort sehen, wo er Schaden anrichten konnte.

Als er zu Hause ankam, war er naß bis auf die Haut. Er trat ins Haus und stolperte nach oben. Laut rülpsend schlurfte er in sein winziges Zimmer und hielt auf seine Bettstatt zu, auf der er seinen Rausch ausschlafen wollte. Als er sich jedoch niederbeugte, wurde er von starken Armen gepackt und unsanft auf den nächsten Stuhl geschoben.

»Nehmt Platz, Sir!«

»Wer seid Ihr?« grunzte ein völlig verwirrter Creech.

»Ein alter Freund ist zu Besuch gekommen.«

Zu betrunken, um aufzustehen, und zu schlapp, um zu protestieren, mußte Creech sitzen bleiben, wo er war, und warten, bis eine Kerze angesteckt wurde. Das gelbliche Licht half ihm, seinen Besucher zu erkennen.

»Master Bracewell!«

»Ihr seid gegangen, bevor wir miteinander fertig waren, Ben.«

»Ich habe mit Euch nichts zu schaffen, Sir!«

»Nein«, antwortete Nicholas, »dafür hattet Ihr etwas mit Banbury's Men zu schaffen.« Er hielt ein Paar Handschuhe hoch. »Die wurden Hugh Wegges gestohlen. Diese Notenblätter wurden Peter Digby weggenommen. Hier habe ich John Tallis' Mütze gefunden, George Darts Schuhe und noch allerhand mehr, womit Ihr Euch aus dem Staub gemacht habt.« Voller Abscheu blickte er sich in der elenden Behausung um. »Schade nur, daß Ihr Thomas Skillens Besen nicht mitgebracht habt, um hier mal richtig zu arbeiten.«

»Verschwindet!« sagte Creech verschwommen.

»Nicht, bevor wir miteinander geredet haben, Ben.«

»Euch hab' ich nichts zu sagen.«

»Habt Ihr das auch gestohlen?« verlangte Nicholas zu wissen und hielt ihm ein Tamburin vor die Nase. Als Nicholas stumm blieb, packte er ihn an der Kehle und drückte zu. »Antwortet mir, Sir!«

»Ich... kann nicht atmen...«

»Habt Ihr es gestohlen?« fragte Nicholas und drückte etwas fester.

»Ja.«

»Und die anderen Sachen?«

»Ja.«

»Habt Ihr versucht, Dick Honeydew umzubringen?«

»Ihr werdet mich noch erwürgen!«

»Habt Ihr das versucht, Ben?«

»Ja.«

»Und geschah das, um Banbury's Men zu helfen?«

Aus schierer Angst, erdrosselt zu werden, nickte Creech sein Geständnis mit dem Kopf. Nicholas ließ ihn los und trat einen Schritt zur Seite, um etwas vom Tisch hochzuheben. Hustend rieb der andere Mann seinen strangulierten Hals. Als Nicholas sein Gesicht näher schob, konnte er Creechs stinkenden Atem riechen.

»Da wäre noch etwas, das Ihr mir zu sagen habt, Ben.«

»Nein.«

»Ihr habt Rotbart doch gekannt. Ihr wart sein Komplize.«

»Gott ist mein Zeuge! Ich habe den Mann noch nie gesehen.«

»Ihr seid damals in der Nacht in Bankside auf mich losgegangen«, sagte Nicholas mit mühsam unterdrücktem Zorn. »Ihr habt zusammengearbeitet.«

»Das stimmt nicht!« winselte Creech.

»Und wie seid Ihr dann an das hier gekommen?«

Nicholas ließ ihm etwas in den Schoß fallen, das Creech mit flackernden, verständnislosen Augen anstarrte. Es hatte mitten unter den anderen Sachen auf Creechs Tisch gelegen.

Es war das Textbuch zu »Gloriana Triumphant«.

13. Kapitel

Lord Westfield's Men hatten sich an die exzentrischen Eigenschaften ihres führenden Schauspielers gewöhnt, doch von Zeit zu Zeit konnte er sie noch immer überraschen. Als Lawrence Firethorn ein Treffen der gesamten Gruppe einberief, erwarteten sie alle den gewohnten Verlauf. Zuerst würde er sie ausschimpfen für Dinge, die in seinen Augen schwerwiegende Abweichungen von ihrem künstlerischen Standard bedeuteten, dann folgte Lob für alles, was ihm bei den letzten Aufführungen positiv aufgefallen war. Zum Schluß würde er sie an die starke Konkurrenz durch andere Theatertruppen erinnern und sie auffordern, sich für die Reputation von Westfield's Men noch stärker ins Zeug zu legen.

Doch heute morgen war alles anders. Er wirkte völlig verändert. An die Stelle seiner lebhaften und begeisterten Persönlichkeit war ein ziemlich langweiliger, abgestumpfter und erschöpft wirkender Mensch getreten. Sofort verbreiteten sich geflüsterte Witze über die Auswirkungen seiner vermuteten Liebesnacht mit Lady Rosamund Varley, Gekicher mußte unterdrückt werden. Barnaby Gill war mit einer typischen, scharfen Bemerkung zur Stelle.

»Kein Wunder, daß er nicht mehr richtig gehen kann«, flüsterte er Edmund Hoode heimlich zu. »Die Lady hat ihm sein mittleres Bein gebrochen!«

»Was ist denn los mit ihm?« fragte der andere.

»Wollust, Edmund. Übersättigte Wollust.«

Sie hatten sich in der Garderobe des *Queen's Head* versammelt. Doch anstatt sie mit einem Schwall von Worten zu überfallen, sprach Firethorn leise und scheinbar ohne jedes Interesse. Es gab keine Schelte, kein Lob und keine Begeisterung. Mit einer Hand stützte er sich auf den Türgriff.

»Guten Morgen Ihnen allen, Gentlemen.«

Die Menge brachte eine gemurmelte Antwort zustande.

»Ich spreche von unserer Zukunft«, begann er und unterdrückte ein Gähnen. »In den nächsten sechs Wochen finden unsere Aufführungen hier statt, im *Red Lion* in Stepney, im *Boar's Head* bei Aldgate, im *Curtain,* im *Theatre* und im *Newington Butts.* Außerdem geben wir unser Debüt in *The Rose.*« Ein weiteres Gähnen kündigte sich an. »Unser Repertoire besteht aus ›Liebe und Glück‹, ›Zwei Mädchen von Milchester‹, ›Der törichte Amor‹, ›Die Königin von Karthago‹, ›Vom Unheil der Ehe‹ und...« Die Kunstpause brachte ein mildes Glänzen in seine Augen. »Und ›Hector von Troja‹.« Überraschtes Gemurmel in der Gruppe. »Das wäre alles für heute, Gentlemen.«

Aus dem Gemurmel wurde ein Stimmengewirr, die Versammlung löste sich auf. Lawrence Firethorn unterbrach alles mit erhobener Stimme, die wie ein Speer durch den Saal schoß.

»Noch ein Wort!«

Auf der Stelle wurde es totenstill. Firethorn ließ sich Zeit.

»Noch ein Wort, Gentlemen«, wiederholte er beiläufig, als gebe er eine unwichtige Sache weiter. »Westfield's Men sind eingeladen worden, zu Weihnachten am Hofe zu spielen.«

Diese Ankündigung löste Freude und Überraschung aus, die Firethorn mit strahlendem Lächeln betrachtete. Plötzlich schien seine Energie zurückzukehren, er nahm teil an der allgemeinen Freude. Aufführungen am Hofe brachten keine besonderen finanziellen Vorteile, doch galten sie als einzigartige Ehre und festigten die Stellung der Theatertruppe. Im letzten Jahr waren es Banbury's Men gewesen, die zu den Weihnachtsfeierlichkeiten am Hofe gespielt hatten. Firethorns Gruppe hatte sie verdrängt, was die Freude noch vergrößerte.

Nicholas Bracewell beobachtete all das mit spöttischer Heiterkeit. Der führende Schauspieler konnte diese Information nicht weitergeben, ohne ihnen eine Schau zu bieten, wobei sich alle durch seinen erschöpften, desinteressierten Eindruck hatten täuschen lassen. Der Schauspieler hatte sie entflammt. Nicholas betrachtete die Gesichter der Leute und erkannte, welchen Eindruck Firethorns Ankündigung gemacht hatte.

Barnaby Gill zeigte den Ausdruck selbstgefälliger Zufriedenheit, als sei ihm soeben eine verdiente Belohnung zuteil geworden. Edmund wirkte ein wenig überwältigt. Richard Honeydew war übererregt und den Tränen nahe. Martin Yeo grinste, Stephen Judd kicherte, und John Tallis' spitzes Kinn war heruntergefallen. Doch am meisten interessierte Nicholas die Reaktion von Samuel Ruff. Er saß mit glänzenden

Augen in der Ecke, wie ein Mann, dessen Traum soeben in Erfüllung gegangen war. Er war ein gescheiterter Schauspieler gewesen, aus seinem Beruf verstoßen, im letzten Moment vor der Vergessenheit gerettet. Anstatt zu Weihnachten Kühe in Norwich zu melken, würde er vor Königin Elizabeth auftreten. Nicholas freute sich für ihn.

Doch jetzt stürzte Lawrence Firethorn sich auf ihn.

»Kommt einmal her, Schurke, Satan!«

»War gestern abend alles zu Eurer Zufriedenheit, Master?«

Das volle Lachen des Schauspielers übertrumpfte den Tumult. Er hakte Nicholas unter und führte ihn auf die Bühne hinaus, die im Hof bereits errichtet worden war. Es waren zwar ein paar Leute in der Nähe, doch hatten sie zumindestens die Illusion einer Privatsphäre.

»Warum habt Ihr mir nicht gesagt, daß es Margery war?« fragte Firethorn.

»Das hätte den Augenblick der Entdeckung zerstört.«

»In der Tat, das ist richtig.«

»Mistress Firethorn ist eine kluge Frau«, bemerkte Nick. »Sie mußte Euch einfach heiraten, Master.«

»Wie ist sie denn ins *Bel Savage* gekommen?« wollte Firethorn wissen.

»Ich habe sie hingebracht.«

»Warum?«

»Weil sie von Eurer Vereinbarung erfahren hatte«, log Nicholas mit überzeugender Ernsthaftigkeit. »Fragt mich nicht, wieso. Vielleicht durch Gerede in der Truppe. Mistress Firethorn machte den Vorschlag, persönlich ins Gasthaus zu kommen.«

»Gott behüte!«

»Ich übernahm Euren Teil in dieser Sache und schwor, daß Ihr ihr treu seid. Der Beweis dafür, sagte ich, sei die Tatsache, daß sie an diesem Abend ins Gasthaus eingeladen sei.« Er lächelte diskret. »Den Rest, glaube ich, kennt Ihr selber.«

»In der Tat, Nick«, sagte Firethorn erinnerungsselig.

»War alles nach Eurem Geschmack?«

»Margery war wie eine vollkommen neue Frau«, sagte ihr Ehemann stolz. »Ich spielte den ›Hector‹ und steckte aus Mangel an Argumenten mein Schwert in die Scheide.« Er klopfte dem anderen auf die Schulter. »Die Ehe ist häufig sehr schmerzensreich, Nick, doch sie hat auch ihre erfreulichen Seiten.«

Nicholas nickte ernsthaft. Eine Nacht voll ehelicher Freuden hatte alles grundlegend verändert. Das Feuer der Leidenschaft, das Lady Rosamund Varley entfacht hatte, war in den Armen von Margery Firethorn gelöscht worden. Er war nicht mehr in die Lady vernarrt.

»Wie seid Ihr meinen anderen Gast losgeworden?« fragte der Schauspieler.

»Ich habe Eure Entschuldigung vorgetragen. Ich habe ihr gesagt, Ihr wäret von einer mysteriösen Krankheit niedergestreckt worden und nicht in der Lage, sie zu treffen. Sie war natürlich nicht gerade begeistert, Master.«

Es gab eine längere, nachdenkliche Pause. Firethorn lachte.

»Das macht nichts. Es gibt ja noch andere Frauen in London.«

Barnaby Gill und Edmund Hoode kamen aus der Garderobe, um ihren Kollegen zu suchen. Nicholas zog sich zurück und ließ die drei Teilhaber allein.

»Warum wurde mir das nicht als erstem gesagt?« fragte Gill quengelig.

»Aber so war es doch«, erinnerte Firethorn ihn. »Vor Euch hat niemand etwas davon erfahren, Barnaby.«

»Was werden wir denn spielen, Lawrence?« fragte Hoode.

»Das ist eine Frage, über die wir schnellstens reden müssen«, sagte Firethorn.

»Warum nicht ›Vom Unheil der Ehe‹?« schlug Gill vor.

Das war ein Stück, das seine Schauspielkunst in den Vordergrund stellte.

»Ein Teil davon ist zu gewöhnlich«, meinte Hoode.

»Aber nur der, in dem Barnaby vorkommt«, scherzte Firethorn.

»Es hat uns drei Jahre lang gute Erfolge beschert«, argumentierte Gill hitzig. »Es hat seinen Wert bewiesen.«

»Das trifft auch für viele andere Stücke zu«, gab Hoode zurück.

»Ich plädiere für ›Vom Unheil der Ehe‹«, sagte Gill halsstarrig.

»Ich aber nicht«, fügte Firethorn hinzu. »Es mag ein gutes und erprobtes Stück sein, Barnaby, aber wir können am Hofe nicht so etwas Altes vortragen. Da muß etwas Neues her, Sir. Deshalb werde ich ein neues Stück in Auftrag geben.«

»Bei wem?« fragte Edmund Hoode vorsichtig.

Der Blick in Firethorns Augen ließ ihn erbeben.

Da die Tage kühler wurden und die Dunkelheit früher einsetzte, wurden Freilichtaufführungen immer unbeliebter. Nicholas Bracewell stellte fest, daß er jetzt schneller nach Hause kam, weil er aus der Kälte wollte. Auf dem Heimweg nach einem arbeitsreichen Tag im *Queen's Head* spürte er, daß der Winter vor der Tür stand. Der Wind war stärker geworden, der Regen schlug ihm ins Gesicht. Er zog den Hut tief in die Stirn und schritt schneller aus. Bankside war zum Glück nicht mehr fern.

Wie jeder andere war auch Nicholas begeistert von der Aussicht, am Hofe zu spielen. Das bedeutete Ruhm für Westfield's Men. Außerdem bot es ihnen die Möglichkeit, unter einzigartigen Bedingungen zu arbeiten, und sie waren gezwungen, ihre Freilichttechniken zu verändern. Aber das Wichtigste war, daß die Einladung die Moral der Truppe hob, die eine Reihe von Rückschlägen hinter sich hatte. Sie konnten jetzt optimistisch in die Zukunft blicken, anstatt immer wieder in die Vergangenheit abzugleiten.

Noch hielt die Vergangenheit Nicholas Bracewell gefangen. Will Fowlers Tod war ungesühnt, und der Anblick von Alices durchgeschnittener Kehler im *Cardinal's Hat* stand ihm immer noch vor Augen. Das Bild erinnerte ihn unaufhörlich an die Brutalität des Mannes, den er suchte. Auch wenn

Benjamin Creech nicht mehr in der Truppe war, so wurde sie immer noch von bösen Mächten bedroht. Er mußte äußerst wachsam sein.

Sein Weg durch Bankside führte ihn am *Hope and Anchor* vorbei, aus dem ein Schwall von Wirtshauslärm drang. Er dachte an den letzten Abend, an dem er Will Fowler lebend gesehen hatte, als er die Gesellschaft seiner Freunde genoß, übersprühend von guter Laune und beherrscht von dem Drang, helfen zu wollen. Das Gefühl für Gefahr hatte ihn in seinen Beruf gezogen, und in der Gefahr war er umgekommen, als er einmal nicht auf der Hut war.

Nicholas war entschlossen, sich nicht noch mal in einem Moment der Unaufmerksamkeit erwischen zu lassen. Nach dem kürzlichen Überfall war er jetzt ganz besonders vorsichtig, wenn er nachts unterwegs war. Jetzt kam ihm seine gesteigerte Vorsicht zu Hilfe. Er war weniger als zwanzig Meter vom Haus entfernt, als er den Mann sah. Die große Gestalt hockte im Schatten eines Hauswinkels. Diesmal würde Nicholas keine vorschnellen Schritte machen. Er hatte seine Lektion gelernt.

Während er so tat, als habe er nichts bemerkt, trat er an die Haustür und suchte nach dem Schlüssel. Aus den Augenwinkeln heraus lauerte er auf eine Bewegung, doch nichts geschah. Der Mann war noch da, wartete noch, stellte eine Gefahr dar. Nicholas spannte sich für den Angriff. Er schob den Schlüssel ins Türschloß, wandte sich abrupt um und warf sich auf die Gestalt im Schatten.

Er spürte keinen Widerstand. In dem Moment, in dem er sich auf die Gestalt warf, sank diese in sich zusammen und fiel gegen ihn. Nicholas ließ den Körper zu Boden gleiten, mit dem Gesicht nach unten. Zwischen den Schulterblättern steckte der Griff eines großen Dolches.

Nicholas war vollkommen verwirrt.

Der tote Mann war Rotbart.

Anne Hendrik war hin- und hergerissen zwischen der Erleichterung über seine Sicherheit und dem Entsetzen über diesen Mord vor ihrer Türschwelle. Nachdem die Polizei gekommen war und die Leiche entfernt hatte, zog sie Nicholas in ihr Bett, um bei ihm Sicherheit und Frieden zu finden.

Anschließend lagen sie einander in den Armen.

»Wer war dieser Mann?« fragte Anne.

»Er hatte keinerlei Hinweise auf seine Identität bei sich«, sagte er. »Vielleicht werden wir seinen richtigen Namen niemals herausfinden.«

»Und er arbeitete mit Benjamin Creech zusammen?«

»Nein«, sagte Nicholas. »Dessen bin ich mir jetzt sicher. Ben hatte ihn bis zu diesem Tag damals noch nie gesehen. Rotbart hatte es so eingerichtet, daß ich die beiden zusammen sehen sollte.«

»Warum?«

»Um den Verdacht auf Ben zu lenken. Es war geplant, daß ich sie zusammen sehen sollte, was ja auch geschah. Rotbart wußte, daß er mir in dem Marktgedränge entwischen würde.«

Anne dachte darüber nach und setzte sich überrascht auf.

»Dann ist das alles Teil eines großen Plans?«

»Ja, das denke ich.«

»Und was ist mit dem Textbuch?« erinnerte sie ihn. »Es war in Creechs Wohnung, zusammen mit den anderen gestohlenen Sachen.«

»Das hat mich auch völlig verwirrt«, gab er zu. »Ich vermute, Rotbart plazierte es in der Wohnung, damit ich es dort finden solle. So brächte es Ben mit dem Angriff auf mich und mit dem Tod von Will Fowler in Verbindung.« Er schüttelte den Kopf. »Nein, Anne, das ist nicht das Werk von Ben Creech. Wir haben es mit einem viel raffinierteren Gegner zu tun. Der war clever genug, seine Spuren zu verwischen, und brutal genug, seinen eigenen Komplizen zu ermorden.«

»Rotbart?«

»Ich bin davon überzeugt, daß er von seinem Freund umgebracht wurde.«

Sie zog die Luft ein. »Von seinem Freund?«

»Ja«, argumentierte er. »Wer hätte sonst so dicht an einen solchen Mann herankommen können, um ihm einen Dolch in den Rücken zu stoßen? Rotbart lebte in üblen Slums und dunklen Gassen. Das war seine Welt. Dort würde niemand ihn in eine Falle locken können.«

»Außer es war jemand, dem er vertraute.«

»Seinem Komplizen. Der Mann, der mich von hinten niederschlug.«

»Oh, Nick!«

In der Erinnerung an diesen Überfall drängte sie sich fester an ihn. Mit Küssen und Zärtlichkeiten mußte er sie wieder beruhigen. Drei Leute waren inzwischen unter gräßlichen Umständen ermordet worden. Anne war überzeugt, er werde das nächste Opfer sein. Nicholas war in gleicher Weise von seiner Sicherheit überzeugt. Sein Leben war einmal verschont worden, mittlerweile wußte er auch den Grund dafür.

»Er wird mich nicht umbringen, Anne«, sagte er überzeugt.

»Wie kannst du da so sicher sein?«

»Weil er mich lebend braucht. Er braucht mich in unserer Truppe.«

»Aus welchem Grund?«

»Ich bin noch nicht dahintergekommen«, gab er zu. »Das hat etwas mit unserer Einladung zum Hofe zu tun. Vielleicht war das das Ziel. Sobald das erreicht war, hatte Rotbart seinen Zweck erfüllt. Er konnte mit einem Dolch im Rücken beseitigt werden.«

»Aber weshalb denn hier? Direkt vor meinem Haus?«

»Damit ich über seinen Tod Bescheid weiß und noch mehr in die Irre geleitet werde. Ich soll denken, jetzt wäre die Gefahr vorüber.«

»Das macht für mich alles keinen Sinn, Nick«, beklagte sie sich.

Er zog sie an sich und umarmte sie herzlich. Dann folgte eine lange Stille, während er versuchte, eine Erklärung zu finden. Sie glaubte schon, er sei eingeschlafen, während in Wirklichkeit sein Gehirn auf Hochtouren arbeitete, um einen Plan auszuhecken.

»Wer ist dein bester Hutmacher, Anne?« fragte er plötzlich.

»Was?«

»In deinem Laden. Wer ist dein bester Handwerker?«

»Preben van Loew.«

»Kann er auch etwas anderes machen als Hüte?«

»Preben kann alles machen«, sagte sie zuversichtlich.

»Könnte er auch ein Kostüm machen?«

»Aber natürlich.«

»Es würde sich um ein sehr spezielles und kunstvolles Kostüm handeln.«

»Aber du hast doch deine eigenen Kostümschneider in der Truppe«, sagte sie. »Können die diese Aufgabe nicht übernehmen?«

»Das wäre nicht sehr klug«, sagte er. »Es handelt sich um ein großes Geheimnis, das nur möglichst wenig Leute wissen dürfen. Master Firethorn muß natürlich eingeweiht werden, aber der Rest der Truppe soll nichts davon wissen. Außer dem Jungen natürlich.«

»Der Junge?«

»Zu gegebener Zeit wird alles völlig klarwerden.«

»Nick, wovon redest du eigentlich?«

Er zog sie an sich und flüsterte ihr ins Ohr:

»Schauspielerei.«

Als er am nächsten Morgen zum *Queen's Head* kam, suchte er zunächst nach Samuel Ruff. Sie zogen sich in einen Winkel des Hofes zurück, um allein zu sein. Nicholas erzählte ihm, was in der letzten Nacht passiert war. Der Schauspieler war überrascht, von Rotbarts Tod zu hören, doch sein Erstaunen verwandelte sich rasch in Ärger.

»Wo ist er jetzt, Nick?«

»Die Polizei hat die Leiche mitgenommen.«

»Kriegt heraus, wohin. Ich möchte ihn sehen.«

»Warum?« fragte Nicholas.

»Weil ich die Visage der Kreatur sehen will, die Will Fowler umgebracht hat.« Sarkasmus floß in seine Stimme. »Ich möchte ihm meine Aufwartung machen.«

»Haltet Euch da raus, Sam. Das ist mein Ratschlag.«

Ruff schlug in die offene linke Hand.

»Hätte ich ihn doch nur zuerst erwischt!« sagte er bedauernd. »Ich hatte die Hoffnung gehabt, Wills Tod selber rächen zu können. Rotbart ist mir entwischt.«

»Er hat sein verdientes Ende gefunden.«

»Ich hätte ihm gerne selbst den Dolch in die Rippen gejagt!«

»Dafür ist es jetzt zu spät«, bemerkte Nicholas.

Samuel Ruff holte tief Luft und versuchte, sein Temperament zu zügeln. Als er sich beruhigt hatte, nickte er weise mit dem Kopf.

»Ihr habt natürlich recht«, sagte er. »Ich glaube, wir sollten froh sein, daß sein elendes Leben zu Ende ist. Von dem haben wir jedenfalls nichts mehr zu befürchten.«

»Von ihm nicht, Sam. Doch wir haben immer noch einen tödlichen Gegner.«

»Wer ist das?«

»Der Mann, der Rotbart niedergestreckt hat. Sein Komplize.«

»Komplize?« echote der andere ungläubig. »Warum sollte der seinen Freund umbringen?

»Weil dieser Freund keinen Nutzen mehr für ihn hatte«, meinte . »Er fing sogar an, ein echtes Problem zu werden.«

»In welcher Beziehung?«

»Rotbart war zu unbeherrscht – dafür haben wir in Bankside genügend Beweise bekommen. Wenn er freie Hand hätte, bestünde jederzeit die Möglichkeit, daß er in seiner Wildheit einen schweren Fehler machte. Und das würde das ganze Unternehmen in Gefahr bringen.«

»Was für ein Unternehmen?« fragte Ruff interessiert.

»Die Vernichtung von Westfield's Men.«

Der Schauspieler dachte darüber nach. Vieles an Nicholas' Überlegung klang plausibel. Ein bestimmter Name drängte sich in seine Gedanken.

»Ben Creech!«

»Was ist mit ihm, Sam?«

»Er war Rotbarts Komplize.«

»Das glaube ich nicht.«

»Bestimmt, Nick«, argumentierte der andere. »Ben stach ihn in den Rücken. Das war Rotbarts Lohn.«

»Nein«, gab Nicholas zurück. »Ben Creech hat allerhand auf dem Kerbholz, aber er ist kein Mörder. Er hätte niemals den Plan entwickeln können, der hinter all dem steckt. Dafür ist Ben nicht raffiniert genug. Mit Rotbart hatte er überhaupt nichts zu tun.«

»Woher wollt Ihr das wissen?«

»Weil er niemals jemand wie ihn hätte dirigieren können. Noch weniger hätte er ihn umbringen können, als die Zeit reif dafür war.«

»Da bin ich nicht so sicher«, murmelte Ruff.

»Ben arbeitete für Banbury's Men«, fuhr Nicholas fort. »Er war für die ganzen Diebstähle verantwortlich. Seine Aufgabe war es, Unruhe in der Truppe zu stiften, aber das konnte er nur, solange er Mitglied der Truppe war. Jetzt ist diese Gefahr verschwunden.«

»Und trotzdem, sagt Ihr, haben wir noch einen Feind?«

»So ist es, Sam.«

»Innerhalb der Truppe?«

»Nein. Er griff uns von außen an. Mit Rotbart.«

»Habt Ihr eine Idee, wer der Mann ist?«

»Überhaupt keine«, sagte Nicholas. »Ich weiß nur, daß er jetzt noch gefährlicher ist als zuvor.«

»Warum?«

»Weil er bisher sein Ziel nicht erreicht hat. Seine Absicht ist es, Westfield's Men zu vernichten, Wills Ermordung war der erste Schlag. Aber wir haben überlebt.«

»Anstatt am Boden zerstört zu sein, hat die Gruppe Erfolge zu verbuchen.«

»So ist es, Sam. Unsere Einladung an den Hof ist der beste Beweis dafür. Das verstärkt seinen Neid. Ich rechne damit, daß er alles tun wird, uns diese Ehre wegzuschnappen.«

»Nicht, solange ich noch einen Atemzug machen kann!« schwor Ruff.

»Wir müssen die Aufmerksamkeit in Person sein«, sagte Nicholas eindringlich. »Er schlägt zu, wenn wir am wenigsten damit rechnen.«

»Wir müssen uns gegen ihn schützen.«

»Das werde ich mit Master Firethorn besprechen. Die gesamte Truppe muß ab jetzt auf der Hut sein. Nichts darf passieren, was uns von unserem Auftritt am Hofe abhalten könnte.«

»Nichts wird passieren«, sagte Ruff grimmig.

Nicholas klopfte ihm auf die Schulter. Zusammen schlenderten sie über den Hof. Da fiel dem Impresario ein Name ein.

»Die Nachricht wird in St. Albans sehr willkommen sein«, überlegte er laut.

»St. Albans?«

»Ich dachte an Susan Fowler. Es wird sie interessieren, daß der Mörder ihres Mannes sein verdientes Ende gefunden hat.«

»Interessieren und auch erfreuen.«

»Oh, Susan wird darüber keine Freude empfinden«, sagte Nicholas. »Sie hat keine rachsüchtige Natur. Aber vielleicht findet sie irgendeine Art von Trost in dem Gedanken. Das arme Mädchen! In der kommenden Zeit wird sie jeden Trost brauchen, den sie bekommen kann. Susan muß ihre Tochter ohne die Liebe und Unterstützung eines Gatten aufziehen.«

»Gott möge sie beide behüten!« fügte Ruff hinzu.

»Amen.«

Lord Westfield's Men absolvierten die geplanten Aufführungen, doch ihre Gedanken und Gespräche beherrschte die

Vorstellung bei Hofe. Der Dezember kam, Weihnachten rückte näher. Mit jedem Tag, der das Fest näher brachte, wuchs die Spannung.

Edmund Hoode, wieder einmal zu schöpferischer Anstrengung getrieben, arbeitete mit aller Kraft an dem neuen Stück und legte es zur Prüfung vor. »Der ergebene Untertan« basierte auf Lawrence Firethorns Inspiration und war dem mannigfaltig talentierten Schauspieler auf den Leib geschneidert. Er schlug eine Reihe von Änderungen vor und diskutierte über die, die Barnaby Gill vorschlug. Der Autor griff erneut zur Feder. Als der Text fertig war, wurde er mit den üblichen Gebühren an das Oberhaupt der Zensurbehörde geschickt. Es kam mit dem Siegel der Aufführungserlaubnis an die Truppe zurück.

Die Truppe warf sich voller Elan auf das neue Stück. Der größte Vorteil der Aufführung bei Hofe lag darin, daß sie ausgezeichnete Voraussetzungen für die Proben und viel Zeit hatten, ihre Rollen zu perfektionieren. Nach der Hektik ihrer sonstigen Lebensweise, die auf dem Prinzip »Von der Hand in den Mund« beruhte, war die neue Situation geradezu ein Luxus. Sie arbeiteten in einem Haus, hatten es warm und, was besonders wichtig war, sie machten bei Hofe einen guten Eindruck.

»Der ergebene Untertan « spielte in einem Teil Italiens, der bis ins letzte Detail englisch war. Edmund Hoode hatte der Herzogin von Mailand bemerkenswerte Ähnlichkeit mit seiner eigenen Königin gegeben, und sein Stück war ein einziges Loblied auf die Ergebenheit an die Krone. In der Eröffnungsszene wurde der Held wegen Verrats festgenommen und aufgrund falscher Beschuldigungen verurteilt. Er mußte den Kopf auf den Block legen, doch seine Loyalität war so groß, daß sie ihn überlebte. Der Geist des ergebenen Untertans kontrollierte alle Vorgänge im Reich im Sinne seiner Monarchin, zerschlug sogar eine bevorstehende Revolution.

Richard Honeydew war außer sich vor Freude, als ihm die Rolle der Herzogin von Mailand übertragen wurde. Das entschädigte ihn mehr als genug für den Verlust der Rolle der Gloriana. Die Herzogin war eine andere Version der Gloriana. Zusätzliche Spannung kam hinzu, weil er diese Charakterrolle vor ihrem Spiegelbild, der Königin Elizabeth persönlich, spielen sollte. Der Junge war fest entschlossen, seine Fähigkeiten unter Beweis zu stellen. Bei jeder Probe zeigte er Einsatzbereitschaft und Enthusiasmus.

Nicholas beobachtete das mit ruhiger Zufriedenheit. Nach einer der Proben zog er Richard zur Seite. Anerkennend lächelte er den Jungen an.

»Du übertriffst dich selbst, Dick.«

»Vielen Dank, Master Bracewell.«

»Alle sind von deiner Leistung begeistert.«

»Ich gebe mir viel Mühe, um es gut zu machen.«

»Sehr gut.«

»Ich möchte, daß mein Auftritt bei Hofe in jeder Beziehung ein voller Erfolg wird.«

Nicholas nickte, dann wurde er vertraulich.

»Dick...«

»Ja, Master?«

»Ich möchte dich um einen Gefallen bitten.«

»Versprochen, bevor ausgesprochen«, sagte der Junge.

»Hör erst mal zu, worum es geht«, schlug Nicholas vor. »Es ist ein sehr großer Gefallen, Dick.«

»Das macht nichts.«

»Er bedeutet ein Opfer und appelliert an deine Loyalität.«

»Loyalität? Zu wem?«

»Zu mir. Zur Truppe. Und zu deiner Königin.«

Richard Honeydew hörte fasziniert zu.

Lawrence Firethorn hielt nichts davon, den Text eines Stükkes als unantastbar zu betrachten. Jeden Moment hatte er Änderungen und Verbesserungen vorzubringen. Das Stück wurde kontinuierlich geändert. »Der ergebene Untertan« würde seine endgültige Form erst am Tage der Uraufführung erhalten.

Derjenige, der am meisten darunter zu leiden hatte, war Edmund Hoode. Er wurde immer kämpferischer. Während er zugab, daß man ein neues Stück immer noch verbessern konnte, wies er Firethorns schlagfertige Behauptung, tägliches Herumbasteln halte ein Stück frisch und lebendig, weit von sich. Das alles hielte ihn lediglich von der Arbeit ab, sich auf die Rolle des Marsilius, eines klapprigen alten Richters in der Eröffnungsszene, vorzubereiten.

Doch Firethorn gab nicht nach. Als die beiden Männer eines Tages gemeinsam aßen, war Hoode innerlich auf das Unvermeidliche gefaßt. Der führende Schauspieler wartete bis nach dem Essen, bevor er das Thema ansprach. Dichter reagieren mit vollem Magen am besten.

»Hat Euch der Westfälische Knochenschinken gut geschmeckt?« fragte er.

»Ich werde die Gerichtsszene nicht schon wieder ändern«, sagte Hoode.

»Niemand schlägt vor, die zu ändern, lieber Mann.«

»Gut, daß wir uns darüber im klaren sind, Lawrence.«

»Vollkommen.«

»Ich halte die Gerichtsszene mittlerweile für unantastbar«, unterstrich der Dichter seine Meinung. »Wir haben sie so oft geändert, daß ich einfach nichts mehr ändern kann.«

»Ich möchte kein einziges Wort daran ändern, Edmund.«

»Ich höre das mit Erleichterung.«

»Allerdings...«

Im dringenden Bedürfnis nach flüssiger Unterstützung griff Hoode nach seinem Becher und leerte ihn. Er sah eine weitere verschleierte Attacke auf sich zukommen.

»Allerdings müssen wir«, sagte Firethorn, »stets darauf bedacht sein, aus jeder einzelnen Szene ihren vollen dramatischen Wert herauszuholen. Eine Aufführung am Hofe ist etwas ganz Besonderes. Nur unser Bestes ist dafür gut genug. Das dürfen wir niemals vergessen.«

»Kommt endlich zum Thema, Lawrence.«

»Mein Selbstgespräch im Kerker.«

»Das habe ich befürchtet!« stöhnte Hoode.

»Es ist ein wirklich großartiges Gespräch«, lobte Firethorn, »doch ich glaube, daß wir seinen Reiz noch steigern können.«

»Wir haben seinen Reiz schon jeden Tag gesteigert.«

»Dies ist meine letzte Änderung.«

»Darum bete ich aus tiefstem Herzen!«

Firethorn lehnte sich mit einem wissenden Lächeln über den Tisch.

»Lorenzo muß mehr Leidenschaft bekommen.«

»Leidenschaft?« Edmund Hoode war verblüfft.

»Ja, Edmund.«

»Am Tag vor seiner Hinrichtung?«

»Ihr habt mich mißverstanden, Sir«, erläuterte Firethorn. »Ich möchte einen etwas persönlicheren Ton in das Selbstgespräch bringen. Lorenzo beklagt sein Schicksal, dann hebt er die Tugend der Loyalität in den Himmel. Er spricht über Ehre, Pflicht und Patriotismus.« Das Lächeln erschien wieder. »Er sollte auch über Liebe sprechen.«

»Für wen? Wozu?«

»Für seine Königin und für sein Land. Diese beiden müssen in seinem Kopf miteinander verschmolzen werden. Er würde es niemals wagen, die beiden zu betrügen, denn das wäre ein Akt der Untreue. Ein Liebhaber, der seine Geliebte betrügt.«

Firethorn lehnte sich in seinem Sessel zurück. »Sechs Zeilen werden reichen, höchstens acht. Zeigt Lorenzo in einer etwas leidenschaftlicheren Verfassung.«

»Ich werde es versuchen, Lawrence.«

»Vertieft dieses Thema. Zeigt eine Loyalität, die ihre Wurzeln in einer tiefen Liebe hat. Laßt ihn die Herzogin mit ausgesuchten Worten umschmeicheln. Zehn Zeilen, mehr verlange ich nicht. Ein Dutzend würde diesen Text auf immer unvergeßlich machen.«

»Überlaßt das nur mir«, seufzte der andere.

»Ich wußte, daß Ihr der Vernunft folgen würdet, Edmund.«

»Habe ich das wirklich getan?«

Die Rechnung wurde bezahlt, die beiden Männer erhoben sich.

»Noch eine Sache«, sagte Firethorn nebenbei.

»Ja?«

»Die Exekution.«

»Was ist damit?«

»Sie wird jetzt auf der Bühne stattfinden.«

Hoode mußte schlucken. »Aber das ist völlig unmöglich!«

»Theater ist die Kunst des Unmöglichen«, erinnerte Firethorn ihn.

»Eine Hinrichtung... direkt vor den Augen des Publikums?«

»Warum denn nicht, Sir? Das wird eine viel stärkere Wirkung haben als der derzeitige Plan, den Scharfrichter mit Lorenzos blutigem Kopf in der Hand auf die Bühne kommen zu lassen. Ich will vor ihren Augen untergehen.«

»Und wie, bitte?«

»Nicholas wird das schon machen. Laßt Euch das von ihm erklären.«

Seine Hochachtung vor dem Impresario brachte Hoode am Ende wenigstens dazu, sich mit der Idee ernsthaft zu beschäftigen. Aber er konnte sich nicht vorstellen, wie das durchzuführen sei. Er zuckte die Schultern.

»Ich bin bereit, es zu versuchen«, stimmte er zu.

»Es geht hier nicht um einen Versuch«, sagte Firethorn ernsthaft. »Exakt so wird es bei der Aufführung gemacht. Ich bin dazu fest entschlossen.«

Wie alle anderen, so freute sich auch Samuel Ruff, daß Richard Honeydew die weibliche Hauptrolle in dem Stück erhalten hatte. Er war richtiggehend stolz auf den Jungen und zollte seinem Talent die nötige Anerkennung. Deshalb war er auch bestürzt und verwundert, als Richards Haltung sich zu ändern begann. Sein Eifer ließ nach, er wurde geradezu ängstlich und machte schwere Fehler. Der Lehrling war ganz eindeutig unglücklich.

Ruff ergriff die nächstbeste Gelegenheit, ein privates Wort mit dem Jungen zu sprechen.

»Was ist los mit dir, Junge?« fragte er besorgt.

»Es ist nichts, Master Ruff.«

»Ich bin doch nicht blind, Dick. Irgend etwas setzt dir zu.«

»Das geht auch wieder vorbei, Sir.«

»Sind es die anderen Jungen?«

Richard machte ein undefinierbares Geräusch.

Martin Yeo war verärgert, daß man ihm die Rolle der Herzogin von Mailand nicht angeboten hatte, doch er hatte nichts Schlimmeres getan, als ein paar mäßig bissige Bemerkungen zu Richard zu machen. Auch Stephen Judd und John Tallis hatten ein paar ironische Worte gesagt, jedoch nichts Drastisches unternommen.

»Ich habe dich gerade bei der Probe beobachtet«, sagte Ruff besorgt. »Du hast dich bei Texten verhaspelt, die du vor ein paar Tagen noch gekonnt hast.«

»Mein Gehirn ist völlig leer.«

»Laß mich dir helfen.«

»Das könnt Ihr nicht, Sir.«

»Aber ich könnte den Text mit dir üben.«

»Das ist nicht die Hilfe, die ich brauche.«

»Was ist denn los, Junge?«

Richard versuchte, es ihm zu sagen, fand aber die Worte nicht. Er hatte offensichtlich Probleme. Er biß sich auf die Lippen, machte auf dem Absatz kehrt und rannte aus dem Zimmer. Ruff war verblüfft. Er ging mit dem Problem zu Nicholas, der mit einem der Zimmerleute über eine Skizze gebeugt war. Ruff sprach von seiner Sorge um den Jungen.

»Laßt ihn nur in Frieden«, schlug Nicholas vor.

»Was ist denn passiert? Wieso hat er sich so verändert?«

»Er hat sich nicht verändert, Sam.«

»Wieso nicht?«

»Der Junge hat Angst. Er hat die Nerven verloren.«

»Bei solch einer Chance?«

»Das ist ja gerade der Grund«, sagte Nicholas. »Die Sache

ist zu groß für ihn. Dick ist noch sehr jung und unfertig. Es ist seine erste Hauptrolle, und die muß er vor der Königin von England und dem ganzen Hofe spielen. Das ist eine gewaltige Sache, die da von einem unerfahrenen Schauspieler verlangt wird.«

»Er hat das Zeug dazu, Nick.«

»Das können wir uns auch im eigenen Interesse nur wünschen.«

»Was können wir denn für ihn tun?« fragte Ruff.

»Gebt ihm Zeit«, riet Nicholas. »Er braucht unseren Beistand und unser Verständnis. Ich habe mit Master Firethorn gesprochen und ihn gebeten, den Jungen nicht zu tadeln, wenn er einen Fehler macht. Das würde sich schlimm auswirken.«

»Wie meint Ihr das?«

»Ihr habt ihn gesehen, Sam. Er ist an einem kritischen Punkt angelangt und nicht mehr belastbar. Wenn Dick Honeydew zu hart angepackt wird, bricht er zusammen.«

In diesem Jahr verbrachte Queen Elisabeth Weihnachten in Richmond. Seit einigen Monaten betrauerte sie den Tod eines alten Freundes, des Earls of Leicester, der im September gestorben war. Sie hatte sich zurückgezogen und lehnte öffentliche Auftritte ab. Anstatt in den Jubel über die Vernichtung der Armada einzustimmen, beklagte sie den Verlust eines geliebten Menschen.

Die Queen hatte den herrlichen Richmond-Palast für die Weihnachtsfeierlichkeiten ausgesucht. Man hoffte allgemein, daß die Feiern etwas Freude in das königliche Leben bringen würden, das den ganzen Herbst hindurch recht gedämpft gewesen war. Ein umfangreiches Programm mit Musik, Tanz und Theater war geplant worden. »Der ergebene Untertan« war das erste Schauspiel, das ihr geboten wurde; die Aufführung war auf den ersten Tag nach Weihnachten gelegt worden. Das Thema hatte im Armada-Jahr eine besondere Bedeutung.

Die Probe näherte sich ihrem Höhepunkt.

»Leg deinen Kopf mitten auf den Block, Junge!«

»Das versuch ich ja, Master Firethorn.«

»Beeil dich, du Schurke, oder ich nehme die Axt selber in die Hand!«

Lawrence Firethorn arbeitete an seiner eigenen Hinrichtung.

Nicholas Bracewell hatte den Trick entwickelt und war zur Stelle, um alles zu überwachen. Nervös sah Edmund Hoode zu. Er hatte immer noch erhebliche Vorbehalte.

»Der ergebene Untertan« begann mit der Gerichtsszene, in der der edle Held Lorenzo zum Tode verurteilt wurde. In der Gefängniszelle, in die man ihn gebracht hatte, damit er dort sein ungerechtes Schicksal erwarten konnte, hielt er ein langes Selbstgespräch. Dann kamen die Kerkermeister, um ihn für seinen letzten Gang vorzubereiten. Tapfer bis zur letzten Minute wurde er hinausgeführt.

Der Henkersblock wurde auf die Bühne gebracht, der Scharfrichter stand mit seiner Axt daneben. Doch als der Verurteilte gebracht wurde, war es nicht Firethorn. Eine raffinierte Täuschung war vorbereitet worden. John Tallis, der wesentlich kleiner war als der Hauptdarsteller, trug ein identisches Kostüm, doch sein Kopf befand sich unterhalb der Nackenlinie des Wamses. Man hatte einen falschen Kopf hergestellt, ihn angemalt und mit einer Perücke versehen. Er sah Lorenzo zum Verwechseln ähnlich.

Als der Kopf auf dem Henkersblock lag, wurde er abgeschlagen.

»Halt dich völlig still, du junger Racker!«

»Wird das weh tun, Master Firethorn?« wimmerte Tallis.

»Das hängt davon ab, was wir dir abhacken!«

»Paßt nur gut auf, Sir!« jammerte der Junge.

»Ruhe!«

»Hab keine Angst, John«, sagte Nicholas und beugte sich nieder, um den Lehrling in Stellung zu bringen. »Du spürst nicht das Geringste.«

»Aber das ist eine richtige Axt, Master Bracewell!«

»Sie wird von sicherer Hand geführt, das versichere ich dir.«

Er drehte sich zu dem kräftigen Schauspieler um, der die Axt in der Hand hielt.

»Ich krümme dir kein Haar, Junge«, versprach Ruff.

»Das werde ich tun!« drohte Firethorn, »wenn du es wagst, dich zu bewegen.«

»Es ist überhaupt nicht gefährlich«, sagte Nicholas, um den Jungen zu beruhigen. »Sam hat seit Tagen mit der Axt geübt. Wir haben ihn ausgesucht, weil er so verläßlich ist. Bleibe exakt so, wie du jetzt bist, John, und alles ist in ein paar Sekunden vorüber.«

Nicholas trat zurück und gab das Zeichen. Ruff hob die Axt hoch in die Luft. Als sie niedersauste, fuhr sie durch den Nacken aus Wachs und drang tief in den Holzblock ein. Der falsche Kopf rollte über die Bühne, eine tolle Wirkung.

John Tallis heulte aus dem Inneren des Kostüms heraus.

»Bin ich noch lebendig?«

Der Weihnachtstag begann früh in London. Alle Glocken der Stadt läuteten ihre frohe Nachricht. Lange vor Tagesanbruch war Margery Firethorn auf den Beinen, um sich um ihre tausend Aufgaben zu kümmern, und fand trotzdem noch die Zeit, mit ihrer Familie den morgendlichen Gottesdienst zu besuchen. Im Haus in Shoreditch herrschte große Aufregung. Ihre Kinder genossen die Ereignisse dieses besonderen Tages, und schon bald gesellten sich Martin Yeo, John Tallis und Stephen Judd zu ihnen.

Margery verstand nicht, warum Richard Honeydew so unpünktlich war. Dies war sein erstes Weihnachtsfest mit der Truppe; sie hatte alles getan, damit es ihm gefiel. Seine Abwesenheit beunruhigte sie, und sie ging selber, um ihn zu besuchen.

»Dick! Steh auf, Junge! Es ist Weihnachten!«

Nachdem die Balken im Giebelzimmer repariert worden

waren, hatte Richard das Zimmer wieder bezogen. So schnell sie konnte, hastete sie die Treppe hinauf. Voller weihnachtlicher Hochstimmung rief sie säuselnd seinen Namen, noch bevor sie die Tür des Zimmers erreicht hatte.

»Lieg da nicht im Bett herum, Dick! Weihnachten ist da! Komm und schau dir an, was wir für dich haben! Steh auf!«

Margery klopfte an die Tür, trat ins Zimmer – und war entsetzt.

»Der Himmel helfe uns!« schrie sie.

Das Bett war leer. Das Fenster stand weit offen.

Der Richmond-Palast war eine prachtvolle gotische Residenz, die genau zwischen Richmond Green und der Themse lag. Die Silhouette mit den Türmchen und goldglänzenden Wetterfahnen gab ihm einen romantischen Anstrich. Rings herum erstreckten sich Garten- und Parkanlagen, die mit Hunderten von Obstbäumen bepflanzt waren. Der etwa vierzigtausend Quadratmeter große Palast war um zahlreiche Innenhöfe gebaut worden.

Während der ersten Zeit ihrer Regierung war dieser Palast, der Geburtsort ihres Vaters, nicht gerade der Lieblingspalast von Elisabeth gewesen. Doch inzwischen schätzte sie den einzigartigen Charme des Hauses, das sie ihre warme Winterkiste nannte. Wenn sie mit ihrem gesamten Haushalt anrückte, füllte die Königin die Residenz mit Licht, Farben und Geräuschen. Sie freute sich bereits auf die weihnachtlichen Feierlichkeiten.

Lawrence Firethorn teilte ihre Vorfreude nicht. Da seine weibliche Hauptrolle am Tage vor der Aufführung verschwunden war, rannte er herum und versuchte voller Hektik, den Schaden zu beheben. Martin Yeo mußte wieder einmal die Rolle der Königin übernehmen, und Hugh Wegges nahm Veränderungen am Kostüm vor, um Yeos kräftigeren Körperbau anzupassen. Ein dunkler Schatten hatte sich über die langersehnte Vorführung am königlichen Hofe gelegt. Die frühere sorgenfreie Spannung war verschwunden.

Am Nachmittag des 26. Dezembers fand sich die Truppe zu einer letzten Probe in Richmond ein. Richards Verschwinden und der daraus entstandene Trubel hatten viel Ärger gemacht. Doch wenigstens eine Person versuchte, die Sache aus dem Blickwinkel des Jungen zu sehen.

»Er tut mir leid«, sagte Ruff traurig.

»Mir auch«, fügte Nicholas hinzu.

»Er muß sehr unglücklich gewesen sein, um so etwas zu tun.«

»Das war er auch.«

»Ich hätte allerdings nie gedacht, daß er weglaufen würde.«

»Ich bin nicht sicher, ob er das wirklich getan hat, Sam.«

»Was meint Ihr damit?«

»Schaut Euch doch die Beweise an«, sagte Nicholas. »Sein Zimmer war leer. Dick ist mit seinen Habseligkeiten verschwunden. Draußen vor dem offenen Fenster stand eine Leiter.«

»Wie könnte man es denn erklären?«

»Man kann eine Leiter hinauf-, aber auch hinuntersteigen.«

»Und?«

»Vielleicht ist Dick tatsächlich geflohen«, gab Nicholas zu, »aber genausogut ist es möglich, daß jemand in das Fenster eingestiegen ist und ihn mitgenommen hat. Ich glaube, er ist entführt worden.«

»Von wem?«

»Von Rotbarts Komplizen. Der Mann, der uns jetzt schon seit Monaten beharrlich verfolgt. Ich habe ja gesagt, er würde zuschlagen, wenn wir es am wenigsten erwarten. Gibt es einen besseren Weg, uns zu schaden, als Dicks Entführung am Vorabend der Aufführung?«

Samuel Ruff war verwirrt, aber er hatte keine Zeit, darüber nachzudenken, was wirklich passiert war. Lawrence Firethorn rief sie zur Ordnung. Sie befanden sich wieder einmal in einer Krise. Es war an der Zeit, Führungsfähigkeiten zu beweisen und die Mutlosen zu beleben.

»Gentlemen«, fing er an, »ich brauche wohl niemand daran

zu erinnern, wie wichtig diese Aufführung für Westfield's Men ist. Wir haben die Ehre, vor unserer geliebten Königin aufzutreten, und die Gelegenheit, unserem Namen im ganzen Königreich zu höchstem Ruhm zu verhelfen. Was heute abend hier geschieht, hat Auswirkungen auf unsere gesamte Zukunft, und deshalb dürfen wir uns durch einen kleinen Rückschlag nicht aus dem Konzept bringen lassen. Das Fehlen Dick Honeydews ist unglücklich, aber mehr auch nicht. Eine Nebensächlichkeit. Mit etwas harter Arbeit heute nachmittag machen wir das wieder wett und bringen unser neues Stück in dem Rahmen zur Aufführung, den es verdient hat!« Er reckte die geballte Faust in einer Geste des Stolzes. »Laßt uns hier unsere wahre Klasse zeigen. Laßt uns beweisen, daß wir tatkräftige Burschen, loyale Untertanen und die besten Schauspieler von ganz London sind!«

In einem allgemeinen Durcheinander nahm jeder seine korrekte Position ein.

Das Spiel wurde in der Halle gegeben, die an die hundert Fuß lang und etwa vierzig Fuß breit war. Von der kunstvollen Holzdecke hingen Pendants herunter. Im Giebel gab es einen durchbrochenen Dachaufsatz über einem Kohlenfeuer. Die oberen Teile der Wände hatten große, senkrechte Fenster, zwischen denen Gemälde von den englischen Königen hingen, die Ruhm und Ehre auf dem Schlachtfeld erworben hatten. Wenn sie es hätten prüfen können, hätten sie festgestellt, daß der Raum ein architektonisches Wunder war.

Doch so, wie die Dinge lagen, waren sie so intensiv mit der Probe beschäftigt, daß sie nur wenig Zeit für ihre luxuriöse Umgebung hatten. Sie probten auf einer erhöhten Plattform an einem Ende der Halle. Sitze in der Form von Rängen umgaben die Bühne an drei Seiten, der königliche Thron befand sich auf einem Podium direkt vor der Bühne.

Die Probe war eine Mischung aus professioneller Ruhe und hektischer Improvisation. Mehrere Fehler, die ihnen unterliefen, wurden rasch ausgemerzt. Martin Yeo war keine so schöne Herzogin wie Richard Honeydew, doch er war äußerst geschickt. Die anderen Darsteller gestalteten ihre Rollen um ihn herum. Nach und nach verbesserte sich die Moral. Das Stück entwickelte seine eigene Dynamik und riß alle mit sich fort.

Nach der Probe ruhten sie sich in einem anschließenden Raum, den sie auch als Garderobe benutzten, aus. Die Anspannung der letzten vierundzwanzig Stunden hatte sie nervlich und körperlich erschöpft, doch ihre Erholung war ganz offensichtlich. Mit Firethorn am Ruder waren sie überzeugt, daß sie sich mit »Der ergebene Untertan« auszeichnen würden. Optimismus machte sich breit.

John Tallis spürte nichts Dergleichen. Nichts konnte seinen Pessimismus dämpfen. Er hatte wegen der Hinrichtungsszene immer noch größte Bedenken. Obwohl alles genau nach Plan lief, war ihm vor der Axt, mit der nur ein paar Zentimeter vor seinem Kopf die Arbeit verrichtet wurde, unheimlich. Was wäre, wenn Samuel Ruffs Zielsicherheit während der Aufführung auch nur ein wenig schwankte? Wie konnte der Junge sich selber schützen?

Eine Hinrichtung war keine Präzisionsarbeit. Der bekannteste Scharfrichter seiner Zeit, Bull, war wegen seiner Fehlleistungen berüchtigt. Als er bei der grimmigen Tragödie in Fotheringhay Castle seines Amtes waltete, brauchte er drei Anläufe, um Mary, die Königin von Schottland, zu köpfen. Dennoch galt Bull als ein Meister seines Faches. Wieso sollte Ruff verläßlicher sein? Er war ein ungeübter Anfänger mit einer tödlichen Waffe in der Hand.

Tallis trug Firethorn dieses Problem nochmals vor.

»Findet jemand anderen, der Lorenzo doubelt«, bat er.

»Wir haben keinen anderen«, antwortete der Schauspieler.

»Was ist mit George Dart? Der ist klein genug.«

»Klein genug schon«, stimmte der andere zu. »Aber ist er auch mutig genug? Ist er clever genug? Ist er einfach gut genug? Niemals, Sir! Das ist kein Schauspieler. George Dart ist ein gutmütiger Schwachkopf. Einfache Sachen schafft er auf einfache Weise. Lorenzo ist eine heldenhafte Gestalt im alten Stil. Ich lasse mich nicht von einem Dummkopf doubeln!«

»Erspart mir diese Prüfung!« flehte Tallis.

»Sie wird dazu beitragen, deinen Charakter zu formen.«

»Aber ich habe einfach Angst, Master.«

»Dann beherrsche deine Angst wie jeder andere auch.«

»Bitte!«

»Du wirst deinen Auftrag erfüllen!«

»Aber ich mache mir Sorgen, Sir.«

»Schluß jetzt mit der Mäkelei.«

»Warum gerade ich?«

Lawrence Firethorn setzte sein entwaffnendstes Lächeln auf.

»Weil du es am besten kannst, John«, schmeichelte er.

Er verschwand, bevor der Junge weiter protestieren konnte. Tallis war in dem identischen Kostüm gefangen. Er sah zu Samuel Ruff hinüber. Der war so entspannt und ruhig wie immer, doch die Bedenken des Jungen blieben bestehen. Falls die Hand des Scharfrichters zitterte, würde die Karriere des John Tallis in zwei Stücke geschnitten. Ein vernichtender Gedanke.

Gedämpfte Spannung herrschte im Raum. Alle anderen genossen die Erfahrung, einmal am Hofe aufzutreten. Das Stück bot ihnen die Gelegenheit, sich für einen kurzen Moment auf dem Gipfel der Schauspielkunst zu befinden. »Der ergebene Untertan« handelte von Pflichterfüllung, Patriotismus und Liebe. Es war ein absolut perfektes Weihnachtsgeschenk für ihre Königin.

John Tallis sah das ganz anders. Die Hinrichtungsszene war für ihn von größter Bedeutung. Er interessierte sich nicht für die Themen oder höheren Werte des Stückes. Für ihn zählte nur eine einzige Sache.

Wo würde die Axt niedersausen?

Eine durchaus angemessene Frage.

Königin Elisabeth und der Hof soupierten fürstlich an diesem Abend. Gesättigt und vom Wein beschwingt suchten die Lords und Ladies in der Halle des Richmond-Palastes die ihnen zugewiesenen Plätze auf. Im flackernden Licht Tausender Kerzen boten sie den Anblick einer erlauchten, farbenfrohen Gesellschaft. Die Stimmung war heiter-entspannt. Hinter all dem Posieren und Postieren und der spröden Schlagfertigkeit gab es ein Gefühl herzlicher Wärme. Es war ein empfängliches Publikum.

Inzwischen waren alle Plätze auf den Rängen besetzt, nur der Thron war noch leer. Während ihre Gäste auf die Unterhaltung warteten, sorgte die Königin für eine Verzögerung. Es war unerklärlich. Je länger sie fortblieb, desto lebhafter wurde die Spekulation. In kürzester Zeit war die Halle eine einzige Gerüchteküche.

Hinter der Bühne verursachte die Verspätung erhebliche Unruhe. In der hochgespannten Atmosphäre vor der Aufführung brachte die Verzögerung die Schauspieler aus dem Konzept. Alle waren nervös. Lawrence Firethorn marschierte unbehaglich auf und ab. Edmund Hoodes Kehle wurde trokken, und Barnaby Gill fummelte nervös an seinem Kostüm herum. Martin Yeos Blase war dicht vorm Platzen, John Tallis verspürte ein seltsames Kribbeln im Nacken. George Dart, der bereitstand, um die Möbel für die erste Szene zurechtzurücken, zitterte wie Espenlaub.

Sogar Samuel Ruff war beunruhigt. Seine Besorgnis wuchs ständig. Der Schweiß brach ihm aus, seine nackten Arme und Schultern glänzten. Während sich die Verzögerung hinzog, betastete er den Stiel seiner Axt mit schweißigen Händen.

»Wo bleibt Ihre Majestät?« flüsterte Gill.

»Sie bedient sich der königlichen Vorrechte«, gab Firethorn zurück.

»Um ihre Schauspieler auf die Folter zu spannen?«

»Indem sie sich Zeit läßt, Barnaby.«

Endlich verkündete ein Fanfarenstoß, daß die Königin eingetroffen war. Der fröhliche Lärm in der Halle wurde zu einem leisen Gemurmel. Bei den Schauspielern stieg die Spannung; ihre Stunde war gekommen.

Von ihren Wachen umgeben, schwebte Königin Elisabeth durch die Halle und bestieg das Podium, um sich auf dem Thron niederzulassen. Prunkvoll in ein wogendes Gewand aus rotem Samt gekleidet, bedachte sie ihre Umgebung mit gnädigem Winken. Ihr Haar war mit Perlen durchwirkt und von einer kleinen goldenen Krone geziert, die mit Diamanten gespickt war. Ihr juwelenverzierter Reichtum erfüllte die Halle. Die Zeit war freundlich mit ihren hübschen Gesichtszügen umgegangen, ihr königliches Auftreten war durch nichts beeinträchtigt. Kerzenflammen und das flackernde Feuer ließen ihre Schönheit noch stärker zur Geltung kommen.

Firethorn äußerte sich in einem bewundernden Flüstern.

»Gentlemen, wir befinden uns in der Gegenwart einer Königin!«

Nicholas Bracewell übernahm jetzt die Rolle des Aufpassers. Als die Königin sich zurechtgerückt hatte, winkte sie Sir Edmund Tilney, dem Vorsteher der Zensurbehörde, der dem Impresario das Signal weitergab. Auf dessen Zeichen hin begann die Aufführung.

Musik ertönte von der Galerie, auf der Peter Digby und seine Musiker Platz genommen hatten. Nach dem Prolog nahm die Gerichtsszene ihren Anfang. Vom ersten Wort an schlug Firethorn sein Publikum in seinen Bann. Er bezauberte es mit seiner Stimme, begeisterte es mit seiner hochherzigen Ehrlichkeit und rührte es mit seinem Schmerz. Am Ende der Szene hatte er die Herzen der Zuschauer gewonnen und die ersten Tränen zum Fließen gebracht.

Als die Todesstrafe verkündet war, ging der Richter, und zwei Kerkermeister führten Lorenzo weg. Die Musik spielte, während die anderen Darsteller die Bühne verließen. George Dart kam, stellte einen Schemel auf die Bühne und räumte die Anklagebank fort, die er für den Prozeß aufgebaut hatte. So rasch er konnte, verschwand er wieder.

Mit dem Gesichtsausdruck wehmütiger Rechtschaffenheit wurde Firethorn von den Kerkermeistern wieder auf die Bühne geführt. Er nahm auf dem Schemel in seiner Zelle Platz, die beiden Männer entfernten sich. Lorenzo starrte die Handschellen an seinen Gelenken an, dann schaute er mit demütigem Blick auf.

O Redlichkeit! Dein Name ist Lorenzo!
Zwanzig lange Jahre bin ich meiner Herzogin
treu gewesen, diesem engelsgleichen Wesen,
das vom Himmel stieg, um unsere Herzen zu erobern
und unser Mailand zu einem Paradies zu machen.
Könnt' ich solch herrschaftliche Schönheit denn betrügen
für schnödes Geld der übelsten Verschwörung?
Lieber würd' ich im grausamen Exile leben und
mich mit meines Dolches Schärfe töten.
Treue war mein Leben lang mein höchstes Ziel
und wird es sein, bis ich den letzten Atemzug getan.

Während Firethorn dieses Selbstgespräch führte, bereiteten sich die anderen in der Garderobe auf ihren nächsten Auftritt vor. Als Nicholas sie der Reihe nach aufstellte, hatte er ein wachsames Auge auf Ruff. Der Scharfrichter war nervöser als je zuvor. Einer der erfahrensten Schauspieler der ganzen Truppe schien die Nerven zu verlieren. Der Schweiß strömte ihm über den Körper, und er bewegte unruhig die Füße.

»Bitte, seid besonders vorsichtig, Master Ruff!«

»Was?« sagte er mit erschrockenem Gesicht.

»Meine Sicherheit liegt in Eurer Hand, Sir.«

Die Stimme kam aus dem Inneren des Kostüms der Figur, die neben ihm stand. Unter dem künstlichen Kopf wartete John Tallis auf die Enthauptungsszene, in der er an Lorenzos Stelle trat.

»Seid vorsichtig«, sagte die wehleidige Stimme.

»Das bin ich«, versprach der andere.

»Laßt die Axt nur die richtige Stelle treffen.«

»Oh, das wird sie«, sagte Ruff grimmig. »Das wird sie.«

Als Lorenzo seine Rede beendet hatte, erschienen die Kerkermeister, um den Verurteilten abzuführen. Der zitternde George Dart ersetzte den Schemel durch den Holzblock. Trommeln wurden gerührt, während die Prozession langsam auf die Bühne kam.

Edmund Hoode in seiner Rolle als Richter ging an der Spitze, dann folgten Höflinge und Wachsoldaten. Ihnen folgte der Kaplan, der sein Gebetbuch fest an sich drückte. Lorenzo wurde von den Kerkermeistern in die Mitte der Bühne geführt. Ruff, der Scharfrichter, kam als letzter.

Als alle ihre Position eingenommen hatten, wandte sich der Kaplan an den Gefangenen, um ihn ernsthaft zu ermahnen.

»Gebt Christus einen Platz in Eurem Herzen und bekennt!«

Lorenzo schwieg, doch John Tallis klapperte mit den Zähnen.

»Betet zusammen mit mir«, fuhr der Kaplan fort, »für die Rettung Eurer Seele. Tretet mit reumütigem Herzen vor Euren Schöpfer.«

Dann sprach er seine Gebete über den unseligen Lorenzo.

Samuel Ruff hörte die Worte nur mit halbem Ohr. Im traditionell schwarzen Gewand des Scharfrichters stand er neben dem Block und hielt die Axt zwischen den Füßen. Durch die Augenschlitze seiner Maske warf er einen verstohlenen Blick auf die Königin von England. Ihre gelassene und majestätische Gestalt war kaum zehn Meter von ihm entfernt. Die Leibwächter neben ihr waren völlig in das Schauspiel versunken.

Ruff schloß für einen Moment die Augen und sprach sein eigenes Stoßgebet. Diese Chance war ihm vom Himmel geschickt worden. Er brannte darauf, sie zu ergreifen. Der tiefere Sinn all dieser Dinge wurde ihm glasklar. Seine Arme und Schultern waren naß von Schweiß, seine Hände trieften. Er zwang sich dazu, noch etwas zu warten. Um seinen Entschluß zu untermauern, dachte er an andere Hinrichtungen, an denen Queen Elisabeth teilgenommen hatte. Das Blut pochte heftig in seinen Schläfen.

Unruhe erfaßte Nicholas Bracewell. Von einem günstigen Platz im Hintergrund der Bühne beobachtete er das Geschehen mit wachsender Sorge. Mehr als jeder andere war er sich der wachsenden Gefahr bewußt. Während der Augenblick der Wahrheit immer näher rückte, überlegte er, ob er die richtige Entscheidung getroffen oder ein unschuldiges Leben dem Tode ausgeliefert hatte. Nicholas verspürte den Drang, auf die Bühne zu stürzen und sich dazwischenzuwerfen, doch er hielt sich zurück. Er mußte der Gefahr ins Auge blicken.

Der Kaplan intonierte die letzten Worte seines Gebetes.

»Und möge Gott Eurer Seele gnädig sein... Amen!«

Nachdem er sein geistliches Amt ausgeübt hatte, trat er zurück, damit die ganze Strenge des Gesetzes in Kraft treten konnte. Der treue Untertan sollte wegen seiner angeblichen Treulosigkeit hingerichtet werden. Auf Befehl des Richters führten die Kerkermeister Lorenzo zu dem Block, ließen ihn davor niederknien und plazierten den falschen Kopf vorsichtig auf das Holz.

Kräftig wurden die Trommeln gerührt. Nicholas stand auf glühenden Kohlen.

Jetzt war Samuel Ruffs Zeit gekommen. Das war kein gekünstelter Scharfrichter in einem Schauspiel. Er war die glitzernde Gestalt des Rächers mit Mordgedanken im Herzen. Ein letzter schneller Blick zur Königin bewies ihm, daß Ihre Majestät vollständig von dem Schauspiel gefangen war. Jedermann war völlig versunken. Ruff schluckte heftig, biß die Zähne zusammen und wischte sich die schweißnassen Hände an der Hüfte ab. Jetzt oder nie.

Mit festem Griff packte er die blitzende Axt.

Wieder bezwang Nicholas den dringenden Wunsch, alles abzubrechen. Mit zusammengebissenen Zähnen und geballten Fäusten spürte er die quälende Hilflosigkeit seiner Situation. Er mußte sich zurückhalten, koste es, was es wolle.

Die Trommeln schlugen ihren Rhythmus, der Richter nickte, und der Scharfrichter hob die Axt hoch über seinen Kopf. Die Schneide blitzte im Kerzenlicht. Die Drohung war echt. Doch sie fuhr nicht auf John Tallis nieder. Ein anderes Opfer war für diese Hinrichtung ausgesucht worden. Ruff sprang von der Bühne herunter und stürzte sich mit einem wilden Racheschrei auf den Thron.

»Tod allen Tyrannen!«

Seine Waffe zielte auf den Kopf der Königin.

Doch schien sie auf den Angriff vorbereitet und duckte sich geschickt zur Seite. Auch die Wachsoldaten waren bereit und warfen sich auf Ruff. Anstatt den königlichen Nacken zu treffen, fuhr die Axt mit Getöse in die hölzerne Rückenlehne des Throns und spaltete ihn beinahe in zwei Teile.

»Packt den Verbrecher!«

»Haltet ihn!«

Schreien und Kreischen erfüllte die Luft. Der Thron stand auf einmal allein, als die erschrockenen Edlen sich aus dem Staub machten. Der Hof war entsetzt und über die Plötzlichkeit verwirrt, mit der die Königin einem gräßlichen Tod so nahe gekommen war.

Ruff, von den Wachen überwältigt, wurde eisern festgehalten. Der Blick blanken Hasses, den er auf die Königin warf, verwandelte sich alsbald in überraschtes Starren. Während sie Krone, Perücke und Perlen ablegte, bedachte sie ihn mit dem verletzten Blick eines Menschen, der soeben von einem guten Freund betrogen worden war.

Dies war nicht die Königin von England.

Es war Richard Honeydew.

Laute Rufe des Erstaunens erklangen in der Halle. Sir Edmund Tilney, eine herausgeputzte Gestalt in grellem Aufzug, kletterte auf die Bühne, hob die Hand und bat um Ruhe.

»Man wird Euch nicht des Schauspiels berauben«, verkündete er. »Nach einer kurzen Pause wird Ihre Majestät zu uns stoßen. Was sich soeben vor Euren Augen abgespielt hat, bedarf gewiß einiger Erklärungen…«

Ruff durfte nicht zuhören. Ohne jede Feierlichkeit wurde er aus dem Saal geführt. Richard Honeydew ging mit ihm. Lawrence Firethorn und Nicholas Bracewell warteten bereits auf dem Flur.

Die größte Sorge des Impresarios galt natürlich dem Jungen. Er sah mit großer Erleichterung, daß Richard nicht das Geringste geschehen war. Firethorn betrachtete Ruff und lachte kehlig auf.

»Geschnappt wie eine Ratte in der Falle«, bemerkte er. »Ihr hattet recht, Nick. Das war wirklich der richtige Weg, um ihn zum Handeln zu zwingen.«

Der verblüffte Ruff wandte sich an den Impresario.

»Woher wußtet Ihr Bescheid?«

»Es gab mehrere Hinweise«, sagte Nicholas, »und alle deuteten in Richtung Religion. Ihr wart ein so treuer Anhänger des alten Glaubens, daß Ihr bereit wart, dafür einen Mord zu begehen.«

»Und dafür zu sterben!« fügte Ruff trotzig hinzu.

»Auch Will Fowler gehörte aus tiefstem Herzen dem römisch-katholischen Glauben an, doch er widerrief seine Religion. Das konntet Ihr ihm nicht verzeihen, Sam. Auch konntet Ihr nicht ruhig bleiben, als Eure Tage am Theater gezählt waren und Wills Talent immer offenkundiger wurde. Eure Bitterkeit saß sehr tief.«

»Will hat uns verraten!« sagte Ruff.

»Nur aus Liebe zu seiner jungen Frau«, erinnerte ihn Nicholas.

»Von ihr hatte ich nichts gewußt«, sagte der andere leise. »Vielleicht ist das auch gut so. Susan hätte schwer auf meinem Gewissen gelastet.«

»Welches Gewissen?« zischte Firethorn und zeigte mit ausgestrecktem Finger auf Ruff. »Ihr seid ein Verräter, Sir!«

»Ich bin ein treuer Anhänger der alten Religion!«

Für Richard Honeydew war eine Frage offen.

»Aber weshalb wurde Will Fowler umgebracht?« fragte er.

»Damit Sam seinen Platz einnehmen konnte«, sagte Nicholas. »Die meisten von uns freuten sich, als die Armada besiegt worden war, doch für die Römisch-Katholischen war es ein schwerer Schlag. In deren Interesse wollte Sam auf die schlimmste Art zurückschlagen, die er sich denken konnte – durch den Mord an Ihrer Majestät. Um dicht an sie heranzukommen, hatte er nur eine Chance – eine Aufführung am Hofe.«

»Mit Westfield's Men«, fügte Firethorn hinzu. »Unsere Truppe hatte die besten Aussichten, eine solche Einladung zu bekommen. Dieser Verbrecher wollte unser Ansehen ausnutzen.«

Nicholas lächelte und klopfte dem Jungen auf den Rücken.

»Aber wie es nun mal so geht, gabst du eine hervorragende Darbietung, Dick. Du hast nicht nur einen Attentäter hinters Licht geführt, du hast den gesamten Hof überzeugt.« Er wandte sich an Ruff. »Ein echter Schauspieler wird niemals sein Publikum verlassen. Der Junge ist am Weihnachtstag keineswegs fortgelaufen. Er war bei mir zu Hause und übte seine neue Rolle. Sein Kostüm wurde von einem holländischen Schneider angefertigt. Es war einer Königin würdig.«

»Du bist sehr tapfer gewesen, Dick«, bemerkte Firethorn.

»Aber ich hatte ein bißchen Angst, Sir«, gestand der Junge.

»So ging es uns allen«, sagte Nicholas.

Samuel Ruff war verbittert und ernüchtert. Er erkannte, wie raffiniert der Impresario ihn getäuscht hatte. Nicholas hatte offenbar schon lange einen Verdacht gegen ihn gehegt. Als die Wachsoldaten ihn abführen wollten, hielt er sie zurück, um ein letztes Geständnis zu machen.

»Ich war es, der Susan Fowler das Kinderbettchen geschenkt hat.«

»Ihr hättet besser ihren Ehemann verschonen sollen«, sagte Nicholas.

»Ich weiß.«

»Am besten wärt Ihr auf die Farm in Norwich gegangen, Sam. Für Euch wäre es besser gewesen, wenn Ihr bei Eurem Bruder gearbeitet hättet.«

Ruff schüttelte traurig den Kopf und lächelte voller Bedauern.

»Es gibt keine Farm, und mit meinem Bruder habe ich gearbeitet.«

»Rotbart?« Nicholas war geschockt.

»Er war mein Halbbruder. Trotz all seiner Wildheit hing Dominic genau wie ich fest am alten Glauben. Dafür sperrten sie ihn in Bridewell ein und verpaßten ihm die Narben auf dem Rücken. Als er entlassen wurde, war er bereit, alles zu tun, um mir zu helfen.«

»Und Ihr habt ihn dafür mit dem Dolch belohnt.«

»Nein!« sagte Ruff heftig. »Ich könnte niemals meinen eigenen Bruder umbringen. Das habe ich nicht getan.« Der Schmerz spiegelte sich auf seinem Gesicht, sein Kinn sank auf die Brust. »Wir wußten beide, daß diese Sache uns am Ende das Leben kosten würde. Dominic war nicht mehr zu halten. Der ganze Plan geriet in Gefahr, wenn er am Leben blieb. Ich wollte nicht, daß er umgebracht wurde... doch in bestimmter Beziehung war es notwendig. Er hatte alles getan, was man von ihm verlangt hatte.«

»Aber wer hat ihn erstochen?« wollte Firethorn wissen.

Samuel Ruff begegnete seinem Blick mit Würde und Trotz.

»Das ist etwas, das Ihr niemals erfahren werdet.«

»Irgend jemand hat Euch angestiftet und zu der Tat gezwungen«, beschuldigte ihn der andere. »Die Folterbank wird es aus Euch herausholen. Abführen!«

Als die Wachen den Gefangenen wegführten, verfiel Ruff ins Lateinische, um seinen Glauben zu beweisen.

»In manus tuas, Domine, confide spiritum meum.«

Dies waren die letzten Worte, die Mary, Königin der Schotten, gesprochen hatte, als man ihren Kopf auf das Schafott gelegt hatte. Mit seinem Versuch, die andere Königin zu enthaupten, hatte er sich selber das Urteil gesprochen. Dem Verhör würde ein langer, schmerzensreicher Tod folgen.

Nicholas war nicht besonders überrascht darüber, daß Ruff nur Teil einer größeren Verschwörung war. Er und Rotbart waren die aktiven Figuren in diesem Plan gewesen, während sich andere im dunkeln hielten. Zweifellos würden deren Namen bei den Gesprächen in der privaten Atmosphäre der Folterkammer ans Licht kommen.

Es gab jedoch etwas, was den Impresario wirklich erschüttert hatte.

»Ich hatte keine Ahnung, daß Rotbart sein Bruder war«, sagte er. »Ich dachte, er wäre ein katholischer Freund, nachdem er das Wirtshausschild am *Cardinal's Hat* attackiert hatte. Es machte sich über seinen Glauben lustig. Aber ich wußte nicht, daß er und Sam miteinander verwandt waren.«

»Zwei Teufel im gleichen Joch!« knurrte Firethorn.

»Es gibt nichts Schlimmeres als religiösen Wahn«, murmelte Nicholas.

Richard Honeydew spürte Mitleid.

»Master Ruff war so ein netter und freundlicher Mann.«

»Er war ein guter Schauspieler«, sagte der Impresario. »Er war sogar bereit, sich verwunden zu lassen, nur um seine Rolle überzeugend zu spielen. Es war sein Kampf mit Master Gill, der mich nachdenklich machte.«

»In welcher Beziehung?« fragte der Junge.

»Sam versuchte, den Kampf zu vermeiden, um nicht zu zeigen, wie gut er fechten konnte. Aber er wurde zum Kampf gezwungen, und wir sahen, wie gut er war. Ein Mann, der so gut fechten kann, hätte den Kampf im *Hope und Anchor* mit Leichtigkeit einstudieren können. Will Fowler wurde geplant ermordet.«

Edmund Hoode eilte den Flur entlang, um sie zu sprechen. Vom Tempo der Ereignisse völlig überrumpelt, verstand er kaum, warum sein Stück auf so dramatische Weise unterbrochen worden war.

»Was geht hier vor, möchte ich wissen?«

»Vergeltung!« erklärte Firethorn. »Wir haben einen Attentäter demaskiert und ihn der Gerechtigkeit übergeben.«

»Samuel Ruff?«

»Das fleischgewordene Verbrechen«, sagte der andere.

»Der Mann war schlau und raffiniert, doch in unserem Impresario hat er seinen Meister gefunden. Ruff arrangierte alles so klug, daß wir alle zunächst von ihm hinters Licht geführt wurden. Einzig und allein Nick durchschaute ihn.«

»Ich tat nur, was getan werden mußte«, sagte Nicholas bescheiden.

»Ihr wart großartig«, beharrte Firethorn. »Ihr habt das Vertrauen des Verbrechers gewonnen und ihn glauben lassen, Ihr fürchtetet eine Gefahr von außen für die Truppe. Ruff glaubte sich unentdeckt. So blieb nur noch, ihn dazu zu bringen, sein wahres Gesicht zu zeigen.«

»Das stimmt«, sagte Nicholas. »Wir mußten ihm die Gelegenheit bieten, die er suchte.«

»Ich beginne zu verstehen«, sagte Hoode. »Als Ihr mich batet, die Hinrichtung auf die Bühne zu verlegen, tatet Ihr das mit ganz bestimmter Absicht.«

»Richtig, Edmund«, stimmte ihm der Impresario zu. »Indem wir Sam die Rolle des Scharfrichters gaben, wußten wir ganz genau, wann und wie er zuschlagen würde. Mit Dicks Hilfe gelang es uns, ihm eine unüberwindliche Falle zu stellen.«

Leicht verärgert, daß er nicht ins Vertrauen gezogen worden war, gratulierte Hoode ihnen trotzdem herzlich. Es gab jedoch einen Punkt, den er noch geklärt wissen wollte.

»Was ist mit dem Diebstahl des Textes von ›Gloriana Triumphant‹?«

»Das habe ich auch nicht verstanden«, sagte Nicholas. »Als mir das Buch gestohlen wurde, dachte ich, es sei ein weiterer Schlag gegen Westfield's Men. Doch aus welchem Grund sollten Ruff und sein Spießgeselle der Truppe schaden wollen? Für sie war es viel wichtiger, daß die Truppe Erfolg hatte.«

»Und was steckt wirklich dahinter?« fragte Hoode.

»Religion. Euer Stück war die Verherrlichung des Sieges über die spanische Armada und der Niederlage des Katholizismus. Das betraf sie und ihren Glauben. Aus diesem Grunde versuchten sie, die Aufführung zu verhindern.«

»Niemand kann Westfield's Men von einer Aufführung abhalten«, verkündete Firethorn großspurig. »Wir haben ein Komplott zur Ermordung unserer geliebten Königin aufgedeckt und damit unserem Land einen unschätzbaren Dienst erwiesen. Dennoch haben wir hier ein unerledigtes Geschäft vor uns, Gentlemen. Heute abend spielen wir vor unserer Königin. Auf dieses größte Ereignis unserer Geschichte wollen wir uns jetzt vorbereiten. Dick Honeydew hat uns den Weg gewiesen. Vorwärts zu einem weiteren königlichen Triumph!«

»Der ergebene Untertan« wurde um Mitternacht mit überwältigendem Erfolg aufgeführt. Wegen des vereitelten Attentats bekamen die Themen eine zusätzliche Bedeutung, die genau die Stimmung der Stunde traf. Der gesamte Hof war überwältigt von einem einzigartigen und mitreißenden Erlebnis. Der Hof war sich einig in überschwenglichem Lob.

Über allem präsidierte Königin Elisabeth persönlich, die in dem Gefühl glücklicher Dankbarkeit auf dem Thron saß. Sie war der personifizierte Prunk. Über einem dunklen Mieder trug sie ein Kleid im spanischen Stil mit rundem, steifem Kragen und Ärmeln aus Satin, die reich mit Bändern, Perlen und Gemmen dekoriert waren. Ein Wasserfall aus Perlen strömte über ihren Nacken und schien sich bis zum Podium zu ergießen. Wie es sich für eine Königin gehörte, übertraf ihre Herrlichkeit den gesamten Hofstaat.

Um den abgeführten Ruff zu ersetzen und um Tallis' strapazierte Nerven zu beruhigen, übernahm Nicholas persönlich die kleine Rolle des Scharfrichters. Mit einem wohlbemessenen Schlag der Axt trennte er den Wachskopf ab und ließ ihn über die Bühne rollen. Die Wirkung war atemberaubend. Eine tödliche Stille hielt das Publikum gefangen, eine ganze Minute lang – bis donnernder Applaus losbrach. Nachdem er den Kopf des Verräters hochgehoben hatte, wurde Nicholas wieder zum Impresario.

Richard Honeydew hatte seine Rolle bereits gespielt. Jetzt

blieb er mit den anderen in der Garderobe und warf gelegentlich einen Blick auf die Bühne, um die Handlung zu verfolgen. Westfield's Men waren großartig. Die Musik war exzellent, die Kostüme prächtig und die Inszenierung bemerkenswert. Martin Yeo erhielt Applaus für seine jugendliche Brillanz in der Rolle der Herzogin von Mailand, Barnaby Gill lieferte heitere Szenen als altes Faktotum, und Edmund Hoode war ein angemessen gerechter Richter.

Lawrence Firethorn glänzte in der charismatischen Rolle des Lorenzo und sorgte bei den Damen für verwirrte Erregung. Lady Rosamund, die sich durch die Anwesenheit ihres Gatten gehindert fühlte, beschränkte sich auf Seufzer und glühende Blicke. Ihr ehemaliger Liebhaber spielte nicht mehr nur für sie. Diesmal richtete sich sein Spiel an ein höheres Ziel: Lorenzo spielte für seine Königin und sein Land.

Auf Firethorns Bitte hatte Hoode ein paar neue Verse geschrieben, mit denen das Stück beendet wurde. Er bezog Ruffs Verhaftung in die Handlung des Stückes ein. Firethorn trug die Zeilen mit größter Inbrunst vor und legte sie voller Stolz seiner Königin zu Füßen.

Denn ich allein hab' des Mörders tödlichen
Schwerthieb vereitelt.
Jetzt ächzt seine Seel' in der Pein,
die die Höll' ihr bereitet.

Applaus brandete auf.

Lord Westfield genoß die Begeisterung des Hofes. Die Theatertruppe hatte seine Stellung bei der Königin ganz erheblich verbessert. Zur selben Zeit saß der Earl of Banbury mit säuerlichem Gesicht da und hob seine Hände widerwillig zum Applaus. Westfield's Men waren in jeder Beziehung die Helden des Tages. Seine eigene Truppe geriet zusehends in Vergessenheit.

Nach zahlreichen Verbeugungen zogen sich die Schauspieler in die Garderobe zurück. Allgemeine Begeisterung hatte sie gepackt. Sie waren über die Maßen erfolgreich gewesen. Das war ein passender Höhepunkt für die Arbeit des ganzen Jahres.

Firethorn stürzte sich auf seinen Impresario.

»Hört auf, Euch in einer Ecke zu verstecken, Nicholas!«

»Ich hatte lediglich über die Ereignisse nachgedacht, Master.«

»Dafür ist jetzt nicht die richtige Zeit, mein Lieber«, drängte der andere und schüttelte seinen Arm. »Ihre Majestät möchte uns beehren. Sie möchte, daß ihr die wichtigsten Mitglieder der Truppe vorgestellt werden.«

»Wer wäre da sonst noch außer Euch?« neckte Nicholas ihn freundlich.

»Wie unerhört richtig!« stimmte Firethorn ohne eine Spur Ironie zu. »Übernehmt das, Nick. Beeilt Euch, Sir.«

»Wen soll ich rufen?«

»Laßt Euren Verstand walten. Der hat uns immer gute Dienste geleistet.«

Nicholas sorgte dafür, daß sich die wichtigsten Darsteller der Truppe in einer Reihe aufstellten und achtete darauf, daß Richard Honeydew einen ehrenvollen Platz bekam. Königin Elisabeth wurde auf die Bühne geleitet, um sich die Schauspieler von dem katzbuckelnden Firethorn vorstellen zu lassen. Sie lobte Edmund Hoode für sein Drama und gratulierte Barnaby Gill zu seinen amüsanten Einlagen.

Als sie ihren persönlichen Dank für Richard Honeydew aussprach, war der Junge vollkommen überwältigt. So nahe bei der Königin zu sein bewirkte, daß er nur noch mit offenem Mund staunen konnte. Seine Schauspielkunst hatte zwar dazu beigetragen, die Königin vor dem Angriff zu schützen, doch jetzt kam es ihm wie eine gewaltige Unverschämtheit vor, auch nur den Versuch zu machen, sie im Schauspiel darzustellen.

Mit seinem typischen Mangel an Bescheidenheit beanspruchte Lawrence Firethorn den größten Teil des Verdienstes für sich und drückte den Wunsch aus, man möge sich seiner erinnern als ihr getreuer Untertan, in Gedanken, Worten und Taten. Er vermittelte den Eindruck, als sei er allein dafür verantwortlich, daß der Kopf der Königin noch fest auf ihren Schultern saß.

Nicholas Bracewell hielt sich seelenruhig im Hintergrund.

ENDE